HIGHLANDSCHWERTER 4

DIE
PRÜFUNG DES
SCHOTTEN

KEIRA
MONTCLAIR

PROLOG

Highlands, nicht weit von Grant Land

ER HATTE SIE mehr geliebt als jede andere Frau in seinem Leben und nun war sie tot.

Madeline Grant war die perfekte Frau gewesen – wunderschön, bezaubernd, liebenswert, loyal – alles, was sich ein Mann von einer Frau wünschen konnte. Doch sie hatte Alexander Grant zuerst kennengelernt, und sie hatten geheiratet, ein gemeinsames Leben aufgebaut, fünf eigene Kinder in die Welt gesetzt und eines adoptiert.

Aber es hätte so anders enden können. Sie hätte gehen können, um mit ihm zu sein.

Nie würde er ihre erste Begegnung vergessen.

Er war auf dem Weg zu einem Fest über das Kopfsteinpflaster gerannt und hatte sich die Knie aufgeschürft, als er gefallen war. Seine Eltern waren weit hinter ihm, was sich als seine Rettung erwiesen hatte. Ein blonder Engel hatte ihn aufgehoben, den Schmutz abgeklopft und gemeint. »Trockne deine Augen, Bursche. Ich werde dich behandeln, damit du keine Schmerzen mehr hast.«

Maddie hatte ihn mit hineingenommen, seine Wunden verbunden und einen zarten Kuss auf jedes seiner Knie gesetzt, ehe sie ihn an seine Mutter zurückgegeben hatte. Seitdem war er ihr gefolgt, wohin auch immer sie ging. Die Herrin hatte ihm sein Herz gestohlen.

Als er von einem Burschen zu einem Mann heranwuchs, wandelte sich seine Interesse an ihr. Es wurde zu einer Art Besessenheit. Doch je größer er wurde, desto weniger sprach Maddie mit ihm. Dennoch war ihm jeder Vorwand recht, sie aufzusuchen und mit ihr zu reden. Er hatte sogar Alex Grants Pferd gestriegelt, wann immer der Laird vom Kampf wiederkehrte. Warum? Weil Madeline immer kam, um dem Tier einen Apfel zu bringen.

Sie gurrte und streichelte das Pferd so sehr, dass er sich abwenden musste, um seine Erregung zu verbergen, doch dieses Risiko war es immer wert gewesen.

Bis zu diesem schicksalhaften Tag.

Der dunkelste Tag seines Lebens.

Inzwischen war er ein Mann mit einem breiten, muskulösen Körper. Und weil sie nicht länger nach ihm Ausschau hielt oder ihn anlächelte, hatte er sich eingeredet, dass sie versuchte, ihren eigenen, veränderten Gefühlen auszuweichen. Wenn er sich ihr jetzt näherte, würde sie ihn bestimmt akzeptieren, und wenn auch nur als Liebhaber. Ihr Altersunterschied würde keine Bedeutung haben.

Also näherte er sich ihr in den Stallungen.

Sie wies ihn höflich ab und legte ihm nahe, dass

er das Grant Land verlassen sollte.

Die Aussicht, von ihr getrennt zu sein, hatte ihn beinahe umgebracht, aber er fürchtete, der mächtige Laird könnte Vergeltung üben. Also packte er seine Sachen und ging fort.

In den langen, einsamen Jahren, die darauf folgten, hatte er nur einmal im Jahr Gelegenheit, einen Blick auf die Liebe seines Lebens zu erhaschen, denn der Laird hatte ihm gestattet, seine Eltern an jedem Weihnachten zu besuchen. Aber sie waren schon vor Jahren gestorben und hatten damit die Ausnahme seiner Verbannung mit sich ins Grab genommen, und nun war auch sie verschieden.

Sein Herzschmerz war zu groß – und mit jedem Jahr, das sie tot war, noch größer – sodass er endlich eine Entscheidung fällte.

Nach all diesen Jahren.

Nach all diesen Jahrzehnten.

Er würde Alexander Grant dafür bezahlen lassen, ihm die Frau abgeluchst zu haben, die ihm hätte gehören sollen. Er war nicht ganz sicher, wie genau er es anstellen sollte, doch er würde Rache an den Kindern und Enkelkindern des Mannes üben.

Und wenn er sein Leben dabei verlor, dann sollte es so sein.

KAPITEL EINS

Herbst, 1307, MacLintock Castle

DYNA GRANT PARIERTE ihr Pferd, reichte ihre Jagdbeute an die Wachen weiter, die mit ihr geritten waren, und winkte sie voraus. In der Zwischenzeit griff sie nach ihrem Bogen und war bereit, einen oder beide Männer zu erschießen, bevor sie von ihnen entdeckt würde. Zwei Sheriffs standen dort und stritten mit ihrem Großvater, Alexander Grant, der berühmte Schwertkämpfer, der nun über sieben Jahrzehnte gelebt hatte. Freilich, ihr Großvater war nicht allein – ihre Cousins Alasdair und Els standen bei ihm – doch sie befand sich in einer besseren Position, um den Sheriffs einen Pfeil in den Hintern zu jagen, wenn sie es wagten, ihren Großvater anzurühren.

Sie näherte sich langsam und ignorierte die leichte Brise, das Rascheln der Blätter, die von den Bäumen fielen, den süßen Duft des Regens. Normalerweise würde sie in dem Vergnügen ihres kleinen Ausritts schwelgen, aber nicht heute Morgen.

Die Sheriffs mochten ihren Großvater vielleicht nicht bedrohen, dennoch verriet ihr das leichte Zucken seines Kiefers – sogar aus einer Entfernung von zehn Pferdelängen konnte sie es erkennen –, dass der Anlass ihrer Reise zu MacLintock Castle alles und jeden durcheinanderbringen würde. Beim Näherkommen stellte sie fest, dass sie einen der Männer kannte. Er hatte Dyna und ihren Cousins in der Vergangenheit geholfen, und sich den Schotten und Robert The Bruce treu ergeben erwiesen. Der andere? Mit geschärften Sinnen, würde sie jedes seiner Worte bezweifeln, bis er seinen Wert unter Beweis stellte.

»Großvater, ist etwas passiert?«, rief sie und ihr beinahe weißer Zopf wippte über ihre Schultern, als sie sich der Gruppe näherte.

Mit einem Winken bedeutete ihr Großvater ihr, abzusitzen.

Als die beiden Sheriffs ihre Aufmerksamkeit auf sie lenkten, sagte sie: »Welche schlechten Nachrichten bringt Ihr dieses Mal? Ein weiterer Tod, der eine Lüge ist? Ein Versprechen von König Edward? Eine Garnison auf ihrem Weg, uns anzugreifen?«

Es war Sherif De Fry, dem sie vertraute, aber natürlich war es der andere Mann, der ihr antwortete. Sie hatte ihn früher schon mal gesehen, doch sie konnte sich nicht an seinen Namen erinnern. Sie wusste nur, dass sie den selbstgefälligen Ausdruck auf seinem Gesicht nicht mochte. »Ist das Eure Art, jemandem zu danken, der Eurem Clan einen Gefallen erweist?«, fragte er.

»Welchen Gefallen?«

De Fry antwortete: »Sheriff Busby ist zu Ohren gekommen, dass König Edward eine große Garnison von Männern ausgeschickt hat, mit der Anweisung, Alexander Grant dingfest zu machen. Er soll in die königliche Festung bei Berwick gebracht werden. Wir sind gekommen, um ihm den Ratschlag zu geben, sich zu verstecken.«

Ihr Herzschlag wurde so schnell, dass sie fürchtete, das Organ könnte ihre Brust zerbersten. Großvater wirkte vollkommen ruhig. Selbst das Zucken an seinem Kiefer hatte aufgehört.

Großvater meldete sich zu Wort. »Meinen Dank Euch beiden für die Information. Unter Beachtung dieser Umstände werden wir unsere Pläne machen.«

»Wohin werdet Ihr gehen?«, fragte Busby.

»An keinen Ort, den ich Euch verraten werde. Aber ich beabsichtige, in einigen Tagen aufzubrechen.«

De Fry schnaubte und ein Grinsen zog sich über sein Gesicht, als er sich umdrehte und auf sein Pferd zuging, womit er den Besuch beendete.

»Ich bin Schotte«, betonte Busby mit gerötetem Gesicht. »Ihr könnt mir vertrauen.«

»Wir werden sehen. Diese Information würde ich nicht vielen anvertrauen.«

Busby starrte den alten Mann mit einem letzten Blick wütend an, ehe er ebenfalls sein Pferd bestieg und ohne ein weiteres Wort mit den Zügeln schnippte.

Alex sah ihm beim Davonreiten nach und sein

starrer Blick sagte Dyna, dass ihn irgendetwas an dem Mann störte. Auch für sie fühlte sich Busby falsch an. Ihres Großvaters feines Gespür war einem Leben als Kämpfer und Anführer und Erfahrung entwachsen, aber Dynas Fähigkeiten waren anders. Sie war damit zur Welt gekommen. Manchmal hatte ihr Spürsinn sie vor Menschen gewarnt, die ihr Böses wollten und manchmal hatten sie ihr einen Blick in die Zukunft beschert. Das war schon immer so gewesen, und damit war es unmöglich zu erklären, *wie* sie gewisse Dinge einfach wusste. Sie verstand nur, dass dem so war. Bei manchen Menschen war ihre Intuition so unleugbar, dass sie sich als Teufel selbst hätten kleiden können.

Dieser Mann war nicht so klar einzuordnen, aber dennoch verspürte sie eine Warnung.

Sobald die Sheriffs außer Hörweite waren, fragte Alasdair: »Glaubst du ihnen?« Laut Aussage der Älteren war Alasdair das Ebenbild von Alex Grant in seinen jüngeren Tagen. Er stand seinem Großvater besonders nahe, da sein Vater Jake in jungen Jahren gestorben war.

»Das tue ich«, entgegnete Großvater. »Die Engländer haben versucht, mich durch John zu fangen und dann durch Kyla. Beide Anläufe sind fehlgeschlagen. Der neue englische König, Edwards Sohn, versteht nicht viel vom Kämpfen, aber er weiß, Befehle zu erteilen. Ich sorge mich nicht um ein paar Gruppierungen von Engländern. Sie kennen die Highlands nicht wie ich.« Er warf das Ende seines rot, grün und schwarz karierten Plaids über die Schulter, als ob er damit prunken wollte. Großvater trug seinen schottischen Stolz mit Würde und das war kaum ein Wunder – er war der Mann, der den Grant Clan in den Highlands zu Größe gebracht hatte.

Es war einer der mächtigsten Clans im gesamten Land.

»Freilich werden sie dich nie finden«, mischte Els sich ein, dessen helle Locken im Wind wehten. »Ich frage mich, ob sie immer noch glauben, sie können unsere Krieger zwingen, für England zu kämpfen.«

Großvater nickte, ehe er zu einer Antwort ansetzte: »Wir werden dies erst wieder in der Kabinettstube besprechen. Diese Information soll nicht im Clan verbreitet werden. Gewährt mir Zeit, über alles nachzudenken, was ich gehört habe. Zuerst essen wir.«

Mit hoch erhobenem Kopf schritt er durch die Tore, aber Dyna konnte ihm den Schmerz wegen seiner Hüfte ansehen, unter dem er in den letzten Jahren zu leiden hatte. Tante Jennie hatte ihm eine schmerzlindernde Salbe gegeben, doch es schien schlimmer geworden zu sein. Sie sprang von ihrem Pferd und übergab das Tier einem Stallburschen, um ihm nachzueilen.

»Großvater«, rief sie, als sie ihn einholte und am Ellbogen fasste. »Du weißt, wir werden dich beschützen. Du entscheidest dich für eine Strategie und wir werden sie ausführen. Wir werden den englischen Mistkerlen nicht erlauben, dich zu fangen. Niemals.« Sie liebte es, neben ihrem Großvater herzugehen. Wenn sie bei ihm war, fühlte es sich an, als würde seine Wildheit ihre eigene Kraft und ihren Willen unterstützen.

Sobald sie in den geschäftigen Burghof eingetreten waren, tätschelte Großvater ihren Arm und sah sie mit einem Blick an, der ihr auftrug, jetzt den Mund zu halten. Der Mann war mit nichts weiter als einer Bewegung seiner Augen oder seines Kopfes in der Lage, die größte Armee zu befehligen. Selten stellte ihn jemand ihn Frage – auch jetzt nicht, viele Jahre, nachdem seine Söhne die Anführerschaft über den Clan übernommen hatten.

Das Gelächter zweier Kinder trug zu ihnen und brachte ein großes Lächeln auf das Gesicht des alten Mannes. Ein kleines Mädchen kam mit einem kleinen Jungen über den Hof gerannt.

»*Seanair,* schau einmal. Wir machen ein Wettrennen!« John, der Alasdairs Sohn war, zeigte auf einen Baum in nicht allzu weiter Entfernung und nickte dem kleinen Mädchen neben ihm zu.

»Los!«, rief sie.

Die beiden rannten zum Baum und lachten und kicherten den ganzen Weg über. Ein paar Augenblicke vor dem Mädchen berührte John den Baum. »Coira, ich habe gewonnen. Wir machen es noch einmal. Dann gewinnst du.«

Offensichtlich zufrieden mit der Herangehensweise des Jungen an das Spiel nickte Großvater, um dann weiterzugehen. »Du bist ein guter Läufer, John. Übe weiter.«

Den Kindern zuzusehen, erinnerte sie an ihre eigene Kindheit. An die Art, wie Alasdair, Els, Alick und sie zusammengehalten hatten. Gleichwohl die Jungen alle in der gleichen Nacht zur

Welt gekommen waren und deshalb miteinander verbunden waren, hatte Dyna, die eineinhalb Jahre später geboren wurde, stets zu dieser Gruppe gehört. Mit drei Sommern hatte sie ihre Spiele angeführt. Immer war sie diejenige gewesen, die ihrem Gezänk und den Kämpfen ein Ende gemacht und sie zu *interessanteren* Aktivitäten verleitet hatte.

Als sie etwa zehn Sommer alt war, bekam sie von ihrem Großvater zu hören, die Jungen hätten keine Ahnung, dass sie von ihr kontrolliert wurden. Von da an hatte sie darauf geachtet, wie die Jungen mit ihr spielten und bald stellte sich heraus, wie recht Großvater hatte. Die Burschen taten, was sie sagte. Einmal waren sie ihr sogar direkt durch eine tiefe Pfütze gefolgt, der sie im letztmöglichen Moment ausgewichen war.

Els war als Erster hineingetappt, und Alick war ihm blind gefolgt. Alasdair war normalerweise ein bisschen aufgeweckter als die anderen und hatte sich gerade noch rechtzeitig fangen können, und sich vor nassen Füßen gerettet.

Alicks Mutter hatte über den Hof gezetert: »Alick, das waren deine neuen Stiefel, die du da gerade mit Schlamm besudelt hast.« Alick war leicht schockiert mitten im Schlamm stehen geblieben, während Els auf der anderen Seite herausgeklettert war.

Das Gelächter ihres Großvaters hatte von den Zinnen zu ihr herübergeklungen. Sie hatte viele schöne Erinnerungen an die Spiele mit ihren Cousins, was einer der vielen Gründe war, warum sie John und Coira so gern zusah.

Als die Kleinen zu einem neuen Wettrennen losstürmten, setzten Dyna und ihr Großvater ihren Weg zur MacLintock Festung fort. Kurz bevor ihr Großvater die Tür öffnete, flüsterte er etwas in ihr Ohr.

»Und so beginnt es von vorn.«

Sie hatte das Gleiche gedacht.

───❦───

Derric Corbett beendete seinen Übungskampf gegen einen anderen der Bruce Krieger und wischte sich den Schweiß von der Stirn. Er hatte seine Tunika ausgezogen, da es ein warmer Tag im Frühherbst war, und er wollte eines der wenigen Oberteile, die er besaß, nicht beschmutzen.

»Du hast zugelegt, Corbett«, stellte sein Kampfpartner fest. »Nur von deinem Schwertkampf?«

»Aye.«

»Absichtlich?«

»Aye. Hast du nicht die Grant Krieger gesehen? Insbesondere die Cousins? Sie alle sind kräftiger als alle anderen Krieger. Das kommt vom Schwertkampf, behaupten sie.« Er griff nach einem Trinkschlauch mit Ale und stärkte sich mit zwei großen Schlucken. In diesem Augenblick kam eine Brise auf und er liebte es, sie auf seinem Körper zu spüren.

Einzig Dyna Grant würde sich noch besser anfühlen – ihre Hände, ihre Brüste, ihre Lippen … Würde sie seine neuen Muskeln bemerken?

Dieser Gedanke löste eine Reaktion in seiner verräterischen Leistenregion aus, wie jedes Mal, also drehte er sich weg und strebte auf den nahe gelegenen Bach zu, um sich kaltes Wasser ins Gesicht zu spritzen.

Dort traf Robert The Bruce mit ihm zusammen. Dunkelhaarig und sauber rasiert, besaß König Robert ein distinguiertes Aussehen, das man nur selten bei einem Mann antraf, der einen Großteil seines Lebens im Wald zubrachte. Er sah erschöpfter als gewöhnlich aus, des Kämpfens müde, doch in der Verteidigung seines Titels als König von Schottland war er unerbittlich. Die Gefangennahmen seiner Ehefrau und anderer Familienmitglieder zeigte sich in den Furchen auf seinem Gesicht, doch sein Blick offenbarte einen scharfen Verstand. Der König glaubte an List und Schlauheit vor brutaler Kampfkraft.

»König Robert«, grüßte Derric ihn mit einem Nicken, als er seine gewölbten Hände in das Wasser tauchte und das kühle Nass über sein Gesicht und Nacken spritzte.

»Corbett. Ich habe nach dir gesucht. Ich habe vergessen, dir etwas zu erzählen. Eine Maid namens Senga war auf der Suche nach dir, als ich dich vor zwei Monden auf Patrouille geschickt hatte, und sie behauptete, dich letztes Jahr kennengelernt zu haben. Sie war offensichtlich eine Herumtreiberin und folgte meinem Lager, aber sie hat sich insbesondere nach dir erkundigt. Kennst du sie?«

Er hielt inne und besann sich auf das Mädchen mit dem goldenen Haar, den verhexenden grünen Augen und diesen großen …

»Du weißt, von wem ich spreche?«, fragte Robert.

»Aye. Senga. Sie war eine süße Maid, aber sie hatte Ambitionen. Es war nur eine Liebelei.«

Robert zuckte mit den Schultern. »Sie sagte nicht, warum sie dich sehen wollte, aber nach ihrem Weggang erzählte mir jemand, dass sie von ihrem neugeborenen Kind gesprochen hat. Könnte es deines sein?«

Derric erstarrte. Er hatte versucht, dafür Sorge zu tragen, dass er keine Kinderschar hinterließ, doch seiner Vermutung nach war es möglich.

Was sollte er tun? Er hatte gehofft, zur MacLintock Burg zu gelangen, um seine Schwester und eine gertenschlanke Blondine mit feurigen Augen zu besuchen. Seit er einen Vorgeschmack auf Dyna Grant erhalten hatte, war er unfähig, sie zu vergessen. Mehr als einmal war er mitten in der Nacht mit einem harten Schaft aufgewacht und die Erinnerung an ihre süßen Lippen und ihren wohlgeformten Hintern durchzogen seine Gedanken.

Robert The Bruce fasste ihn an der Schulter. »Senga hat ein kleines Mädchen mit hellem Haar, wurde mir erzählt. Sie war auf dem Weg nach Norden in die Highlands. Nachdem sie fort war, hat mir jemand gesagt, dass sie nach dem Vater des Kindes sucht, gleichwohl sie deinen Namen nie genannt hat. Ich wollte das nur erwähnen, weil sie nach dir gefragt hat. Verfahre nach Belieben mit dieser Information.«

Das Baby konnte nicht das Seine sein, oder doch? Derric strengte sein Gedächtnis an und versuchte, sich zu besinnen, wie oft er mit der jungen Frau zusammen gewesen war. Ihre Affäre hatte nicht lange angehalten und er hatte stets aufgepasst. Dennoch konnte es sein Baby sein. Wie er wusste, reichten ein paar Mal vollkommen aus.

Hatte er etwa eine Tochter?

Vielleicht sollte er sich die Zeit nehmen und nach Senga suchen. Ihr die Frage selbst stellen. In der Zwischenzeit …

»König Robert?«, fragte er, als er sich wieder zum Bach umdrehte. Der König hielt den Kopf unter den kleinen Wasserfall, der sich zwischen einigen Steinen gebildet hatte. »Wäre es ein Problem, wenn ich mir eine Woche freinähme, um meine Schwester zu besuchen? Wir sind nicht weit von dort, wo sie lebt.«

»Nein, nach Loudon Hill und Lorn glaube ich nicht, dass wir noch viel zu tun haben, bis wir weiter nach Norden gelangen. Kehre aber zurück, aye? Und richte der lieben Joya meine besten Grüße aus.«

Er hoffte, dass sein Blick ihn nicht verriet. Freilich liebte er es, Joya zu besuchen, aber er musste Dyna sehen und dieses Bedürfnis wurde jeden Tag stärker.

Seit seine Eltern vor acht Jahren von englischen Soldaten erschlagen worden waren, hatte Derric sein Leben der Aufgabe verschrieben, die englischen Hundesöhne für ihre Verbrechen gegen Schottland bezahlen zu lassen. In vielerlei Hinsicht war es eine befriedigende Mission. Und dennoch, wenn er sah, wie glücklich Joya mit Dynas Cousin Els war, kam er nicht umhin, sich zu fragen, ob ein Leben mit Dyna nicht erfreulicher wäre als dieser endlose Kampf für Schottland.

Oder vielleicht würde Dyna an seiner Seite kämpfen wollen. Er dachte an die Schlacht außerhalb von Thane Castle zurück, als Dyna auf seine Schultern geklettert war, und ihr Schwert in die Luft gerissen hatte, während das Donnern der Hufe den Boden um sie herum erschütterte. Ganz gewiss verfügte die Maid über unglaubliche Talente.

König Robert fragte: »Ist dieses Lächeln für Senga?«

Verlegen, bei dem Gedanken an ein Mädchen ertappt worden zu sein, brachte er mühelos eine Lüge hervor. »Nein, ich habe an Joya gedacht. Ich würde gern sehen, dass sie mit ihrem Ehemann glücklich ist.«

»Ich bin sicher, dass sie sehr glücklich verheiratet ist. Vielleicht wird sie dir eine Nichte oder einen Neffen schenken. Richte ihr meine besten Wünsche aus.«

»Das werde ich.« Dieses Versprechen zu geben war leicht, und Derric nickte ohne Zögern.

Er wünschte, Robert hätte Senga nicht zur Sprache gebracht, aber er bezweifelte, dass das Kind seine Tochter war. Und während er versuchte, sie aus seinen Gedanken zu vertreiben, spürte er den kräftigen Zug zweier eisblauer Augen. Ein Lächeln mit geschürzten Lippen. Dyna würde für ihn, so wie immer, eine Herausforderung darstellen, und er wäre machtlos, sie zu ignorieren. Im Gegenteil. Er wäre dankbar dafür.

KAPITEL ZWEI

ZWEI TAGE SPÄTER befand Dyna sich auf
der Wiese, wo sie ihre Schießkünste mit dem
Bogen übte, als sie die Hufschläge eines einsamen
Reiters vernahm. Die Dämmerung war beinahe hereingebrochen, und somit würde es nicht
leicht für sie, den Besucher zu erkennen, doch
sie machte sich keine Sorgen, sondern drehte
sich stattdessen um, bis ihr Bogen direkt auf den
Reiter ausgerichtet war.

Er schien auf das Tor zuzuhalten, doch sobald
sich sein Blick auf sie legte, wendete er sein Pferd.
Anfangs senkte sie den Bogen nicht, denn war sie
verwirrt, weil er so anders aussah als vor einigen
Monden, als er MacLintock Castle mit dem Versprechen verlassen hatte, zu ihr zurückzukehren.

Derric Corbett.

Bei seinem Anblick und der Erkenntnis, dass
er seinen hochgewachsenen, schlanken Körper
gestählt hatte, während der Zeit, die sie getrennt
waren, flatterten kleine Schmetterlinge in ihrem
Bauch. Als ihre Blicke sich trafen, schmolzen
die vielen Monde der Trennung in einem hitzi-
gen Bedürfnis dahin, das sie nicht ganz verstand,

außer, dass es ihr gefiel.

Immer hatte sie sich immun gegen Männer gefühlt, bis sie Derric Corbett getroffen hatte. Ihre Anziehung zu ihm war ungestüm und wild, was ihre Wahrnehmung auf eine Weise öffnete, wie sie es noch nie erlebt hatte.

Diesen Frühling hatte sie ihn genötigt, mit ihr auf der Suche nach Coira auf Reisen zu gehen. Ihre ältere Schwester Lora war fortgegangen und hatte sich dem MacLintock Clan angeschlossen und Lora hatte verzweifelt gern wieder mit ihr zusammen sein wollen. Ihre Mutter war gestorben und ihr Vater hatte keine Zeit oder Neigung, sich so einem jungen Kind anzunehmen. Lora hatte sie aufgezogen, oder zumindest beinahe. Also hatte Dyna versprochen, das kleine Mädchen in das Land der MacLintocks zu bringen.

Der Vater des Mädchens, dieser alte Dreckskerl, hatte glücklich zugestimmt.

Derric war mit ihr und einigen Wachen losgezogen. Ihre Reise war ereignislos verlaufen, doch die ganze Zeit hatte etwas zwischen ihnen gebrodelt. Sie hatte ihn berühren und küssen wollen, doch sie hatten nicht viel Zeit allein miteinander gehabt. Bis sie Coira nach Hause brachten. Derric hatte Dyna nach draußen geführt, um ihr auf Wiedersehen zu sagen und er hatte es besser gesagt, als ein anderer Abschied je gesagt worden war.

Mit seinen Lippen.

Er hatte sie mit einem Kuss verabschiedet. Mit einem sengenden, leidenschaftlichen Kuss, der ein unbeschreibliches Gefühl des Verlangens auslöste, etwas, das ihre Sinne und ihren Verstand überwältigte. Ein Bedürfnis, ihn zu schmecken und seine Härte an ihr zu fühlen. Dieses Bedürfnis hatte beharrlich nach einem Ventil gesucht.

Doch dann war er fortgegangen.

Er war erst einige Augenblicke zurück und schon beeinträchtigte er sie auf gleiche Weise.

Verdammt. Sie würde sich nie gestatten, sich von einem Mann kontrollieren zu lassen, selbst, wenn er nicht versuchte, sie zu kontrollieren.

Und doch verspürte sie gleichzeitig den merkwürdigen Drang, Derric zu erlauben, sie vollkommen zu kontrollieren, ohne einen Faden am Leib.

Sie ließ den Bogen sinken, als Derric vor ihr abstieg und die Zügel seines Pferdes an einen Busch in der Nähe band, wobei seine langen blonden Locken im Wind wehten. Der Mann besaß sogar eine interessante Haarfarbe. An den meisten Tagen wirkte er blond, doch an den sonnigen Tagen schimmerte ein Anflug von Rot darin. Nicht ganz so rot wie Joyas, aber immerhin rötlich. Er schritt auf sie zu und sein breites Grinsen sagte ihr, dass er sich ebenso gut wie sie an die Art ihres Abschieds erinnerte. Verspürte er die gleiche sonderbare Hitze in sich aufsteigen?

Dann konnte sie nichts dagegen machen. Sie ließ ihren Blick von seinem attraktiven Kopf bis zu seinen Zehen über ihn schweifen. Zum Teufel, seine hochgezogene Augenbraue verriet ihr, dass er sie ertappt hatte. Hatte sie keinen Anstand?

»Ich sehe, dass du ebenso erfreut bist, mich zu sehen, wie ich es bin, dich zu sehen.« Er blieb vor

ihr stehen und mit seinen grünen Augen suchte
er jeden Teil von ihr ab, und dann legte er die
Hände auf ihre Schultern. Er beugte sich vor,
senkte die Lippen zu ihrem Ohr und flüsterte:
»Sag einfach ja, Mädchen.«

Sie wollte ihm widersprechen, und wenn auch
nur, weil er so empörend war, doch stattdessen
musste sie feststellen, dass sie sich an ihn lehnte.
Sich nach im streckte.

Seine Antwort war ein Knurren, als er die Arme
um sie schlang und sie so dicht an sich zog, dass
ihre Körper miteinander verschmolzen. Sie zog
ihn noch näher und wimmerte vor Entzücken,
als ihre Münder sich fanden und seine Zunge die
ihre streichelte.

Sie erwiderte seinen Kuss voller Leidenschaft.
Zur Antwort hob er sie hoch und hielt sie an
seinen Körper gedrückt, so nahe, dass sie seine
Härte durch den groben Stoff seiner Hose spüren
konnte. Ihre Brustwarzen stellten sich auf und
bettelten darum, aus der Beengtheit durch die
Kleider befreit zu werden.

Er beendete den Kuss und als letzten Versuch,
das Gesicht zu wahren, stieß sie ihn von sich und
gebot: »Genug.«

Er zwinkerte. »Ich glaube nicht einen einzigen Moment, dass es genug für dich war. Wie ich
sehe, hast auch du unsere letzte Begegnung nicht
vergessen.«

Ihr Blick wurde schmal und er nahm die War-
nung für das, was sie war, indem er aus ihrer
Reichweite wich. »Nun sei nett, mein Diamant.
Ich weiß, du bist froh, mich zu sehen. Vermutlich

begrüßt du nicht jeden so.«

»Nein, das tue ich nicht. Und warum beharrst du noch immer darauf, mich so zu nennen?« Sie war nicht sicher, ob sie wegen des Kosenamens für sie beleidigt sein sollte.

Sie verschränkte die Arme, um sich daran zu hindern, sie nach ihm auszustrecken.

»Diamanten sind die schönsten Juwelen von allen, nicht wahr? Die klarsten und die härtesten.«

»Und ich bin klar und hart?«

»Klar? Nein, dieses Wort ist vollkommen falsch für dich. Mysteriös und wunderschön passt besser zu dir, also würde ich dich funkelnd beschreiben. Hart? Nun, sagen wir, du bist schwer zu bezwingen. Ich habe noch keine Träne gesehen und die meisten Frauen, die ich kenne, weinen, wenn sie von einem Regentropfen getroffen werden. Robust wäre eine bessere Beschreibung. Beleidigt dich das?«

Sie schürzte die Lippen und dachte über seine Antwort nach. Robustheit war in ihren Augen ein besseres Kompliment als Schönheit. »Nein, du hast mich nicht beleidigt, aber funkelnd ist kein Wort, das ich benutzen würde, um mich zu beschreiben.«

»Nun, ich bin meinem Namen für dich eher zugetan.«

Mit einem ihrer Pfeile versetzte sie ihm einen leichten Schlag auf die Schulter, was er durch den dicken Stoff seiner Tunika wahrscheinlich noch nicht einmal spürte. Dann ließ sie ihren Blick an seinem Körper auf und ab wandern, wobei sie erfreut feststellte, ihren ersten Eindruck bestätigt zu finden. Derric hatte hart gearbeitet und seinen Oberköper gestählt und verbreitert.

»Genug des Geplänkels«, meinte sie und riss den Blick von seinem Körper los. »Warum bist du hier?«

»Ich bin gekommen, um meine Schwester zu besuchen … und dich. Ist das nicht gestattet?«, fragte er, wobei er einen breiten Stand einnahm und die Arme verschränkte. »Sie ist hier, nicht wahr?«

»Aye, sie ist hier, aber ich kann sehen, dass du etwas geheim hältst«, gab sie zur Antwort, als sie über die Wiese ging, um ihre Pfeile einzusammeln und sie in den Köcher zu schieben. Sie konnte es auf die Art spüren, wie sie Dinge einfach wusste. Welche Geheimnisse hütete Derric Corbett?

Sie bückte sich nach einem Pfeil und sah zu ihm zurück – und erwischte ihn, wie er ihr direkt auf den Hintern starrte, wobei sein Blick über ihren Anblick recht erfreut schien. Sie schoss in die Höhe. Eine Regung huschte über sein Gesicht, doch er fing sich rasch. »Ich habe nichts zu verbergen, aber ich kann dir sagen, dass etwas nicht stimmt. Was ist passiert?«

»Nichts. Warum fragst du?« Sie bückte sich erneut nach dem nächsten Pfeil und beobachtete ihn, wobei sie nicht überrascht war, zu sehen, wie ihm der Mund offen stand. Wenn neben ihm eine große Kiefer gefällt worden und hunderte Krähen aufgeflogen wären, bezweifelte sie, dass er etwas bemerkt hätte.

Sie stand auf und drehte sich zu ihm um, mit

einem kleinen Lächeln auf dem Gesicht, denn jetzt hatte sie etwas, das sie gegen ihn einsetzen konnte.

Er wusste, dass seine Lippen eine besondere Fähigkeit besaßen, sie zu quälen. Das konnte sie nicht ändern.

Aber jetzt wusste sie, dass er ihr Gesäß mochte.

»Du kannst mich nicht hinters Licht führen, Diamant. Du magst eine geheimnisvolle Gabe besitzen, die Zukunft zu sehen, aber ich habe meine eigene, spezielle Fähigkeit.«

»Tatsächlich?«, fragte sie gedehnt. »Erzähl bitte. Ich habe versucht, der Frage auf den Grund zu gehen, ob du überhaupt irgendwelche hast.«

»Meine Gabe besteht in der Fähigkeit, dir sagen zu können, dass dich etwas bedrückt. Und was immer es ist, kann ich erkennen, dass es schwer auf dir lastet. Was hat dich so aufgeregt?«

Sie antwortete mit einem lauten Seufzen und meinte: »Es sind zwei schottische Sheriffs gekommen, um uns zu warnen, dass die Engländer wieder hinter meinem Großvater her sind.«

»Wer hat sie geschickt?« Eine ernste Miene legte sich auf sein Gesicht, und das sagte ihr, dass er über diese Neuigkeiten ebenso aufgebracht war wie sie, obwohl das natürlich unmöglich war. Niemand sorgte sich um ihren Großvater so wie sie. Wahrscheinlich hatte Alasdair das getan, ehe er eine eigene Familie mit Emmalin gegründet hatte, doch jetzt war er mehr auf Frau und Kinder konzentriert. Ihre anderen Cousins waren nicht besser. Beide waren frisch verheiratet und nach der Vermählung, dem Geschlechtsverkehr und der Aussicht auf Kinder waren sie verblödet. Nein, es oblag ihr, auf Alex Grant aufzupassen. Sie war die Einzige, die klar denken konnte.

Aber nur, wenn Derric nicht in ihrer Nähe war und ihren Verstand mit seinen harten Bizeps und den langen, blonden Locken verwirrte. Sie schüttelte den Kopf, um ihre Gedanken zu klären. »Edwards Sohn, der neue König. Er ist ein Dummkopf, aber wir nehmen die Bedrohung lieber ernst. Großvater ist möglicherweise nicht mehr sicher hier. Ich werde vielleicht mit ihm nach Grant Land zurückkehren müssen.«

»Das wäre perfekt«, entgegnete er und ein verschlagenes Grinsen breitete sich über sein Gesicht.

»Warum?«, fragte sie gedehnt.

»Weil ich nach Norden unterwegs bin. Vielleicht würdet ihr gern mit mir reisen. Edwards Sohn wird nicht aufgeben und König Robert könnte deine Fähigkeiten gebrauchen. Er muss ein paar starrsinnige Schotten überzeugen, ihn zu unterstützen, anstatt den verblödeten englischen König.«

Mittlerweile hatte sie alle Pfeile verstaut und antwortete: »Nur, wenn Großvater beschließt, in diese Richtung zu reisen. Ich begleite ihn. Komm herein und besuche Joya einige Tage und dann werden wir entscheiden, wer wohin geht.«

Sie ging zu ihrem Pferd hinüber und hatte ihre Sachen gerade verstaut, als sie sich in die Luft gehoben fühlte. Mit einem Schnaufen landete sie im Sattel und rief: »Ich kann mein Pferd selbst besteigen, wenn ich bitten darf.«

»Ich habe keinen Zweifel an dieser Aussage, aber es hätte mich um die Gelegenheit gebracht, dich zu berühren.«

»Wie ich vermute, wirst du das die ganze Zeit versuchen, die du hier bist?«, fragte sie.

Sein Grinsen war ihr Antwort genug.

Dann zwinkerte er ihr auch noch zu, denn so leicht war Derric nicht kleinzukriegen.

Sie entgegnete ihm mit einem finsteren Blick, aber ehrlich gesagt freute sie sich auf diesen Besuch.

***

Als Derric in die große Halle trat, eilte Alasdairs Sohn, John herbei, mit Coira direkt hinter ihm. Ihr Gesicht leuchtete auf, als sie Derric erkannte. Sie hatte ihn auf der Reise in das Land der MacLintocks vor einigen Monden ins Herz geschlossen.

Aber John wollte sie nicht an ihm vorbeilassen. »Ich beschütz dich.«

Coira blieb stehen und John blickte zu Derric auf und fragte: »Du engwisch?«

Derric zerzauste ihm das Haar und entgegnete: »Ich bin nicht Englisch. Du erinnerst dich an mich, nicht wahr?«

John spuckte in die Schale neben der Tür und Coira rannte an Derrics Seite, um ihn an seiner Hose zu ziehen. Er hob sie in die Luft und setzte sie auf seine Hüfte. »Bist du glücklich, meine Süße?«

Coira kicherte und nickte. »Lora ist auch hier, aber sie ist dort oben.« Sie zeigte zum Söller.

»Und ich habe jemanden, mit dem ich spielen kann. Er ist nicht böse zu mir. John mag mich.«

Er spürte mehr als er sah, dass Dyna ihn beobachtete, aber ehe er ihren Blick erwidern konnte, war Joya von einem der Sessel neben der Feuerstelle aufgesprungen, in dem sie gesessen hatte. »Derric?«, rief sie ungläubig, als sie zu ihm herübergeeilt kam. Er setzte Coira ab und dankbar, dass sie so gesund aussah, umarmte er seine Schwester.

Ein schneller Blick verriet, dass die Halle mit Ausnahme von Joya und den Kindern leer war – Ailith spielte mit einigen Stofftieren. Das Geräusch einer sich schließenden Tür veranlasste ihn, sich umzudrehen und er sah, das Dyna gegangen war. Ein Teil von ihm wollte ihr nachlaufen, aber Joya hatte angefangen, ihn zur Feuerstelle hinüber zu führen. »Geht es dir gut, Schwester? Behandelt Els dich liebevoll?«

»Aye, das tut er«, entgegnete sie, als sie sich setzte und ihm bedeutete, es ihr gleichzutun. »Wir warten, um zu sehen, wohin wir als Nächstes gehen werden. Du bist mit Dyna gekommen, also bin ich sicher, dass sie dir alles über die Situation mit Alex erzählt hat.« Als er nickte, beugte sie sich vor und flüsterte. »Ich kann sehen, dass er darüber beunruhigt ist. Mehr als in der Vergangenheit. Ich weiß nicht, was er plant, aber er heckt etwas aus.«

Als hätte er gewusst, dass sie über ihn redeten, schritt Alex Grant, der noch immer aus eigener Kraft ohne jede Unterstützung laufen konnte, in die Halle. Es war wirklich ein Wunder. Vielleicht lag es daran, dass er auf der Straße und auf der Flucht gelebt hat, aber Derric hat noch nie jemanden gekannt, der so alt war wie Alex Grant. Alex schritt direkt auf sie zu.

»Seid gegrüßt, Alex«, sagte Derric.

»Corbett. Berichte mir, welche Neuigkeiten du für uns hast? Hast du irgendwelche Garnisonen in der Nähe gesehen? Irgendwelche kleinen Splittergruppen von Soldaten in der Region?« Der intensiv prüfende Blick des älteren Grants beunruhigte ihn manchmal, doch er antwortete so gut er konnte.

»Nein, ich habe niemanden gesehen. Ich beabsichtige, für einige Tage hierzubleiben, vorausgesetzt, dass niemand irgendwelche Einwände hat« – seine Schwester strahlte ihn an – »und dann werde ich nach Norden aufbrechen, um mich wieder König Robert anzuschließen. Zuerst habe ich einige Dinge zu erledigen.«

»Also zieht Robert nach Norden. Ich habe Gerüchte gehört, aber ich bin dankbar für einen direkten Bericht. Man sagt, der neue König Englands sei zurück nach Hause geflohen. Ich hoffe, er bleibt dort.«

»Er verfügt immer noch über das Geld und die Männer unter seiner Befehlsgewalt, um zu tun, was er will«, wägte Derric ab. Diesen Dorn hatten sie in der Tat mehr als einmal gespürt.

Die Tür sprang auf und Joyas Ehemann, Els, trat mit Alasdair in die Halle. »Corbett«, rief Els aus, »Wir haben gehört, dass du hier bist. Wir gehen auf die Jagd. Willst du mitkommen?«

»Sicher. Wenn es meiner Schwester nichts

ausmacht«, entgegnete er und sah dabei zu ihr hinüber, um ihre Reaktion zu beobachten.

»Geh«, drängte sie ihn. »Ich möchte, dass du Els besser kennenlernst. Geh und amüsier' dich!«

»Darf ich mir erst etwas zu essen nehmen? Ich bin sicher, dass du Besseres zu bieten hast, als das, was ich in den letzten Tagen verspeist habe.« Sein Magen knurrte in Erwartung eines warmen Brotlaibs oder eines Obsttörtchens.

»Aye«, entgegnete Alasdair. »Wir werden nicht sofort aufbrechen. Ich werde dir zeigen, wo du schläfst, sodass du deine Sachen dort deponieren kannst. Du bleibst eine Weile, nicht wahr?«

»Wenn ihr erlaubt, würde ich Joya gern für einige Tage besuchen. Dann werde ich nach Norden aufbrechen.«

»Folge mir«, forderte Alasdair ihn auf. »Joya kann dir etwas aus der Küche besorgen, während ich dir deine Kammer zeige.«

Derric folgte Alasdair nach oben zu einer Kammer am Ende des Korridors. »Es stehen vier Betten dort drin, aber derzeit wird keines davon benutzt. Du hast die Kammer für dich.«

»Meinen herzlichen Dank an dich. Das kommt mir gelegen. Ich genieße es, gelegentlich in einem Bett zu schlafen. Du weißt, wie hart der Boden sein kann.«

Derric warf seine Satteltasche und einige Dinge auf eine Truhe in der Nähe, als Alasdair sich zum Gehen umdrehte. Doch anstatt sich zu entfernen, blieb er in der Tür stehen und meinte: »Ich hoffe, du bist nicht hier, um mit den Gefühlen meiner Cousine zu spielen.«

Vielleicht hätte Derric so etwas erwarten sollen, aber das hatte er nicht. Alasdair hatte ihn vollkommen überrascht. Er stemmte die Hände in die Hüften und fragte:»Was genau meinst du damit?«

»Ich weiß, wie gern du Dyna neckst, und ich sehe, dass zwischen euch etwas im Gange ist. Aber denke daran, dass sie nicht irgendeine Mitläuferin ist, die benutzt und dann weggeworfen werden kann.«

Bei dieser Unterstellung richteten sich Derrics Nackenhaare auf, doch er erinnerte sich daran, dass Alasdair ein Recht hatte, sich in Hinsicht auf seine Cousine beschützend zu verhalten. Und dies war seine Burg – Derric genoss seine Gastfreundschaft.»Das würde ich Dyna nie antun. Ich habe mehr Respekt für sie als für irgendeine andere Maid außer meiner Schwester.«

»Gut, gleichwohl ich mich erinnere, dass du nicht viel Respekt für deine Schwester hast. So oder so musst du Dyna respektieren oder wirst vielen hier im MacLintock Castle Rede und Antwort stehen müssen. Oder irgendwo. Behalte diesen Gedanken zuvorderst in deinem Kopf, während du Gast auf MacLintock Land bist.«

Alasdair bedachte ihn mit einem letzten stahlharten Blick und dann ging er davon. Verdammt, aber jedes Mal, wenn er ihn sah, schien der Mann Alexander Grant mehr zu ähneln. Alex konnte ihn mit einem einzigen Blick beunruhigen. Er wollte das Gleiche nicht mit Alasdair erleben.

Derric ließ sich auf eines der Betten fallen und dachte über Alasdairs Worte nach. Er war froh, dass er es als milde Drohung und nicht als Frage ausgedrückt hatte. In Wahrheit war er sich über seine Absichten nicht sehr sicher. Musste er auf MacLintock Land darüber nachdenken, mit allen Cousins von Dyna in der Nähe?

Er dachte an Senga, und wie sie, immer lächelnd, ganz weich und rundlich gewesen war. Er hatte ihre Gesellschaft genossen, soviel stand fest, aber er hatte nie erwogen, sie zu heiraten. Sie hatten ihre gemeinsame Zeit nur im Bett verbracht.

Dann dachte er an Dyna. Diamant war eine Herausforderung, doch es war eine belebende. Mit ihr zu reden, erfüllte ihn beinahe ebenso mit Freude, wie sie zu küssen, und er genoss jeden Moment, den er mit ihr verbrachte. Sie ließ sich leicht sticheln und necken, doch das machte er nur aus Spaß. Anfangs hatte sie ihn zu ernst genommen, aber inzwischen schien sie zu verstehen, dass viele seiner Kommentare als Scherz gemeint waren.

Sie war diejenige, zu der er sich hingezogen fühlte. Derentwegen er in das Land der MacLintocks gekommen war. Dyna war die Art von Mädchen, das er heiraten würde, nicht Senga. Aber hatte er eine Chance bei ihr?

Er beabsichtigte, das herauszufinden. Ehe er sich auf die Suche nach Senga machte, musste er diese Macht verstehen, die Dyna über ihn besaß. Warum legte er sich jeden Abend mit dem Gedanken an eisblaue Augen schlafen? Warum ließ er wieder und wieder jede Unterhaltung – und jeden Kuss – aufleben, die sie ausgetauscht hatten? Das musste etwas zu bedeuten haben.

Aber was wirst du tun, wenn das kleine Mädchen deine Tochter ist?

Er hielt es nicht für wahrscheinlich, aber es war möglich. Und wenn es wahr war …

Die Ehre verlangte, ihr die Ehe anzubieten, das wusste er, aber konnte er das? Das Wissen, dass Senga und er nicht zusammenpassten, würde es schwer machen, sich zur Ehe mit ihr zu verpflichten. Insbesondere, wenn er so tiefe Gefühle für eine andere Frau hegte.

Kopfschüttelnd ermahnte er sich, sich zu zügeln. Zuerst musste er wissen, ob Dyna und er zusammenpassten. Sobald er die Antwort auf diese Frage kannte, würde er sich auf die Suche nach Senga machen und die Wahrheit über die Vaterschaft des Kindes herausfinden.

Jemand klopfte an seine Tür und er antwortete. Joya stand davor und verkündete: »Ich habe eine Fleischpastete und Ale für dich. Elspeth hat Wasser gebracht, damit du dich frisch machen kannst. Die anderen werden bald aufbrechen, also trödele nicht.«

»Vielen Dank. Ich werde gleich da sein.« Er nahm die kleine Mahlzeit entgegen und Joya kehrte über die Treppe wieder nach unten zurück. Elspeth stellte einen Wasserkrug hin und war so schnell verschwunden, wie sie gekommen war.

Er wusch sich das Gesicht und die Hände mit dem Wasserkrug, den Elspeth gebracht hatte, indem er das Wasser in eine Schüssel goss und ein Leinentuch benutzte, das er in einer Truhe bei seinem Bett fand.

Dann ging er hinaus und war dabei ein wenig

dem Gesicht, flog Dyna auf ihrem Pferd an ihnen vorbei. »Ich habe meine Beute.«

Derric ritt hinter ihr her, um zu sehen, was sie gefangen hatte. Er blickte hinter sich, um sich zu vergewissern, dass niemand sonst ihn belauschte. »Ein schöner Fasan, Diamant. Eine pralle Brust, die wunderbar munden wird, da bin ich sicher.«

Sie entgegnete nichts, sondern hob stattdessen den Vogel auf und band ihn an ihr Pferd. Dann drehte sie sich mit einem gezielten Blick zu ihm um. »Wir werden sehen, was *du* fängst, Corbett.«

Mit diesen Worten bestieg sie ihr Pferd und galoppierte davon, wobei sie den Männern den Weg abschnitt. Zu seiner Überraschung folgten Lora und Joya ihr auf ihren eigenen Pferden mit fünf Wachen im Gefolge.

»Wohin seid ihr jungen Frauen unterwegs?«, fragte Els.

Joya lächelte süß und antwortete: »Wir sind auf dem Weg zum See. Wir sind auf Wasservögel aus. Ihr Männer könnt euer Wildschwein erlegen und vielleicht ein oder zwei Kaninchen.«

Els schnaubte. »Du kennst deinen Ehemann nicht gut, wenn du glaubst, ein Kaninchenbein würde heute Abend meinen Bedürfnissen genügen. Ich habe einen riesigen Appetit.« Seine Stimme trug durch das Tal und das Gelächter seiner Frau hallte zurück.

»Und glaube nicht, ich wüsste das nicht«, rief sie zurück.

Alex war ebenfalls aus der Festung hinausgeritten, wenngleich Derric ihn bis jetzt nicht bemerkt hatte. Er lenkte sein Pferd neben Alasdair und die beiden unterhielten sich leise. Doch dann wendete Alex ab und nickte seinen anderen Enkelsöhnen zu. »Ich werde jetzt mit den jungen Frauen reiten«, meinte er. »Sobald sie zurückkehren, werde ich euch suchen kommen. Dies ist ein wunderschöner Herbsttag und ich habe vor, ihn zu genießen.«

Els meinte: »Aye, Joya wird nicht sehr lange hier draußen sein. Sie ist nur des Ritts wegen mitgekommen.«

»Mit Dyna als Schützin werden sie wahrscheinlich nur die halbe Zeit brauchen«, stellte Alasdair fest. »Ich habe gehört, dass auch Lora mit dem Bogen besser wird.«

Wieder nickte Alex, ehe er hinter den Mädchen her ritt, und Alasdair führte den kleinen Jagdtrupp in die Wälder.

»Werden wir eher auf Wildschwein als Hirsch stoßen?«, fragte Derric an Els gewandt, als sie dahinritten.

»Wir erspähen oft Hirsche, aber sie sind zu schnell, um sie vom Pferd aus zu treffen. In diesen Wäldern haben wir mit Wildschwein mehr Glück. Sie sind hier zahlreich vertreten, obwohl ein Pfeil in der Flanke eines Wildschweins es manchmal nur langsamer macht, anstatt es zu töten. Wenn wir auf eines stoßen, müssen wir wahrscheinlich absitzen und es mit dem Schwert erlegen.«

Derric hörte interessiert zu. Er aß gerne üppig und da er so viel seiner Zeit kampierte, würde es klug sein, ihre Jagdstrategien kennenzulernen. Obwohl er, in der Hoffnung, seine mageren täglichen Rationen ein bisschen aufzuwerten, den

Versuch unternommen hatte, mit einem Bogen umzugehen, war er nicht annähernd so versiert, wie einer der Grants. Vielleicht sollte er Dyna bitten, ihn zu unterweisen.

Aye, dachte er. Sich vorzustellen, wie es wäre, mit ihren Körpern aneinandergeschmiegt dazustehen, während sie ihm half, ein Ziel mit dem Bogen anzuvisieren – *das wäre sehr schön.* Jedoch wusste er, wie unklug es war, in seiner gegenwärtigen Gesellschaft in solchen Gedanken zu schwelgen. Ihre Cousins würden seine Träumereien gewiss nicht gutheißen.

Würden sie ihn als Ehemann für Dyna akzeptieren? Vielleicht sollte er diese Frage an Joya richten und herausfinden, was sie dachte.

Sie ritten durch den kühlen Morgen, mit grauem Himmel über ihnen, aber noch regnete es nicht. Sobald sie in Schweigen verfielen, wurden die Waldgeräusche wieder hörbar. Die Eichhörnchen waren noch immer auf der eifrigen Suche nach Nüssen, um sie für den Wintervorrat zu verstecken, und das Geräusch der von den Bäumen fallenden Blätter, wann immer ein Windstoß hindurchfuhr, war eine ständige Erinnerung, dass das kalte Wetter nahte.

Els hob die Hand und brachte die Gruppe zum Stehen. Sie alle wurden mucksmäuschenstill und griffen nach ihren Bögen. Den Dolch in der Hand sah Derric zu. Zwei Pferde wurden unruhig und machten damit deutlich, dass sich in den nahe gelegenen Büschen eine Kreatur versteckt hielt.

Ein Grunzen versetzte sie in Alarmbereitschaft

und bewies die Anwesenheit von Wildschweinen nicht weit von ihnen. Sie trieben ihre Pferde auseinander und warteten darauf, dass eines der Tiere in Sicht kam.

»Sind sie nicht in Herden unterwegs?«, fragte Derric flüsternd. »Habt ihr keine Sorge, dass sie uns angreifen werden?« Viele Male hatte er diese Tiere in der Wildnis gesehen und er war ihnen immer ferngeblieben. Eine Menge Schotten waren von den Hauern der Eber durchbohrt worden, und sie wogen so viel, dass sie einen Mann mühelos überwältigen konnten. Er gab Lamm oder Rind den Vorzug.

»Nein«, antwortete Els. »Meistens rennen sie in die andere Richtung. Sie setzen sich nur zur Wehr, wenn sie sich bedroht fühlen.«

Genau in dem Augenblick kam ein quiekendes Wildschwein nicht weit von Alasdair aus den Büschen gerannt und bot ihm seine Breitseite. Els und Alasdair feuerten beide und trafen das wilde Tier zweimal in die Flanke. Es kreischte und fing an, unbeholfen herumzurennen.

Alasdair sah Els an und stellte fest: »Wir müssen es erledigen.«

Die beiden saßen ab und rannten hinter dem verletzten Tier her. Els machte Derric ein Zeichen und forderte ihn auf: »Folge uns. Wir brauchen vielleicht deine Hilfe.«

Obwohl er sich nicht vorstellen konnte, warum sie drei Männer brauchten, um ein Wildschwein zu erlegen, waren sie erfahrene Jäger, und so sprang er von seinem Pferd und folgte ihnen.

Sie schafften es, das Tier, dessen Bewegungen

aufgrund der Verletzung langsam waren, auf eine Lichtung zu treiben.

Alasdair rief über die Schulter. »Derric, willst du es erledigen?«

Bei diesem Vorschlag zog Derric eine Augenbraue hoch. »Bring du es um. Dir gebührt die Ehre. Ich kann nicht glauben, dass ihr es so schnell erwischt habt.«

Els sprach leise zu Alasdair und dann bewegten sie sich von gegenüberliegenden Seiten auf das Wildschwein zu. Auf ein Signal rannten sie beide auf das wilde Tier los und packten es, um es auf die Seite zu werfen.

Sie mussten das Tier zu zweit unten halten. Von der Anstrengung, das Tier zu bezwingen, sprach Alasdair stoßweise, aber seine Botschaft war klar. »Sollen wir es loslassen und in deine Richtung schicken, Corbett?«

Derric wich zurück. »Himmel, nein. Ich habe noch nie zuvor ein Wildschwein gefangen. Er gehört euch. Warum willst du ihn in meine Richtung schicken?« Er war immer gut mit Tieren gewesen, doch es waren gezähmte Tiere, mit denen er sich abgab. Pferde. Hunde. Mit Wildschweinen hatte er keinerlei Erfahrung. Und er wollte auch keine.

»Du siehst ein bisschen grün aus, Corbett.« Els legte den Kopf zurück und grinste. »Behalte diesen Augenblick in Erinnerung, denn wenn du Dyna misshandelst, werden wir ein anderes Tier wie dieses finden und es dir auf den Hals schicken.«

»Wir alle wissen um deine besondere Begabung mit Pferden. Sollen wir versuchen, ob sich dies auf Wildschweine erstreckt? Wenn wir ihn loslassen, wird er dann zu dir kommen und sich hätscheln lassen?« Sein Ausdruck war todernst.

»Was?« Derric konnte nicht glauben, was er gerade gehört hatte. Dynas Cousins hatten ihm gerade mit Körperverletzung gedroht, weil er an ihr interessiert war.

Alasdair erlöste das Tier, indem er ihm einen schnellen Todesstoß versetzte, und dann richtete er seinen ernsten Blick wieder auf Derric, mit einem Ausdruck, der eine wollüstige Hure in die andere Richtung davonjagen würde. »Tue Dyna irgendetwas an, das wir als unakzeptabel erachten oder ihr nicht angenehm ist und wir werden dafür sorgen, dass du dafür leidest. Verstanden?«

Derric schluckte und mit kaum hörbarer Stimme antwortete er: »Aye.«

»Ich konnte dich nicht hören.«

»Aye, ich werde eurer Cousine nicht weh tun. Nicht absichtlich.«

»Was zum Teufel soll das heißen?« Alasdair ließ das getötete Tier liegen und stapfte über die Lichtung auf Derric zu. »Forderst du mich etwa heraus?«

Derric wusste nicht, wie er die Situation entspannen sollte, doch er hütete sich davor, Dynas mächtige Cousins zu verärgern, wenn er keine Freunde hatte, die ihm beistanden. »Ich hatte nicht respektlos sein wollen. Es wäre niemals meine Absicht, sie zu verletzen. Weder ihre Gefühle noch körperlich.«

Beide nickten und akzeptierten offensichtlich

seine Antwort. Das Wildschwein war ein großes Tier, was hoffentlich bedeutete, dass sie bald zur Burg zurückkehrten. Er war nicht sicher, wie viel »Jagd« er noch vertragen konnte.

Der entfernte Klang von Hufschlägen drang an sein Ohr und wurde lauter, und als Alex die Lichtung auf seinem Pferd erreichte, ritt er dicht an Derric heran. »Leiste mir bei einem Galopp Gesellschaft, während die anderen unser Abendessen aufsammeln?«

Mit einem erleichterten Seufzen und Nicken versuchte er, sich nicht zu schnell auf sein Pferd zuzubewegen. Im Augenblick wäre er für etwas Abstand zu Dynas Cousins dankbar. Es war keine erfreuliche Unterhaltung gewesen.

Eine Weile ritten sie schweigend, ehe Alex sein Pferd parierte und Derric es ihm gleichtat.

»Sie lieben ihre Cousine«, stellte Alex fest, »aber erwarte nicht, dass ihre Missbilligung so harsch ist, wie sie vorgeben. Wenn ihr beiden nicht zusammenpasst, dann ziehst du weiter, aber erst, nachdem du ehrlich zu meiner Enkelin gewesen bist. Ihr müsst Zeit miteinander verbringen, um zu sehen, ob ihr zueinander passt.«

»Ich stimme zu und ich danke Euch, Mylord.« Er wischte sich über sein schwitzendes Gesicht. »Das ist ein guter Hengst, den Ihr da reitet.«

»Ich hatte mehrere verlässliche Schlachtrösser, die alle von Midnight, meinem ersten Hengst, abstammten.«

»Wie nennt Ihr diesen?«

»Midnight«, antwortete Alex mit einem leichten Lächeln. »Er hat es sich verdient.«

Derric bemerkte, dass der Mann ritt, als ob er eine besondere Verbindung zu dem Pferd hätte, was er bewunderte. Die Beziehung zwischen einem Pferd und seinem Reiter war heilig. Derric hatte seine Gabe mit Pferden vor vielen Jahren entwickelt, als er sich anfangs William Wallace angeschlossen hatte. Als einer der neuen Männer hatte er kein eigenes Pferd besessen – doch bald hatte er gelernt, dass es bei jeder Schlacht Pferde gab, die sich erobern ließen …, wenn man sie dazu bringen konnte, bei einem zu bleiben. Sanfte Worte und ein Tätscheln bewirkten weit mehr als ein Tier zu schlagen. Er hatte bemerkt, dass die Pferde der Grants niemals irgendwelche Narben auf ihrer Haut aufwiesen. Ein Fasan flog vor dem Pferd auf, und das Tier reagierte überhaupt nicht darauf. Derrics Pferd hätte beinahe gebockt und das Kaninchen, das ihnen über den Weg lief, erschreckte es sogar noch mehr. Er beugte sich vor, um sein Pferd mit sanften Worten zu beschwichtigen und streichelte ihm den Hals. Das Pferd war aus MacLintocks Stall und ihm überlassen worden, weil sein eigenes Tier noch von der Reise erschöpft war.

Midnight wackelte nicht einmal mit dem Ohr.

»Er ist gut geschult, Mylord. Wie macht Ihr das?«

Freilich wusste er ein bisschen über das Zähmen von Pferden, doch Alex Grant musste die Siebzig gut überschritten haben. Er hatte weitaus mehr Pferde geschult als Derric.

»Ich behandle ihn gut. Das ist das Geheimnis bei fast allem im Leben. Er bekommt jede Menge

Auslauf und gutes Futter und nach schwierigen Reisen wird er immer belohnt. Ich übe oft mit ihm. Weißt du, dass meine Ehefrau sich immer zu ihm geschlichen und ihn mit Äpfeln gefüttert hatte, wenn er mich wohlbehalten aus der Schlacht zurückbrachte? Sie dachte, ich wüsste nichts davon, aber ich konnte es an der Art erkennen, wie er sie anstupste und seine Nase in die Taschen schob, die sie in ihre Kleider zu nähen pflegte.«

»War das Pferd dann nicht ihr zugeneigter?«

»Nein, er hat meine Beziehung zu ihr gespürt. Jetzt zurück zu dem anderen Thema.«

»Thema?« Derric hatte keine Ahnung, auf welches Thema er anspielte.

»Behandle andere gut. Ich bin über dein Interesse an meiner Enkeltochter erfreut, aber ich muss anstelle meines Sohnes handeln, weil er nicht hier ist. Was sind deine Absichten mit Dyna?«

Derric musste sich fangen, damit er nicht vom Pferd fiel. Alex sah zu ihm hinüber und zog eine Augenbraue hoch. Schwer schluckend entschied er, dass Aufrichtigkeit der beste Ansatz war. Er bezweifelte, dass er jemanden, der so klug und erfahren war, täuschen könnte. »Die Wahrheit ist, dass ich mir nicht sicher bin. Ich mag Dyna, aber mit dem Krieg, der im Gange ist, war uns nicht viel Gelegenheit beschieden, um festzustellen, ob wir harmonieren. Das würde ich gern in Erfahrung bringen. Ich bin gekommen, um Joya zu besuchen, aber ich hatte auch mehr Zeit mit Dyna verbringen wollen. Sie ist ein prächtiges Mädchen, Mylord. Aber ich weiß nicht, ob sie irgendwelches Interesse an mir oder einer Heirat hat.«

»Du bist gewillt, ihr die Ehe anzubieten?«

»Ich würde der Möglichkeit gern auf den Grund gehen.« Derric räusperte sich. Auf derart direkte Fragen war er nicht gefasst gewesen, gleichwohl er den Mann für seine Art respektierte, sich klar auszudrücken.

Anders als Els und Alasdair.

»Wohin gehst du von hier? Und wo bist du dauerhaft zu Hause?«

»Ich habe kein dauerhaftes Zuhause. Seit meine Eltern umgebracht wurden, bin ich im Land der Schotten unterwegs und habe für die Freiheit gekämpft, zuerst mit William Wallace und nun mit König Robert. Der Wald ist mein Zuhause. Eine gekochte Mahlzeit und ein weiches Bett genieße ich gelegentlich sehr.«

»Fühle dich frei, um sie zu freien, oder rede zuerst mit Dyna über die Angelegenheit, aber trage Sorge dafür, dass meine Enkeltochter nicht in diesem weichen Bett liegt, es sei denn, ihr habt euer Ehegelübde abgelegt. Unser Clan beachtet die Trauungszeremonie, also glaube nicht, dass du sie schwängern kannst, ohne vorher mit ihr getraut worden zu sein.« Der Mann hielt die Augen starr geradeaus gerichtet, und Derric errötete, während ihm der Schweiß aus den Poren perlte. Nie hatte er mit einem Vater einer Angebeteten zu tun gehabt. Er hatte noch nie eine Angebetete gehabt.

Der Mann würde ihn nicht in Ruhe lassen. Vielleicht wäre es einfacher gewesen, gegen das

Wildschwein zu kämpfen.

Vermutlich musste er einen Kommentar zu dieser Ankündigung erwidern, also murmelte er: »Verstanden.«

»Was zieht dich an meiner Enkeltochter an?«

Ihr Gesäß war wahrscheinlich nicht die beste Antwort, gleichwohl dies sein erster Gedanke war. Doch Dyna hatte viele andere großartige Qualitäten. »Viele Gründe, wenn ich ehrlich zu Euch bin. Ich genieße es, mit ihr zu scherzen — sie hat einen bissigen Humor, der mir sehr gefällt. Ihr wisst natürlich, dass sie eine sehr schöne Frau ist, und sie ist nicht nur temperamentvoll, sondern auch sehr versiert mit dem Bogen.« Er hoffte, ihm genügend Gründe genannt zu haben. Im Augenblick fielen ihm keine weiteren ein. Die Zügel zu halten war zu einer Herausforderung geworden, also wechselte er die Hände und wischte sich den Schweiß seiner Handflächen an der Hose ab.

Die nächsten Worte von Alex waren eine Warnung. Das konnte er an der Art erkennen, wie er sein Profil hielt. »Du wirst gütig zu ihrem zarten Herzen sein. Unternimm nichts, was ihr wehtun oder sie verändern könnte. Wenn du mir das versprichst, hast du meinen Segen, sie zu freien. Deine Reisen machen mir keine Sorgen. Sie würde es vorziehen, durch das Hochland zu wandern, als ob ihr selbst die Ehre obliegt, das Land zu beschützen. Ich kann sie nicht am Reisen hindern, aber ich vertraue darauf, dass du sie mit Respekt behandelst, und ihr zartes Herz beschützt. Darauf muss ich bestehen.«

»Ihr zartes Herz?« Derric war so verblüfft

von diesen Worten, die er nie mit der Maid in Verbindung gebracht hatte, dass er unsicher war, wie er reagieren sollte. »Noch nie habe ich ein Anzeichen für ein zartes Herz gesehen. Ohne es an Respekt fehlen lassen zu wollen, Mylord, ist sie eine abgehärtete Kriegerin.«

Alex Grant hielt sein Pferd an und drehte das Gesicht zu Derric. »Vermutlich kann ich diese Bemerkung verstehen, da du nur in sehr schwierigen Zeiten mit ihr zusammen warst, aber mein Instinkt sagt mir, dass ich dich deswegen wegschicken sollte. Dyna hat das zarteste Herz von meinen Enkelkindern. Wenn du dir nicht die Zeit genommen oder die Mühe gemacht hast, diese Wahrheit zu sehen, hast du die Ehre nicht verdient, ihr den Hof zu machen. Dir sei eine kurze Zeitspanne gewährt, um herauszufinden, ob du dieser Prüfung gerecht wirst. Falls du anschließend weiterhin an deiner Aussage festhalten solltest, werde ich dich aus dem MacLintock Land verbannen.«

In diesem Fall war es gut, dass er dem Patriarchen die Begründung seines Kosenamens für Dyna nicht verraten hatte. Zwar hatte er im Frühjahr einen flüchtigen Blick auf Dynas weiches Herz erhascht – denn welche hartherzige Frau würde sich schon aufmachen, um ein Kind zu retten –, aber sie war derartig von Wut auf den gefühllosen Vater des Mädchens erfüllt gewesen, dass sie damit jeden Anflug von Wärme überschattet hatte.

Alex wendete sein Pferd und ritt zurück zu ihrem ursprünglichen Standort, wobei er eine

Staubwolke in seine Richtung aufwirbelte.

Der alte Krieger hatte ihn zu einer Prüfung herausgefordert, die er nicht zu bewältigen wusste. Wie war er imstande, etwas über das Herz eines Mädchens herauszufinden?

Er mochte der Attacke eines Wildschweins entgangen sein, doch er fühlte sich, als hätte man ihn gerade an seinen Hoden aufgehängt.

KAPITEL VIER

——— ∿ ———

DYNA, JOYA UND Lora kehrten stolz zur Burg zurück, mit ihren Gaben für das Abendmahl beladen. Großvater war mit den Männern draußen geblieben, einfach weil er für sein Leben gern ritt und sich die Gelegenheit nicht entgehen lassen wollte, sich draußen vor den Toren aufzuhalten. Die beiden Fasane und die zwei Enten, die sie erjagt hatten, würden viele sättigen.

Zu ein paar Runden Applaus angesichts ihrer Beute ritten sie durch den Hof, um dann die Pferde in den Stallungen zu lassen und sich mit ihrem Fang auf den Weg zu den Küchen zu machen. Nachdem sie der lächelnden Köchin das Wild übergeben hatten, wusch Dyna sich in ihrer Kammer und kehrte anschließend in die große Halle zurück, die sie bis auf Joya und Emmalin und die Kinder fast leer vorfand. Es war genauso, wie sie gehofft hatte.

»Das habt ihr gut gemacht«, lobte Emmalin, während sie an der Handarbeit auf ihrem Schoß arbeitete. »Alasdair und ich lieben Fasan. Herzlichen Dank dafür, dass ihr gleich zwei Vögel erlegt habt.«

Eine forsche Herangehensweise war schon immer Dynas bevorzugte Strategie gewesen, und sie hatte keinen Grund zu der Annahme, dass die derzeitige Situation anders sein sollte. »Dürfte ich euch beiden ein paar persönliche Fragen stellen?« Sie gab sich alle Mühe, um das plötzliche Auf und Ab in ihrem Bauch zu ignorieren.

Joya sagte: »Gewiss. Frag nur alles, was du wissen willst.« Sie warf Emmalin einen kurzen Blick zu, da sie wahrscheinlich keine Vorstellung hatte, was Dyna fragen wollte.

Dyna wagte sich weiter und ignorierte den plötzlichen Schweiß auf ihren Handflächen. »Was haltet ihr vom Ehebett?«

Joya lachte prustend los und spuckte dabei einen Schluck des Getränks aus, was sie gerade zu sich genommen hatte, während Emmalin ihre Handarbeit in den Schoß fallen ließ und Dyna mit schockiertem Gesichtsausdruck ansah.

Nun, sie war ganz unverblümt gewesen. Sie biss die Zähne zusammen, denn ihr Instinkt wollte ihr vorschlagen, die Frage einfach zu vergessen, doch sie hatte sich Gedanken darüber gemacht. Sogar eine ganze Menge. Und da Derric mittlerweile so anziehend für sie geworden war, brauchte sie eine Antwort.

Weder Joya noch Emmalin sagten ein Wort, worauf sie sich recht unbehaglich fühlte, also erklärte sie: »Ich würde gern wissen, ob ihr Vergnügen dabei habt. Mir ist zu Ohren gekommen, dass es beim ersten Mal wehtun soll und ich bin einfach nur neugierig.«

Joya blickte Emmalin an und antwortete: »Du wirst das erste Mal erklären müssen. An mein erstes Mal möchte ich mich nicht gern erinnern.«

Emmalin und Dyna kannten beide den Grund dafür. Joya war entführt und vergewaltigt worden, nachdem sie aus dem Haus ihrer Tante fortgelaufen war, also nickte Emmalin schnell. »Wie du willst.« Dann legte sie ihre Handarbeit beiseite und wandte Dyna ihre volle Aufmerksamkeit zu. »Das erste Mal tut weh, aber nicht schlimm. Und es tut nicht lange weh. Du weißt, wie es passiert, nicht wahr? Viele denken, es ist wie bei den Tieren, aber meistens schauen wir uns dabei an.«

»Ich verstehe. Mama hat es mit erklärt und ich habe vielen Dienstmägden und jungen Frauen zugehört, die über ihre Erlebnisse mit ihren Ehemännern berichtet haben. Aber ich wollte mit jemandem darüber reden, dem ich vertraue. Ist es wie ein Stich?«

Emmalin dachte einen Augenblick nach und dann sprach sie weiter. »Ich werde ehrlich sein. Es war mehr als ein Stich bei mir. Aye, es tat weh, aber nicht lange.«

Joya unterbrach sie mit einem Grinsen. »Und für das Vergnügen, das du dabei gewinnst, lohnt es sich. Ich kann nicht genug von Els bekommen.«

»Mein erster Ehemann war nur an seinem eigenen Vergnügen interessiert. Gott sei Dank ist es mit Alasdair eine vollkommen andere Erfahrung.« Emmalin errötete und senkte ihre Stimme. »In Wahrheit habe ich es am Anfang mehr machen wollen als er ... und er hat es oft genug machen wollen.« Sie sah zu Dyna auf und meinte:»Du musst sicherstellen, dass du den richtigen Mann aussuchst. Es ist wundervoll, wenn ihr beiden zusammenpasst.Wenn du den anderen liebst, kümmerst du dich um sein Vergnügen ebenso wie um dein eigenes.«

»Vergnügen?«, fragte sie und drängte darauf, mehr zu erfahren.

Joya war beinahe genauso unverblümt wie Dyna. »Es wird Orgasmus genannt. Dein Ehemann muss dir helfen, zu diesem Punkt zu kommen, aber sobald du das tust, schwöre ich dir, dass um dich herum eine Burg zusammenbrechen könnte, ohne dass du es merkst. Bei einem Mal tobte ein Gewitter in der Nacht und Els hatte es für seinen Höhepunkt gehalten.«

»Die arme Ailith hatte die ganze Nacht geweint und ich habe es nicht gehört.« Emmalin kicherte hinter vorgehaltener Hand.

Joya blickte über ihre Schulter, ob jemand in Hörweite war – die Kinder spielten am entfernten Ende der Halle, wo sie nichts mitbekamen –, ehe sie fortfuhr. Sie beugte sich vor und senkte die Stimme. »Einmal waren wir in den Wäldern und haben das Grunzen eines Wildschweins nicht gehört, bis es fast zu spät war. Nie werde ich das Bild von Els vergessen, wie er sein Schwert mit baumelnden Hoden schwang. Er musste das Tier nur verwunden, damit es die Flucht ergriff.«

Emmalin lachte schallend und stampfte vor Heiterkeit mit dem Fuß auf. »Seid ihr zum Ende gekommen?«

»Himmel, nein. Ich habe ihm gesagt, er soll es

wegstecken«, entgegnete Joya mit gerunzelter Stirn. »Die riesige Schnauze des Wildschweins hat mir den Rest gegeben. Sie war so hässlich.«

»John hatte uns eines Nachts gehört und kam in unsere Kammer gerannt. Er hat Alasdair gefragt, warum er mich so fest umarmt und dabei schreit«, meinte Emmalin mit großen Augen.

Die beiden fingen hysterisch an zu lachen und es dauerte so lange, dass Dyna schließlich nicht anders konnte, als einzustimmen.

Sie wusste nicht, welche Schlüsse sie aus den Enthüllungen ziehen sollte, einmal abgesehen davon, dass sie ein plötzliches Interesse verspürte, genau zu verstehen, was die beiden meinten. Was bedeutete, dass sie einen Mann brauchte. Sie machte sich die Situation zunutze, um noch eine letzte Frage zu stellen. »Meine Mama hatte mir erzählt, dass meine Jungfernschaft nicht mehr als ein kleines Häutchen ist, das eine Öffnung bedeckt. Warum werden Mädchen gezwungen, mit dem Akt zu warten, während von Männern nicht das Gleiche erwartet wird?«

Das Gelächter hörte sofort auf und Joya sah Emmalin an. »Ich weiß es nicht.«

Emmalin pflichtete ihr bei. »Ich weiß es auch nicht. Ich denke, ein Mann will eine Frau, die noch nie von einem anderen angefasst worden ist.«

»Dann kann eine Frau nicht auch einen Mann wollen, der noch nie berührt worden ist?«

Emmalin platzte heraus. »Wenn das der Fall wäre, würde niemand wissen, wie es funktioniert. Ein Ehemann zeigt es seiner Ehefrau. Stell dir vor, ihr versucht, es in eurer Hochzeitsnacht herauszufinden.« Diese Vorstellung ließ Joya und Emmalin in eine neue Lachsalve ausbrechen, doch dann ging die Tür auf und die Männer traten ein, was ihren Albernheiten ein Ende setzte.

Das Fest begann früh, sobald Alexander Grant verkündet hatte, am folgenden Morgen nach Cameron Land aufzubrechen. Zuerst waren alle über die Nachricht betrübt, doch Emmalin trieb ein paar Spielleute auf, worauf es bei der Feier wieder lebhaft und fröhlich zuging.

Derric saß mit Joya, Els und einigen Wachen der Grants am Tisch, die er nicht kannte. Und mit Dyna. Seit seiner Ankunft hatte er nicht viel Gelegenheit gehabt, sich mit ihr zu unterhalten, doch seine Sehnsucht nach ihr hatte keinen Deut nachgelassen.

Selbst dann nicht, wenn er sich fragte, ob er an seinen Hoden aufgehängt oder von einem Wildschwein angegriffen würde.

Der Druck, eine Entscheidung zu treffen, lastete auf ihm. Entweder musste er sich bei Dyna nach ihren Gefühlen erkundigen oder er musste sie sich aus dem Kopf schlagen und seiner Wege gehen.

Ganz gewiss hatte er nicht die Absicht, einfach zu verschwinden, und doch wusste er nicht, wie er in Anwesenheit ihrer ganzen männlichen Verwandtschaft mit ihr verfahren sollte, die ihn mit Argusaugen bewachte. Noch nie zuvor war er in einer Situation wie dieser gewesen.

Alex saß mit Emmalin, Alasdair und den Kleinen auf dem Podium. Und John saß neben *Seanair*. An vier weiteren langen Tischen tummelten sich weitere Clanmitglieder.

In der Halle herrschte eine ausgelassene Atmosphäre, genau wie bei Derrics anderen Besuchen auf MacLintock Land und er verspürte eine gewisse Leere in sich. Seit der Ermordung seiner Eltern war er ständig unterwegs gewesen. Es war ein hartes Leben, aber eines, das ihm gefiel. Das sagte er sich jedenfalls immer. Doch jetzt, da er mitten in diesem Clan saß, und ihre Herzlichkeit füreinander erlebte – selbst wenn die Männer ihm derzeit nicht viel Wärme entgegenbrachten –, trieb es ihn, alles in Frage stellen, was er zu wissen glaubte.

König Robert hatte ihn einmal gefragt, was er sich von diesem Leben wünschte. Er wollte an den Himmelstoren ankommen und von seinen Eltern mit lächelnden Gesichtern begrüßt werden, anstatt dem entgegen zu sehen, was seines Wissens nach geschehen würde: Seine Mutter würde weinen und sein Vater würde sie trösten. Sie würden von Trauer übermannt sein, für all das, was Joya hatte erleben müssen. Dafür, wie Derric sie im Stich gelassen hatte.

Derric hatte nicht versucht, König Robert dies zu erklären, sondern ihm stattdessen geantwortet, er wolle Schottland befreit sehen. Es war die einzige Antwort, die ihm in den Sinn kam und die ihn von der Schuld ablenkte, die ihn tagtäglich plagte. Die Entscheidung, Joya zu verlassen, war leichter gewesen, während er geglaubt hatte, das

Beste für sie tun, als er noch nicht gewusst hatte, sie damit beinahe umgebracht zu haben.

Er warf einen Blick zu ihr hinüber, und Joyas Glückseligkeit spiegelte sich auf ihrem Gesicht, in ihrer Stimme und ihrem Gelächter. Man konnte denken, dass seine Schuld inzwischen nachgelassen hatte, nachdem sie ihr Glück mit ihrem Ehemann gefunden hatte, doch dem war nicht so. Wahrscheinlich, weil er gerade von den Gaunern erfahren hatte, die sie vor Jahren angegriffen und vergewaltigt hatten. Er konnte nicht aufhören, daran zu denken. Er konnte nicht aufhören, sich in seiner Schuld zu suhlen.

Wie sehr er sich wünschte, sie hätten die Kindheit eines Grant Nachkommen gehabt, anstatt ihre Eltern so jung zu verlieren.

Er versuchte, die dunklen Gedanken abzuschütteln, und wollte die Mahlzeit genießen, die Gesellschaft und die Kameradschaft. Dies würde ein Abend werden, den er in Erinnerung behalten würde, dessen war er sicher.

Die Gruppe saß noch nicht lange, als die Dienstmägde die Platten mit den Speisen auftrugen. Der Duft der gerösteten Fasane stieg Derric zuerst in die Nase. Keiner seiner Reisegefährten hatte einen Fasan erlegen können. Seine Ernährung bestand meistenteils aus Kaninchen und Ente, wenngleich er gelegentlich ein oder zwei Fische zum Braten fing, die er sehr genoss. Alasdair hatte ein großes Stück Fleisch von dem Wildschwein abgetrennt, damit sie etwas davon heute Abend bei dem Fest probieren konnten. Der Rest würde über Nacht auf der Glut geröstet.

Ein Teller mit geschnittenen Fleischscheiben wurde auf ihren Tisch gestellt und bei diesem Anblick wurde ihm der Mund wässrig. Die Gerichte wurden nach und nach gebracht: zwei knusprige Laibe dunklen Brots, eine Schüssel gebackener Äpfel und Birnen, die mit Zimt bestreut waren, Hammelfleischpasteten, Schüsseln voller Kohl und eine Mischung aus Karotten, Pastinaken und Erbsen.

Joya meinte an ihn gewandt: »Bruder, mach den Mund zu, ehe dein Speichel heraustropft.«

Els lachte. »Der arme Bursche ist am Verhungern. Er hat meistens hauptsächlich Lageressen genossen. Wer könnte ihm schon einen Vorwurf machen? Außer einem gelegentlichen Täubchen und reichlich Kaninchen hat er kein Fleisch zu essen bekommen.«

»Lach, so viel du willst, aber in letzter Zeit habe ich ein paar Fische fangen können. Doch dies alles sieht einfach köstlich aus. Ich werde es wirklich genießen. Insbesondere den Fasan.« Er zwinkerte Dyna zu.

Sie warf ihm zur Antwort nur einen Blick zu und griff nach der Schüssel mit dem Gemüse. Als er sich von den Speisen nahm, warf er ihr ein paar verstohlene Blicke zu – und beobachtete, wie sie sich einen Kanten Brot nahm und den ersten Bissen von dem Apfel-Birnen Kompott probierte. Sie schloss die Augen, leckte sich die Lippen und seufzte tief.

Bei dem entzückten Ausruf, der dem süßen Mädchen über die Lippen kam, ließ Derric sein Besteck klappernd auf den Tisch fallen.

Joya stieß Els mit dem Ellbogen an, doch Derric sagte kein Wort, sondern wandte sich wieder seinem Essen zu. Noch immer von all dem Überfluss in Bann geschlagen, war Dynas beinahe sinnliches Stöhnen die einzige Unterbrechung seiner Gedanken.

»Also hast du entschieden, wohin du als Nächstes gehst, lieber Bruder?«, fragte Joya.

Zwischen zwei Bissen und einem raschen Schluck Honigwein murmelte Derric: »In den Norden.«

Sie stellte keine weiteren Fragen und wandte sich stattdessen an Dyna. »Und was ist mit dir?«

»Ich werde mit Großvater reisen und Sorge dafür tragen, dass er wohlbehalten auf Cameron Land ankommt. Ich müsste lügen, wenn ich behaupten wollte, ich würde mir keine Sorgen machen, dass ein andere Tölpel aus dem Wald stürmt und ihn gefangen nimmt. Ich werde nicht ruhen, bis er sicher dort angekommen ist. Anschließend werde ich nach Grant Land reisen, um meine Eltern und meine Brüder und Schwestern zu besuchen.«

»Wie hat Claray all die Turbulenzen mit Großvater überstanden?« Els legte einen Arm um seine Frau und drückte ihr die Schultern, während er auf Dynas Antwort wartete.

»Nicht zum Besten. Ich muss sie sehen. Wenn ich in der Nähe bin, ist sie ruhiger. Manchmal fühle ich mich schuldig, wenn ich fortgehe.«

Joya kaute auf einer Fleischpastete und blickte nachdenklich zu den Deckenbalken auf. »Kenne ich Claray? Ich habe noch nicht von ihr gehört.«

»Aye. Ich denke ich habe dir von ihr erzählt, als wir in Glasgow oder Ayr waren, obwohl ich dir wahrscheinlich ihren Namen nicht genannt habe. Sie ist meine Halbschwester. Sie war drei, als meine Eltern geheiratet haben. Mein Vater hatte meine Mutter in einer schrecklichen Situation vorgefunden, und einige böse Männer zwangen sie, ihnen zu Willen zu sein, während sie die kleine Claray gefangen hielten. Es hatte eine langanhaltende Wirkung auf die beiden. Noch immer leiden sie unter Albträumen.« Sie richtete den Blick auf Derric, ehe sie wieder zu Joya zurücksah. »In Wahrheit ist Claray immer noch so aufgewühlt, dass ich mich jedes Mal schuldig fühle, wenn ich von zuhause fortgehe. Die Albträume sind unerbittlich und sie ist von mir abhängig, um sie von dem Bösen zu retten, dass sie um sich herum wähnt.«

»Dem Bösen?«, fragte Joya.

»Hauptsächlich Spinnen«, platzte Els heraus und dann sah er Dyna mit einem entschuldigenden Blick an.

»Spinnen?« Derric hatte von sonderbaren Albträumen gehört, doch dieser war ungewöhnlich. Warum würde sie von Spinnen träumen?

Dyna sah ihn mit einem Blick an, der ihm sagte, besser nicht zu fragen, also schloss er den Mund wieder. »Du kannst es mir ein anderes Mal erklären.«

»Danke«, entgegnete Dyna. »Claray ist vier Jahre älter als ich, doch in vielerlei Hinsicht ist sie immer noch wie ein Kind.«

»Das ist sehr traurig, Dyna«, meinte Joya. »Verzeih mir meine Neugier.«

»Du wirst sie eines Tages kennenlernen, Joya. Es ist gut, dies eine Weile vorher zu erfahren.« Dyna, die mit ihrer Mahlzeit fertig war, erhob sich vom Tisch. »Ich denke, ich werde einen Spaziergang unternehmen. Ich liebe den Nachthimmel und heute Abend ist es besonders klar.«

»Darf ich dir Gesellschaf leisten?«, fragte Derric schnell, womit er eindeutig alle überraschte. Els warf ihm einen strengen Blick zu. Würden sie sich nicht in der großen Halle des MacLintock Castles befinden, hätte er ihm zugeschrien, dass er nicht im Begriff war, seine Cousine anzugreifen. Stattdessen blieb er still und wartete auf ihre Antwort.

Dyna nickte, also verließ er seinen Platz und ging mit ihr zur Tür. Er fragte sich nur, wie man an eine Frau mit der Frage herantrat, ob sie an einer Beziehung interessiert sei.

Wenn er mit Frauen nur so gut umzugehen wüsste, wie mit Pferden.

KAPITEL FÜNF

⁓

DYNA GAB SICH alle Mühe, das Flattern in ihrem Bauch zu beschwichtigen. Mit Derrics Angebot, sie zu begleiten, hatte sie wahrhaftig nicht gerechnet, insbesondere deshalb nicht, weil sie ihn beim Verschlingen von so viel Essen beobachtet hatte. »Es überrascht mich, dass du dich nach den Mengen, die du verspeist hast, noch bewegen kannst.«

Er lachte. »Es ist ein bisschen schwer, der üppigen Tafel den Rücken zu kehren, aber es ist zum Besten. Ich habe seit langer Zeit nicht mehr so eine Mahlzeit genossen. Das Zimtaroma mit den Äpfeln ist einfach einzigartig. Das habe ich noch nie zuvor probiert.« Er hielt einen Moment inne und sein Ausdruck wurde ernst. »Das mit deiner Schwester tut mir leid, aber ich würde sie eines Tages gern kennenlernen.«

»Sie wird wohl zögern, dich kennenzulernen. Sie braucht sehr viel Zeit, bis sie einem Menschen vertraut. Insbesondere einem Mann.«

»Wie behältst du all deine Tanten, Onkel und Cousinen im Gedächtnis? Du hast so viele.«

»Sie alle sind auf ihre eigene Art speziell.« Wann

immer sie an ihre ganze Verwandtschaft dachte, konnte sie nicht anders als lächeln. Sie wusste, dass sie gesegnet war, als eine Grant geboren zu sein. »Es gibt so viele ältere Verwandte, die mich behütet und angeleitet haben, dass ich mir nicht vorstellen kann, wie es für Joya und dich gewesen sein musste, nachdem ihr eure Eltern verloren hattet.«

Derric kaute auf seiner Lippe und nickte. »Aye. Wenn ich zurückblicke, kann ich nicht glauben, dass ich Joya so rasch bei unserer Tante gelassen habe. Ich denke, ich stand unter Schock.« Sie schlenderten über den Burghof und nahmen sich Zeit, was für beide ungewöhnlich war. Der Himmel war überraschend klar und es waren keine Wolken in Sicht.

Über eine solche Verletzlichkeit bei ihm überrascht, blickte sie zu ihm hinüber. »Wo hättest du sie sonst lassen können, als eure beiden Eltern tot waren? Du hast das Beste getan, was du hattest tun können. Deine Tante mag nicht herzlich zu ihr gewesen sein, aber sie hat ihr auch keinen Schaden zugefügt. Die Marodeure, die sie schändeten, haben sie erst gefunden, nachdem du schon lange fort warst. Das hatte nichts mit dir zu tun.« Ihr war klar geworden, dass er sich für das, was geschehen war, die Schuld gab, und diese Belastung machte ihm zu schaffen. »Du hast getan, was du hattest tun müssen, um zu überleben – und dafür zu sorgen, dass auch sie das tat.«

»Wahrscheinlich hast du recht. Leider war unsere Tante nicht so liebenswert, wie viele von den deinen zu sein scheinen. Hast du einen Liebling? Nein, ich denke, ich kann es erraten. Deine Tante, die die begabte Bogenschützin ist.«

»Tante Gwyneth ist nicht wirklich meine Tante, aber sie und zwei ihrer Töchter sind die berühmten Bogenschützinnen in der Familie. Die einzige Verwandtschaft, die mich mit den Ramsays verbindet, besteht nur, weil meine Tante den alten Laird geheiratet hat. Aber wir stehen den Ramsays so nahe, dass ich sie alle Tanten und Onkel nenne.« Vom Gedanken an ihre Familie mit Wärme erfüllt, lächelte sie. »Also habe ich viele Tanten und Onkel, die alle auf ihre eigene Weise speziell sind. Aber ich habe auch viele Großtanten und Onkel, gleichwohl ich einige verloren habe. Wir haben Onkel Jake und Tante Aline vor einigen Jahren verloren und es war schwierig für Alasdair gewesen, insbesondere, weil er keine Geschwister hat. Onkel Jamie und Tante Gracie sind gütig und stark und so gute Zuhörer. Sie helfen mir immer, wenn mich etwas beschäftigt. Tante Kyla und Onkel Finlay sind viel lebhafter und sie sagen stets, was sie denken. Tante Kyla plant liebend gern Festlichkeiten und sie würde alles für Großvater tun. Tante Maeve ist außerordentlich liebenswert.

Meine Großtanten und Onkel sind viel interessanter, weil sie an so vielen unterschiedlichen Orten leben. Ich liebe es, zu reisen und sie alle zu besuchen und wir sind stets willkommen. Tante Avelina ist eine Seherin und ein paar meiner Cousinen haben die gleiche Gabe. Tante Diana ist Laird des Drummond Clans. Sie verwöhnt all ihre Nichten, weil sie nur Jungen hat. Tante

Celestina und Onkel Brodie haben einen Waisen adoptiert.« Sie zeigte zu einer Bank im Garten, wo sie sich hinsetzen konnten.

»Wie ist es dazu gekommen?«

»Onkel Brodie fand Loki, der hinter einer Taverne hauste. Er benutzte eine Kiste, um sich bei schlechtem Wetter zu schützen. Sie sagen, er sei ein frecher Bursche gewesen, gerissen und mutig. Als er älter wurde, entwickelte er sich zu einem guten Kämpfer und mit dem Schwert ist er fast besser als Großvater und Papa. Dann sind da noch Onkel Robbie und Tante Caralyn, die uns Schwimmen und Fischen beigebracht haben, obwohl Onkel Robbie gestorben ist. Ich habe so viele besondere Familienmitglieder. Ich wünschte, du würdest sie alle kennenlernen.«

»Es muss eine Herausforderung sein, sie alle im Gedächtnis zu behalten. Es würde eine Ehre für mich bedeuten, nur ein paar von ihnen zu besuchen, insbesondere die stärksten Krieger. Also hast du keine Lieblinge?«

»Aye, vermutlich habe ich das«, antwortete sie mit einem Lächeln. »Ich denke, meine Lieblinge sind Tante Jennie und Onkel Aedan, wenngleich ich sie nicht annähernd oft genug sehe. Ich bin wirklich froh, dass Großvater nach Cameron Land reisen will. Es wird wundervoll werden, sie wiederzusehen.«

»Was macht sie so besonders?«

Sie zeigte in den Nachthimmel. »Sie kennen die Sterne.« Dann nahm sie ihn an der Hand, um ihn mit sich zu ziehen – und bei ihrer Berührung trat ein Schimmer in ihre Augen. »Hier, ich zeige es dir. Es ist eine perfekte Nacht.« Sie traten zu den Toren hinaus und winkten einer der Wachen zu, was bedeutete, dass sie die Aufgabe hatten, über sie zu wachen. »Nur zu dem Hügel«, meinte sie und zeigte darauf. Dann flüsterte sie Derric zu. »Wenn ich weit gehe, muss ich fünf Wachen mitnehmen. Wenn sie mich sehen können, werden sie uns in Ruhe lassen.«

Sie zog ihn an der Hand und rannte auf den Hügel zu, dann ließ sie ihn los, ehe sie anfingen, hinaufzuklettern. Sie tauschten einen Blick aus und fingen an, so schnell sie konnten, hinaufzurennen und ihr Gelächter hallte über die Ebene. Derric war eine Zeitlang voraus, aber er war schnell losgelaufen und ihm ging die Puste aus. Dyna schüttelte den Kopf, als sie an ihm vorbeizog und die Kuppe erreichte, die aus einem flachen Bereich in der Mitte ohne Bäume bestand und weiches Gras hatte. »Zu langsam. Iss nur weiter all das Essen.«

Für einen Augenblick stand sie dort und nahm die Aussicht in sich auf, ehe sie sich zu ihm umdrehte. »Leg dich neben mich.« Ohne abzuwarten, um zu sehen, ob er sich zu ihr gesellte, legte sie sich auf den Rücken und blickte in den Himmel auf. Die klare Nacht war voller funkelnder Sterne, die in all ihrer Herrlichkeit strahlten.

»Den Teufel werde ich tun«, entgegnete er, die Hände an die Hüften gelegt. »Die Wachen können uns sehen und ich bin sowohl von deinem Großvater als auch deinen überfürsorglichen Cousins gewarnt worden.«

»Verschwende keine Gedanken an sie. Schau

auf«, ermunterte sie ihn, obwohl sie nicht überrascht war, dass ihre Familie sich aufgespielt hatte.
Scheinbar konnten sie nicht verstehen, dass sie
auf sich selbst aufpassen konnte. »Schau, was du
verpasst. Wir werden uns nicht einmal berühren,
wenn dich das zufriedenstellt.« Sie wusste, dass
er von dem Ausblick überrascht sein würde.
Obwohl die Männer, die mit The Bruce reisten, unter freiem Himmel schliefen, geschah dies
häufig im Schutze von Tannen für den Fall, dass
es regnete und nur selten war der Himmel so
klar. Oft war der Himmel in Schottland bewölkt.

Und es war eine herrliche Aussicht heute
Abend.

Er beeilte sich nicht, sich zu ihr zu gesellen,
und warf einen Blick zu den Wachen zurück.

Sie zog eine Augenbraue hoch. »Meine Cousins haben dir Angst eingejagt?«

»Nein«, antwortete er schnell und ließ sich auf
dem Rücken neben ihr nieder, um in die Sterne
aufzublicken.

Sie lagen eine lange Zeit so da, Seite an Seite
und schauten in den Himmel auf, ehe er die
Stille mit einem leisen Pfiff durchbrach. »Ich
habe schon Sterne in der Nacht gesehen, aber
nicht so strahlend. Warum?«

»Es ist eine klare Nacht. Wolkenlos. Onkel
Aedan und Tante Jennie haben uns in einer
Nacht eingeladen, draußen mit ihnen auf ihrem
großen, flachen Hügel zu schlafen. Ich werde dir
zeigen, was sie mir beigebracht haben.« Sie deutete auf einen Bereich am Himmel. »Die Sterne
sind jeden Abend gleich angeordnet und es macht

Spaß, ihre Formen auszumachen.«

»Wo?«

»Ich werde dir helfen, den Anfang zu finden. Kannst du die Form dort drüben sehen, derwie ein Karren aussieht?« Sie deutete seitlich von ihnen.

»Ich sehe es. Und da ist noch ein kleinerer dicht dabei, nicht wahr?«

»Aye! Gut. Du hast es schnell gefunden.«

Sie fuhren fort und zeigten auf die Dinge, die sie sahen, und lachend genossen sie ihre gegenseitige Gesellschaft. Sie fanden verschiedene Formen von Tieren zusätzlich zu denen, die Tante Jennie Dyna gezeigt hatte. Irgendwann drehte sie den Kopf und stellte fest, das Derric sie ansah. »Was stimmt nicht?«

»Nichts. Ich genieße es nur dich anzuschauen. Noch nie zuvor habe ich dich so lachen sehen.«

Sie errötete und nahm an, dass seine Worte wahrscheinlich wahr waren. Sie sorgte sich viel ihn ihrem Leben. Nicht um sich selbst, sondern um ihre Schwester, ihre Mutter und ihren Großvater. Darüber hinaus hatte sie schon vor langer Zeit gelernt, dass Männer eine lächelnde Frau selten ernst nahmen. Sie waren zu beschäftigt damit, sich nach einem weichen Heuhaufen umzuschauen, um sie daraufzulegen. Innerhalb von Monaten hatte sie sich ihren ernsten Blick erarbeitet, ihn immer wieder ausprobiert und gelernt, mit welchem sie Männer am besten auf Abstand halten konnte. Ihre Mutter hatte ihr dabei geholfen, denn sie hatte das Gleiche erfahren. Es war Sela Seton so in Fleisch und Blut übergegangen, sich die Männer vom Leib zu halten, dass es ihr den Titel »Eiskönigin« eingebracht hatte.

»Das ist eine Tarnung, Derric. Es bewahrt mich sicher vor Männern, die ich nicht in meiner Nähe will.«

»Und wirst du diesen hier näher lassen?«

»Aye«, flüsterte sie und drehte sich zu ihm.

Er beugte sich zu ihr und die Hand um ihre Wange geschmiegt, brachte er seine Lippen an ihre, zu einem Kuss, der zärtlicher war, als sie erwartet hatte. Seine Zunge drückte an den Rand ihrer Lippen, die sie für ihn teilte und ihm Zugang gewährte. Er schmeckte nach Äpfeln und Zimt. Sie beugte sich zu ihm und wollte mehr, als er seinen Mund in sanfter Erkundung auf ihren legte und sie mit der Zungenspitze neckte.

Je mehr er sie küsste, umso mehr wollte sie. Ihre Brustwarzen richteten sich auf und bettelten darum, aus der Beengtheit ihrer Tunika befreit zu werden. Das Anschwellen ihrer Brüste, allein von der Berührung seiner Lippen, brachte sie zu der Frage, was genau sie versäumte.

Derric rückte dichter zu ihr und rollte sie auf den Rücken, wobei er seinen Oberkörper an ihren presste. »Dyna, du bist so wunderschön.« Er zog eine Spur von Küssen über ihren Hals und hielt inne, um an ihrem Ohrläppchen zu knabbern und diese Sensation sandte Schockwellen durch ihren Körper, die allesamt an der gleichen Stelle zu landen schienen. Durch den groben Wollstoff ihrer Tunika fühlte sie seine Hände, die sich um ihre Brüste legten, und sogar das veranlasste ihren Körper auf eine Weise zu reagieren, die sie nicht verstand. Derric Corbett besaß die seltene Gabe, jeden ihrer Körperteile in einen übersensiblen Zustand zu versetzen, der sie mit dem Wunsch nach mehr erfüllte.

Wie machte er das?

»Derric, aufhören, bitte«, flehte sie keuchend.

Mit einem verwirrten Blick auf dem Gesicht zog er sich schnell zurück. »Habe ich etwas Falsches getan? Ich dachte, du genießt es ebenso wie ich.« Er tat sein Bestes, ein paar ihrer Haarsträhnen glattzustreichen, die sich gelöst hatten, und schob sie ihr hinter das Ohr.

Sie reagierte an jeder Stelle auf ihn, die er berührte. Mit einem Finger fuhr sie über die rauen Stoppeln an seinem Kiefer und dann über seine üppige Unterlippe. »Ich genieße es. Mehr als du glaubst.« In der Nacht wirkten seine goldenen Locken braun und sie wellten sich sanft an den Enden, wo sie auf seine Schultern trafen. »Ich muss dich um einen Gefallen bitten, Derric. Etwas Ungewöhnliches. Etwas, das ich niemanden sonst fragen würde.«

»Ich werde alles für dich tun, was ich kann.«

»Gut«, gab sie zurück, um dann innezuhalten und zu überlegen, was sie vorhatte, denn sie wollte sich sicher sein. »Aber was ich möchte, kann nicht hier oder heute Abend passieren. Wir werden ein anderes Mal planen müssen.«

Verwirrter denn je sah er sie an.

»Nimm mir meine Jungfräulichkeit. Ich will sie nicht mehr.«

KAPITEL SECHS

———— ∞ ————

»WAS ZUM TEUFEL?« Derric sprang so schnell auf, als wäre er von zehn Pfeilen einer Abteilung Engländer getroffen worden. Noch nie hatten die Worte einer anderen Person ihn mehr schockiert.

Sie sprang beinahe ebenso schnell auf. »Nicht jetzt. Ich frage ja nur, ob wir es irgendwie für später arrangieren können.«

»Nein.« Seine Antwort kam beinahe als Schrei über seine Lippen, doch er hatte zu kämpfen, um die Emotionen zu kontrollieren, die in ihm tobten. Verlangen stand an aller erster Stelle und es war eine beinahe schmerzhafte Herausforderung, es jetzt niederzudrücken, da er wusste, dass sie ihn begehrte. Wenn er hier auf der Hügelkuppe neben ihr blieb, wäre innerhalb kürzester Zeit alles vorbei, weil sie gewillt war, ihm Freiheiten zu gewähren. Sie war einfach zu verlockend.

Er konnte nicht zulassen, dass dies geschah.

Er konnte nicht vergessen, dass sie mit zwei ihrer Cousins und ihrem Großvater auf MacLintock Land waren, die allesamt gedroht hatten, ihn zu entmannen, wenn er dem Mädchen irgendetwas Respektloses antat. Er konnte nicht vergessen, dass die Wachen sie in diesem Moment beobachteten.

Irgendwie glaubte er nicht, dass es reichen würde, ihrem Großvater mit der Behauptung gegenüberzutreten: »Sie hat es so gewollt.«

Els und Alasdair würden ihn für alle sichtbar an seinen Hoden aufknüpfen. Oder ...

Fantasiebilder, wie ihr Großvater ein Seil um seine Hoden knüpfte und ihn hinter seinem Pferd herzerrte, ließen ihn an mehr Stellen in Schweiß ausbrechen als er je zuvor geschwitzt hatte.

Er hustete und fing an, umherzugehen, während er von den Bildern in seinem Kopf gepiesackt wurde, die seine Erregung in das komplette Gegenteil verwandelten.

»Derric? Bin ich wirklich so wenig begehrenswert für dich?«

»Was?« Er rannte zu ihr und blieb vor ihr stehen, um ihre Hände zu ergreifen. »Nein. Du bist das schönste Mädchen, das ich je getroffen habe. Und du bist mutig und lustig. Ich liebe es, mich mit dir zu unterhalten, aber ...«

Verdammt, aber der Schmerz in ihrem Blick weckte in ihm den Wunsch, zu tun, worum sie ihn gebeten hatte, nur um diesen Blick zum Verschwinden zu bringen.

»Aber was?«

»Ich habe dir erzählt, dass deine Cousins und dein Großvater mich bedroht haben, nicht wahr? Hast du das so schnell vergessen? Ich habe das ganz gewiss nicht.« Wieder begann er, umherzulaufen und fuhr sich dabei mit den Händen durchs Haar.

Jetzt, wo er darüber nachdachte, sollte er nicht mit ihr hier oben sein, oder überhaupt allein mit ihr. Würden die Wachen es Alasdair sagen?

Was zum Teufel hatte er sich nur gedacht, sie auf diese Weise auf MacLintock Land zu küssen?

Die Antwort war einfach: Er hatte keine Kontrolle über seine ursprünglichsten Bedürfnisse, wenn es um Dyna Grant ging. Keine.

»Aber das ist nicht ihre Entscheidung. Es ist meine.«

Er blieb stehen, um sie anzusehen, und legte dabei die Hände an die Hüften. »Ich bezweifle, dass sie dir zustimmen würden, Dyna. Du glaubst doch nicht wirklich, dass sie das tun würden, oder?« Er nahm ihre Hand. »Komm, wir müssen umkehren, oder sie werden bald hinter mir her sein.«

Sie folgte ihm ein paar Schritte, doch dann zog sie ihn an der Hand, um ihn zum Stehenbleiben zu bewegen. »Derric, warte.«

Sie standen mit einer Handbreit Abstand dort. Dann hob sie sein Kinn und zwang ihn, ihr in die Augen zu blicken. Ihre wundervollen blauen Augen waren voller Schmerz und er hasste sich dafür. »Mädchen, ich will dich nicht verletzen. Aye, es sollte deine Entscheidung sein, aber du bist keine Herumtreiberin. Du hast einen Clan, der über dich wacht. Hast du vergessen, dass du von edlem Geblüt bist? Sogar der König von England wacht über dich, weil du die Tochter eines Lairds bist. Er könnte deine Eheschließung befehlen, so wie er es bei Emmalins Verbindung mit dem Baron getan hat. Wenn ich dir deine

Jungfräulichkeit nehme, müsste ich dich heiraten. Bist du dazu bereit?«

Ihre finstere Mine war so intensiv, dass er einen Schritt zurücktrat und die Augenbraue hochzog. Es war ein Kampf zwischen ihren gefurchten Stirnen, ehe einer der beiden das Wort ergriff.

»Was? Du würdest mich nicht heiraten?«, fragte er, und fühlte sich dabei ein bisschen von ihrer Reaktion verletzt.

»Würdest du?« Der Ausdruck auf ihrem Gesicht war so nuanciert, dass er keine Hoffnung hatte, ihn richtig zu deuten.

Verdammt, aber er konnte fühlen, dass sich auf seiner eigenen Stirn Dinge abspielten, die er nicht befohlen hatte. »Würde ich deine Jungfräulichkeit nehmen, würde ich dich heiraten wollen.«

»Aber ist das der einzige Grund?«

»Mädchen, hör auf, mich zu Entscheidungen über eine Sache zu zwingen, die nicht passiert ist.« Das ging nicht gut, und er hatte keine Ahnung, wie er das ändern sollte. Mit allem, was er sagte, schien er das Loch tiefer auszuheben, in dem er steckte. Bald würde er sich darin begraben.

»Egal. Ich habe meine Antwort.« Sie rannte vor ihm los.

Mist. Sie war so schnell, dass er nicht hoffen konnte, Schritt halten zu können.

Nicht, dass er gewusst hätte, was er sagen sollte, wenn er sie eingeholt hätte. Ganz bestimmt war er damit nicht in seinem Bemühen vorangekommen, der Frage auf den Grund zu gehen, warum ihr Großvater sie für zart besaitet hielt. Unerbittlich und eine dickköpfige Göre waren die

Ausdrücke, die ihm nach diesem Zwischenspiel in den Sinn kamen.

Nein, das war nicht ganz richtig – er hatte den Schmerz in ihrem Blick aufblitzen sehen – und dennoch war er nicht ganz sicher, wohin sie das führte. Er hatte herauszufinden gehofft, ob sie zusammenpassten, aber keiner von ihnen beiden schien imstande oder gewillt zu sein, seine starken Gefühle für den anderen einzugestehen. Die Wahrheit war, dass sie in dem Augenblick finster dreingesehen hatte, als er eine Heirat erwähnte.

Vielleicht war sie letztendlich an nichts anderem interessiert als einem Mittel zum Zweck.

Dem Ende ihrer Jungfernschaft.

⁓

Dyna riss die Tür zum Hauptturm mit einem Ruck auf, was sie auf der Stelle bereute, weil nun alle in der Halle die Augen direkt auf sie gerichtet hatten.

Jede einzelne Person in der großen Halle starrte sie an und das war eine Masse an fragenden Blicken, von denen sie nichts wissen wollte.

Errötend nickte sie und versuchte dabei, nicht aufgewühlt zu wirken, als sie die Treppe zu ihrer Schlafkammer hinaufging. Sie wollte Derric keinen Ärger bereiten. Alles, was sie getan hatten, war ihre Idee gewesen. Außer dem Kuss.

Die Tränen brannten in ihren Augen und sie musste kämpfen, um sie zurückzuhalten, als sie in die Kammer trat und sich auf die Bettkante eines der Betten setzte. Es war eine Kammer für Gäste, die mit genügend Betten für mehrere Mädchen ausgestattet war.

Einige Momente später klopfte jemand an die Tür.

»Herein.« Zu stolz, jemanden sehen zu lassen, was passiert war, wischte sie sich die Tränen ab.

Die Tür ging auf und Alasdair stand im Rahmen. Er sah sie an, ehe er das Wort ergriff – es war seine übliche Taktik, die Situation erst einzuschätzen und dann zu sprechen. Das entsprach kaum ihrer Philosophie, doch dies war ihr geliebter Alasdair.

Er hob das Kinn ein wenig, als er ihr Gesicht beäugte. »Beantworte mir eine Frage. War er unangemessen zu dir?«

»Wer?« Sich alle Mühe gebend, einen unschuldigen Blick aufzusetzen, sah sie von ihrem Platz auf dem Bett zu ihrem Cousin auf, ohne auf das Problem eingehen zu wollen, das in der Tat mit Derric zu tun hatte.

»Ich denke, das weißt du«, gab er zurück und trat in die Kammer. Emmalin kam hinter ihm her, doch sie blieb im Hintergrund und ließ die beiden sprechen. »Spiele nicht die Unschuldige. Er ist mit dir zusammen hinausgegangen.«

»Alasdair, es ist nichts passiert. Derric hat mich nicht verletzt.« Nachdenklich hielt sie inne und sagte dann: »Aber ich würde dir gern eine Frage stellen.«

»Ich höre«, antwortete er, wobei er näher kam.

Sie sah von ihm zu Emmalin und zurück. »Wie hast du gewusst, dass Emmalin die Richtige für dich war? Wie hast du das … wann hast du das … Verdammt, ich weiß nicht einmal genau, was ich fragen soll.« Sie ballte die Hände um die Bettdecken und riss sie zur Seite. »Was hat dich zu der Entscheidung bewogen, Emmalin zu heiraten?«

Alasdair lächelte und das war etwas, was sie nicht oft genug sah. Wenn es nur nicht auf ihre Kosten wäre. »Lachst du über mich?«

»Nein«, gab er zurück und setzte sich neben sie auf das Bett. »Du hast mir nur gerade eine Unterhaltung in Erinnerung gerufen, die ich mit Großvater auf den Zinnen geführt habe. Ich habe ihn gefragt, wie er gewusst hätte, dass Großmutter die Richtige für ihn war.«

»Und?«

»Seine Antwort war nicht hilfreich. Er sagte, es gewusst zu haben, als er sie zum ersten Mal sah, aber dass er dagegen angekämpft hätte. Anfangs war er mehr um ihren Schutz bekümmert gewesen als alles andere. Genauso habe ich mich anfangs mit Emmalin gefühlt. Ich war von einem wilden Verlangen besessen, sie zu beschützen und sie an meiner Seite zu behalten.« Er sah zu Emmalin zurück und ergriff ihre Hand. Sie trat näher und legte den Kopf an seine Schulter. Dann fuhr er fort: »Und du hast mir auch geholfen, Dyna. Erinnerst du dich nicht, wie du mich vor den Toren angeschrien hast?«

Dyna hatte jene Zeit vergessen, als sie gewusst hatte, dass er so viel Schmerz über den Verlust seiner Eltern in sich trug, um nicht darüber sprechen zu können. Dass dieser Schmerz seine Fähigkeit blockierte, Emmalin zu sehen und die Möglichkeit einer Beziehung mit ihr. »Ich hatte es vergessen. Das hat dir geholfen, zu erkennen, dass sie für dich bestimmt war?«

»Aye. Merkwürdigerweise. Ich hatte mir ohne
die Anwesenheit meiner Eltern nicht vorstellen können, jemanden zu heiraten, aber das war
unmöglich. Das hatte ich zuerst akzeptieren müssen. Sobald das geschehen war, konnte ich eine
Heirat erwägen. Aber vor meiner Unterhaltung
mit Großvater hatte ich nie ernsthaft überlegt,
vor einen Priester zu treten. Und nach dem, was
mit meinem Papa passiert war, nachdem Mama
gestorben war … nun, ich war immer noch unsicher. Liebst du Derric?«

»Ich weiß es nicht.« Sie hielt inne. »Ich bin nicht
sicher, was Liebe ist. Wie kann ich das sagen?«

»Ich werde dir sagen, wie. Wenn du jemanden
liebst, kannst du es nicht ertragen, von ihm getrennt zu sein. Als ich Emmalin verließ, um nach
Grant Castle zurückzukehren, konnte ich nur an
meine Wiederkehr nach MacLintock denken.
Möchtest du mit Derric gehen, wenn er auf-
bricht?«

Sie dachte eine Weile darüber nach und zuckte
dann mit den Schultern. »Manchmal.«

»Aber du wirst mit Großvater aufbrechen,
selbst wenn Derric sich entscheidet, euch nicht
zu begleiten?«

»Freilich. Ich muss mit Großvater gehen.«

»Dann bist du noch nicht für die Heirat bereit.
Du wartest ab.« Er betrachtete sie mit einem
abschätzenden Blick. »Bist du sicher, dass er nichts
Unstatthaftes gesagt oder getan hat?«

Sie schüttelte den Kopf. »Hat er nicht, aber ich
kann auf mich selbst aufpassen.«

Er trat von Emmalin fort, nachdem er sie auf

die Wange geküsst hatte und dann kniete er vor Dyna nieder. »Wenn sich irgendetwas ändert, sagst du nur ein Wort und ich werde ihn auf die Weise zum Teufel schicken, die er verdient hat. Du musst dir wegen Joya keine Sorgen machen.« Er strich ihr ein paar widerspenstige Haarsträhnen aus dem Gesicht. »Ich werde ihm nicht gestatten, dir wehzutun.«

Kopfschüttelnd winkte sie ab. »Er könnte mir nicht wehtun, selbst wenn er es versuchte.«

Ehemann und Ehefrau tauschten einen weiteren Blick aus, und Alasdair beugte sich vor, um Dyna auf die Stirn zu küssen, ehe er ging.

Emmalin setzte sich auf die andere Seite ihres Bettes. »Ist er ein Rüpel? Viele von ihnen sind das.«

Sie konnte nicht anders, als über die akkurate Feststellung zu lachen. »Nein, er hat nichts falsch gemacht. Ich war es. Ich habe etwas getan, was ich nicht hätte tun sollen und das bedaure ich.«

»Möchtest du darüber reden?«

Überraschenderweise tat sie das, also antwortete sie in ihrer üblichen unverblümten Art: »Ich habe Derric gebeten, mir meine Jungfernschaft zu nehmen.« Ihr Schwur, ihr Geheimnis mit ins Grab zu nehmen, hatte nicht lange gehalten.

Emmalin reagierte nicht im Geringsten schockiert. »Und hat er dir gehorcht?«

Von der Möglichkeit verwirrt, dass er so etwas so schnell hätte tun können, und das in Sichtweite der Wachen, entschied sie, sich nicht auf unbekanntes Gebiet vorzuwagen. Am besten für sie wüsste sie dies an dieser Stelle nicht. »Er hat sich geweigert. Laut ihm würde das nie passieren, es sei denn, wir wären verheiratet oder dazu bereit.«

»Gut für Derric. Das ist genau, was er hätte sagen sollen.«

»Nein …« Sie hatte auf eine andere Antwort von der Frau gehofft, die vorhin so ausgelassen gelacht hatte.

Emmalin nahm ihre Hand und drückte sie. »Ich weiß, du bist neugierig, aber du bist von noblem Blut. Wenn er wollte, könnte unser König dich mit einem Fremden verloben, wie er es mit mir gemacht hat. Niemand würde wagen, das zu versuchen, da du eine Grant bist, aber jeder Mann, der sich traut, die Tochter eines Lairds um ihre Jungfräulichkeit zu erleichtern, könnte ausgepeitscht, verprügelt oder umgebracht werden. Möchtest du das über Derric bringen? Denn wie ich glaube, hast du gerade den Beweis dafür bei deinem Cousin gesehen, dass Derric es bedauert hätte, wenn er dein Angebot angenommen hätte. Und du würdest das ebenfalls, könnte ich mir vorstellen.«

Dyna sprang vom Bett auf. »Dies ist *meine* Jungfräulichkeit, die ich geben kann, wem ich will und sonst niemand.«

»Dyna, eine Sache, die ich an dir liebe, ist, dass du die Dinge anders als die meisten Menschen siehst. Du wirst allerdings nicht viele Männer auf dieser Welt finden, die darin mit dir übereinstimmen würden. Du redest mit einer Frau, die gezwungen wurde, einen Engländer zu heiraten und einen grausamen noch dazu. Niemand gab einen Pfifferling auf mich außer der Tatsache, dass ich meine Jungfräulichkeit besaß. König Edward hatte überhaupt kein Mitgefühl für mich. Ich war eine Figur in einem Machtspiel. Fühl dich nicht von Derrics Weigerung verletzt. So funktioniert es in der Welt und er weiß das.«

»Vermutlich«, murmelte sie. »Aber ich *bin* neugierig. Meine Eltern haben immer gesagt, ich könnte aus Liebe heiraten. Und dennoch habe ich nie gedacht, dass es passieren könnte. *Sollten* wir heiraten … Claray würde nicht damit fertigwerden, wenn wir woanders als auf Grant Castle lebten.« Aufgeregt hielt sie inne und dann gestand sie: »Ich weiß nicht, was ich tun soll. Derric lässt mich Dinge fühlen, die ich noch nie zuvor empfunden habe und ich weiß nicht, wie ich mich bei ihm geben soll. Ich fühle mich in seiner Nähe wie eine junge, dumme Gans.«

»Vielleicht ist das die Aufregung über die neue Liebe, die du da erlebst. Ich mochte dieses Gefühl bei Alasdair. In seiner Nähe sind immer Schmetterlinge in meinem Bauch umhergeflattert. Er war der Einzige, der mich in den schlimmsten Zeiten zum Kichern bringen konnte. Wann immer er in der Nähe war, habe ich an das Gute in der Welt geglaubt. Ich weiß nicht, wie ich das besser erklären soll. Wenn du dich mit Derric so fühlst, dann überlege dir genau, ob du ihn fortschickst. Und wegen seiner Reaktion auf dich, du weißt doch, dass seine Cousins ihn eingekesselt und ihm mit einem Wildschwein gedroht haben, nicht wahr?«

»Was?«, blaffte Dyna. Er hatte ihr erzählt, dass

ihre Cousins ihn gewarnt hatten, aber dass sie es mit einem Wildschwein getan haben? Warum konnten sie ihr nicht vertrauen, dass sie sich um ihre eigenen Angelegenheiten kümmerte und für ihr Wohlergehen sorgte?

»Und dein Großvater hat ihn anschließend beiseite genommen, obwohl deine Cousins nicht wissen, was zwischen ihnen gesprochen wurde. Joya meinte, ihr Bruder hätte nach seiner Rückkehr ein bisschen grün ausgesehen.«

Emmalin stand auf, tätschelte Dyna die Schulter und sagte: »Nimm dir Derrics Antwort nicht zu Herzen. Wenn ich raten soll, hat er sich darum gesorgt, seine Hoden zu behalten. Und unternimm nichts, was du später vielleicht bereuen würdest.«

Egal, wie sehr sie sich wünschte, etwas gegen Emmalins Argumente einzuwenden, stellte sie fest, dass sie unfähig dazu war. Ihre Freundin war im Recht. »Danke für deine Aufrichtigkeit.« Emmalins Beschreibung der Schmetterlinge passte perfekt zu der Art, wie Dyna sich in Derrics Nähe fühlte. Das war ihr noch nie mit einem anderen Mann passiert.

Verliebte sie sich etwa in Derric Corbett?«

Emmalin ging zur Tür, wo sie stehen blieb und sich an den Türrahmen gelehnt wieder zu ihr umdrehte. »Wirst du ihn fortschicken?«

»Nein«, antwortete Dyna. »Er ist dreist und weiß nicht, die Ruhe zu bewahren, aber ich möchte nicht, dass er geht. Wenn er bleibt, wird es leichter für mich sein, der Wahrheit meiner Gefühle auf den Grund zu gehen. Aber ich werde ihn nicht noch einmal bitten, mir meine Jung-fräulichkeit zu nehmen. Wie ich sehen kann, war das zu voreilig von mir.«

»Gut. Übereile nichts. Genieße deine Zeit mit ihm.« Mit einem Lächeln auf dem Gesicht ging Emmalin davon.

Wie sehr sie sich wünschte, dass ihre seheri-schen Fähigkeiten ihr zur Hilfe kämen. War Derric der Richtige für sie oder nicht?

Leider erhielt sie keine Antwort.

KAPITEL SIEBEN

⸻

DERRIC WAR VON Dynas Bitte derart aufgewühlt, dass er sich nicht gewappnet fühlte, wieder hineinzugehen und ihren Cousins gegenüberzutreten. Er suchte seinen Weg zu den Stallungen und marschierte bis zum Ende der Reihe, bis er einen Stallburschen fand. »Hast du irgendwelche Tiere, die heute Abend unruhig sind? Irgendwelche, die sich nur ungern satteln lassen oder sich in irgendeiner Weise widerspenstig aufführen?« Er mochte die Herausforderung und mit Pferden zu arbeiten, beruhigte ihn. Genau das brauchte er jetzt.

»Nur Misty am Ende. Sie bevorzugt Lady Dyna und wann immer Dyna aufgeregt ist, regt auch sie sich auf«, antwortete der Bursche und deutete auf den letzten Stall. »Ich würde nicht hineingehen oder sie wird Euch treten und vielleicht sogar versuchen, Euch zu beißen.«

»War Dyna hier?«

»Nein, aber Misty spürt ihre Stimmung. Es ist unheimlich, wie das vonstattengeht, aber ich habe es viele Male gesehen. Sie müsste ordentlich gestriegelt werden, aber niemand kommt in

ihre Nähe.« Dann hielt er ihm mit einem hoff-
nungsvollen Ausdruck eine Bürste hin.

»Ich werde sehen, was ich tun kann, Bursche.«

Der Bursche grinste und lief in die andere Richtung los, offensichtlich über Derrics Fähigkeiten
weniger als zuversichtlich. Derric hielt Ausschau
nach einem Fass mit Leckerbissen und fand einen
Apfel für das Tier, ehe er die Box der Stute betrat.
Sobald er dort angekommen war, legte sie die
Ohren an und zeigte ihm die Zähne. Es sah ganz
eindeutig nicht wie ein Lächeln aus. Als er das
Gatter öffnete, kam sie schnell herüber und stieß
ihn an, als ob sie ihm sagen wollte, sie in Ruhe
zu lassen, aber er fing an, ihren Widerrist zu streicheln und war überrascht, dass sie ihn so schnell
akzeptierte. Sie nahm die angebotene Belohnung
und langsam kauend vertilgte sie den Apfel.

Derric redete weiter mit leiser Stimme auf sie
ein und behielt ihre Zähne für diesen Biss im
Auge, vor dem er gewarnt worden war, doch mit
dem Apfel war sie zu beschäftigt, um es überhaupt
zu versuchen. Ihre Bewegungen waren sogar im
Stall unruhig. Der Hengst auf der anderen Seite
wieherte leise und beobachtete sie.

»Also deshalb bist du so unruhig, aye?«, fragte
Derric. »Er will deine Aufmerksamkeit und du
bist nicht an ihm interessiert? Vielleicht hast du in
deiner Lady das Gleiche gespürt. Sie war ärgerlich
mit mir, aber nicht so ärgerlich. Wie hatten eine
zauberhafte Zeit miteinander.« Einen Augenblick
lang hörte er auf, sie zu streicheln und sie stupste
ihn an, damit er weitermachte.

Ihre Bewegungen wurden langsam ruhiger und

sie lehnte sich an ihn, wobei sie ihn einlud, ihr weiches Maul zu liebkosen. »Nun, vielleicht bist du nur erschöpft. Hat deine Herrin dich zu hart getrieben? Oder vielleicht arbeitest du gern hart. Bist du bereit, sie für einen weiteren Ritt zu tragen?« Misty wieherte, als ob sie aye sagen wollte, und er schmunzelte zur Antwort. »Jetzt bist du gar nicht so ungehalten, nicht wahr? Nun, ich werde dir noch einen Apfel suchen.«

Er ging hinaus und das Pferd versuchte, ihm zu folgen, was ihn sowohl erfreute als auch überraschte. Wenn ein Pferd dir folgte, bedeutete das normalerweise, dass es einen mag, aber er ließ sie im Stall. Er wollte den großen Hengst in der Nähe nicht aufregen.

Nachdem er noch ein paar Äpfel eingesteckt hatte, bot er sie den Tieren an, die ihm Aufmerksamkeit schenkten, und jedes wieherte ihm zum Dank leise zu oder stupste ihn an. Sobald er die anderen Leckerbissen ausgeteilt hatte, kehrte er zu Misty zurück und umarmte sie sanft. »Du bist viel ruhiger als Dyna, oder versuchst du, mir etwas über sie zu sagen? Ihr Großvater glaubt, dass sie ein weiches Herz hat. Was sagst du?«, flüsterte er so leise, dass niemand ihn hören konnte.

Sie schnaubte und hob den Kopf in einer Geste, die er als Zustimmung des Pferdes deutete. »Du hast die Frage so schnell beantwortet und ich wünschte, du würdest den Rest derer beantworten, die mich verfolgen.«

Es war vollkommen lächerlich, aber er wünschte, er hätte jemanden, mit dem er über Dyna reden könnte. Sie hatte eine Art, die ihn sich wünschen ließ, ein besserer Mensch zu sein. Er hatte sich im Schwertkampf geschult, um einen Körper aufzubauen wie die Grant Krieger, und er müsste lügen, wenn er behauptete, dass der Hauptgrund nicht darin bestanden hätte, Dyna zu beeindrucken. Sie brachte ihn dazu, härter kämpfen und schneller laufen zu wollen. Sie weckte in ihm den Wunsch, die Art von Mann zu sein, den Alexander Grant mit seiner Enkeltochter verheiratet sehen wollte.

Dyna ließ ihn träumen, ein Leben mit ihr zu teilen. An ihre Eltern heranzutreten und sie um die Hand ihrer Tochter zu bitten. Seite an Seite mit ihr zu kämpfen, um dann in ihr eigenes Häuschen zurückzukehren. Davon, ein Kind zusammen zu haben.

Und wo würde Senga sich in all dies einfügen? Wenn nicht wegen der Möglichkeit, dass ihr Mädchen seine Tochter sein könnte, passte sie überhaupt nicht hinein.

Wenn seine Absicht darin bestanden hatte, herauszufinden, ob Dyna und er harmonierten, hatte ihre Zeit der Zweisamkeit auf dem Hügel ihm die Antwort gegeben. Zusammen waren sie voller Kraft, selbst wenn er nicht gewusst hatte, wie er auf die Herausforderung hatte antworten sollen, mit der sie ihn konfrontiert hat. Es war nicht zu leugnen, dass etwas Magisches passierte, wenn er mit Dyna Grant zusammen war, und er glaubte, dass sie genauso fühlte.

Später würde er sich bei ihr entschuldigen. Er hoffte nur, dass sie ihm verzeihen konnte, denn unter keinen Umständen würde er zustimmen, ihre Jungfräulichkeit zu nehmen, ohne sie zu heiraten.

Nachdem er Misty fertig gebürstet hatte, kehrte er in die große Halle zurück und seufzte vor Erleichterung auf, als er sie leer vorfand. Freilich hatte er ihre Cousins nicht sehen wollen, doch seine größere Furcht hatte darin bestanden, den Schmerz in Dynas Augen zu sehen. Wie konnte er sich ihr nur erklären?

Alles, was er gesagt hatte, entsprach der Wahrheit, doch das erklärte nicht die Ganzheit seiner Gefühle. Er war einer Edeldame nicht würdig. Ihre Cousins wollten ihn nicht im Clan oder so hatte es sich jedenfalls mitten in den Wäldern angefühlt – mit einem wütenden Wildschwein, das auf ihn angesetzt war.

Dyna Grant zog ihn mehr an als jede andere Frau. Ihre Kraft, ihr Können, ihre langen Beine. Ihr perfekter Hintern. Die Art, wie er sie um ihre Sinne bringen konnte. Ein Mädchen wie Dyna in seinen Armen dahinschmelzen zu lassen, sie vor Begierde stöhnen zu hören, ihn um mehr anzuflehen … es war mehr, als ein Mann sich je wünschen könnte, oder etwa nicht?

Aber er konnte eine Tochter mit einer Mitläuferin haben. Und ein Teil von ihm dachte, dass er sich Dyna nicht verschreiben sollte, bis er die Wahrheit wusste.

Genau in dem Moment kamen Joya und Els von der Küche, und er sprang von seinem Stuhl auf. Joya sah ihn mit einem forschenden Blick an und fragte: »Ist alles in Ordnung, Derric? Du warst verschwunden.«

unbewegt. »Ich bin sicher, dass Papa das sagen würde, wenn er hier wäre.«

»Ich bin nicht sicher, was ich sagen soll. Du hast mich in Wirklichkeit nichts gefragt, und du hast mir nicht erzählt, ob die Aussicht auf Vaterschaft dich erfreut oder nicht oder wie du für diese junge Frau empfindest. Du hast mir auch nichts über die wichtige Sache erzählt, die dir gerade passiert.«

Er kratzte sich am Kopf und stand auf, um vor der Feuerstelle hin und her zu gehen. »Ich habe immer Kinder gewollt, aber …« Er trank einen Schluck Ale und setzte den Kelch wieder ab, wobei er ihn beinahe umgestoßen hätte. »Wo würden wir uns niederlassen? Wir haben keinen Clan und Senga wird auch keinen haben.«

»Derric, du wärst hier immer willkommen. Alasdair und Emmalin strengen sich sehr an, ihren eigenen Clan auf MacLintock Land aufzubauen. Ich liebe es hier. Dies ist mein Zuhause. Du würdest gebeten werden, als Krieger zu kämpfen oder einen anderen Beitrag zu leisten, aber sie würden sich freuen, wenn du bleiben würdest.« Sie lächelte ihn an und endlich flossen ihre Emotionen in ihren Gesichtsausdruck ein. »Ich würde es lieben, dich wieder in meinem Leben zu haben.«

»Würdest du das? Und du glaubst, sie würden zustimmen?« Ein weiterer Gedanke kam ihm und er blieb vor ihr stehen. »Ich muss zu etwas anderem zurückkehren. Wovon hast du geredet, als du vorhin meintest, die wichtigste Sache, die mir derzeit passiert?«

»Du hast mir gerade drei Fragen gestellt«, antwortete sie mit einem kleinen Lächeln. »Natürlich hätte ich dich gern in meinem Leben. Du bist mein einziges verbleibendes Familienmitglied und ich liebe dich. Und du *wärst* hier immer willkommen. Und was deine letzte Frage angeht, werde ich dich drängen, wie jede gute Schwester das tun sollte. Hast du etwa keine starken Gefühle für Dyna? Ich habe bemerkt, dass du den Blick nicht von ihr abwenden kannst, wo auch immer wir sind.«

»Das tue ich«, entgegnete er und fing wieder an, umherzugehen. »Sehr sogar, aber ich weiß nicht, ob ich von ihr etwas erbitten kann, bis ich nicht die Wahrheit über Sengas Tochter herausfinde. Es stimmt, ich hoffe darauf, dass Dyna vielleicht bereit ist, mit mir nach Norden zu ziehen, nachdem sie Alex zum Land der Camerons begleitet hat. Wir brauchen gerade noch einen Bogenschützen in König Roberts Camp und ich denke, dass wir beide gern ein wenig Zeit miteinander verbringen würden, ohne ihren Clan in der Nähe. Aber wie kann ich sie fragen, ob sie mit mir kommt, wenn ich gleichzeitig nach einer anderen Frau Ausschau halte?«

»Und wenn du herausfindest, dass Sengas Tochter dein Kind ist? Wie wird sich Dyna fühlen, wenn du zum Schluss eine andere um ihre Hand bittest?«

Er schloss die Augen, denn genau das war seine Befürchtung. Doch er wäre ohnehin hierhergekommen, weil er auch Joya hatte besuchen wollen, aber auch, weil er Dyna sehen musste.

In seinem Herzen hoffte er, dass das Kind nicht seines war, und dass er vielleicht ein Leben mit Dyna hatte, aber …

»Schwester, ich bin nicht von adligem Blut. Sie ist es. Ich bezweifle, dass ihr Vater oder ihr Großvater mich als Freier willkommen heißen würden. Dein Ehemann und sein Cousin waren nicht sehr warm zu mir gewesen, und Alex hat mich beiseite genommen und mich gewarnt, ihr zartes Herz zu schützen. Er drohte, mich fortzuschicken, wenn ich das nicht täte. Ich bezweifle, dass einer von ihnen erfreut sein würde, uns beide zusammen zu sehen.«

»Derric, dein Blut ist das Gleiche wie meines. Niemand hat mich in Frage gestellt oder mir das Gefühl gegeben, unwillkommen zu sein, und denk nur daran, wie meine Vergangenheit gewesen ist. Sie sind ein offen denkender Clan und ich denke, du passt sehr gut zu Dyna. Du bist ihr ähnlicher, als du glaubst. Bitte verwerfe die Chance auf eine Beziehung mit ihr nicht. Sie ist an dir interessiert. Das ist klar zu sehen.«

»Hat Alex Grant dich im Clan herzlich aufgenommen?«

»Aye, er ist sehr gütig zu mir.« Sie bedachte ihn mit einem eindringlichen Blick. »Du musst allem, was sich hier abspielt mehr Beachtung schenken. Hast du ein ernsthaftes Interesse an irgendeinem anderen Mädchen gehabt? Hast du stärkere Gefühle für irgendjemanden außer Dyna gehabt? Etwa für Senga?«

»Nein.« Er wusste, dass das eine Wort mehr darüber aussagte, was er tun sollte, als alles andere.

Dyna war die Richtige für ihn. Wenn nur nicht diese Komplikation aufgekommen wäre, die Bedrohung durch ihre Cousins und sogar die Unterhaltung mit ihrem Großvater, die ihn alles in Frage stellen ließen.

»Du brauchst keine andere Antwort, Bruder. Dies ist die Wahrheit.«

Er hielt inne und sagte: »Du hast recht und ich weiß es.« Sich den Respekt von Alex Grant zu verdienen, wäre seine erste Aufgabe und er musste hoffen, dass die Cousins folgen würden, wenn er das fertigbrächte. Er fuhr mit einer Hand über sein Gesicht und sah seiner Schwester dann direkt in die Augen. Es gab noch eine weitere Sache, die unablässig an ihm nagte. Die einzige Möglichkeit, es herauszufinden, bestand darin, die Wahrheit zu erfahren. »Ich habe noch eine Frage an dich. Hasst du mich dafür, dass ich dich im Stich gelassen habe?« Wieder fing er an, hin und her zu gehen, denn er fürchtete, die Wahrheit in ihrem Blick zu erkennen.

»Nein. Ich war viel zu jung, um dich zu begleiten, Derric. Und ich musste damit fertigwerden, dass wir unsere Eltern verloren hatten. Abgesehen davon hätte unsere Tante dich nicht willkommen geheißen. Ich habe sie zu jemanden sagen hören, wie froh sie war, dass du weitergezogen bist.«

Er zuckte mit den Achseln. »Ich wusste, dass sie mich dort nicht wollte. Dennoch hätte ich zu deinem Wohl dortbleiben sollen.« Mit zusammengesackten Schultern setzte er sich auf die Armlehne eines Stuhls. Dann brachte er endlich hervor: »Es war falsch von mir, dich zu verlassen, was immer die Umstände auch gewesen sein mochten.« Zu seiner Überraschung trat Joya zu ihm und schlang die Arme um ihn, wobei sie ihren Kopf an seine Schulter legte. »Derric, nein. Ich wünschte, Mama und Papa hätten gelebt, aber da sie das nicht taten, war das, was passiert war, zum Besten. Du wärst nicht glücklich gewesen, bei uns zu leben. So viel weiß ich. Du warst zu gereift, zu eingefahren in deiner Art.«

»Joya, ich bedauere es zutiefst, wenn ich dich verletzt habe. Ich habe dich wirklich vermisst.«

Sie winkte ab und dann kehrte sie zu ihrem Stuhl zurück. »Das ist Vergangenheit. Ich möchte nicht zurückschauen. Ich möchte dich glücklich verheiratet sehen, mit einer Frau, die nicht allzu weit entfernt wohnt. Meiner Ansicht nach wäre Dyna perfekt für dich.«

Derric stand auf, stemmte die Hände in die Hüften und antwortete. »Ich möchte Dyna nicht verletzen. Glaube mir. Ich weiß, es ist ein Risiko, mit ihr zu reisen und nicht zu wissen, was ich über das Kind erfahren werde. Wenn ich aber zu einer langen Reise aufbreche und bis zum Frühling nicht zurückkehre, fürchte ich, sie mit einem adligen Nichtsnutz verheiratet zu sehen, der ihrer unwürdig ist. Ich würde eine Faust in dieses dümmliche Gesicht rammen wollen.«

Joya sah ihren Bruder grinsend an und wackelte dabei mit den Augenbrauen. »Das ist die aussagekräftigste Stellungnahme, die du bislang von dir gegeben hast. Wer würde Dyna würdig sein? Ich denke, du hast dir gerade deine eigene Frage beantwortet. Es gibt nur einen Menschen, zu dem sie gehört, nicht wahr?«

Mit neuer Frische schürzte er die Lippen. »Aye. Mich.«

Am nächsten Morgen setzte sich Dyna neben ihren Großvater an den großen Tisch, lange bevor Joya normalerweise aufwachte. Emmalin war mit den Kindern noch oben. Alasdair und Els waren auf den Übungsplätzen und die Dienstboten waren mit der Säuberung der Halle und den Vorbereitungen für den bevorstehenden Tag beschäftigt. Derric kam von draußen herein und Alex´ scharfe Augen entdeckten ihn sofort. »Gesell dich zu uns, Corbett. Ich werde Porridge und Brot von den Dienstmägden für uns bringen lassen.«

Dyna fragte sich, was ihr Großvater im Sinn hatte, doch sie gab keinen Kommentar ab. Stattdessen übermittelte sie Großvaters Wünsche an eine Dienstmagd in der Nähe. Derric setzte sich und nickte ihr zu. »Guten Morgen, Maid.«

Es war das erste Mal, dass sie ihn nach ihrer Diskussion auf dem Hügel sah. Ein Teil von ihr hatte sich gesorgt, dass er vielleicht abgereist sein könnte, und dass ihr Angebot – und seine Ablehnung – ihn vertrieben hätten. Vielleicht beabsichtigte er immer noch, fortzugehen.

»Corbett, ich werde später am Tag nach Cameron Land aufbrechen«, setzte Großvater an. »Ich habe meiner Schwester einen Besuch versprochen und ich beabsichtige, mein Wort zu halten. Würdest du uns begleiten? Dyna wird anschließend nach Grant Land reisen und ich würde dich gerne bitten, sie zu eskortieren. Es wird natürlich eine Anzahl weiterer Wachen dabei sein. Aber ich hätte gern jemanden bei ihr, dem sie vertraut.« Drei Schalen Porridge wurden auf den Tisch gestellt, mit etwas Brot und einer kleinen Schale Honig, um den Geschmack zu verbessern. »Wohin planst du nach deinem Besuch bei Joya zu gehen?«

»Norden. Ich werde mich König Roberts Streitkräften anschließen. Er erwartet mich innerhalb einer Woche zurück.«

»Wirst du mit uns reisen?«, fragte der alte Mann, der sich mit seinem Essen abgab, anstatt ihn anzusehen.

Mit diesem Vorschlag hatte Dyna überhaupt nicht gerechnet. Würde Derric einwilligen? Er hatte gesagt, dass er sie gern auf seiner Reise nach Norden mitnehmen würde, jedoch waren sie beide am Vorabend unglücklich miteinander auseinandergegangen. In Wahrheit wollte Dyna, dass er mitkäme. Wenn nicht, fürchtete sie, ihn nie wiederzusehen.

Er überraschte sie, indem er direkt zu ihr war. »Dyna, was sagst du?«

»Du bist herzlich willkommen, mit uns zu reisen«, antwortete sie. »Wahrscheinlich werde ich eine Nacht auf Cameron Land verbringen, ehe ich weiterreise. Du musst mir nicht nach Grant Land folgen.«

Großvater sah sie mit diesem Blick an, der sie wissen ließ, dass er keine andere Meinung akzeptieren würde.»Ich bitte ihn, dich nach Grant Land zu begleiten. Es haben in letzter Zeit genügend Angriffe auf meine Familienmitglieder stattgefunden, dass es mir lieber wäre dich in Sicherheit zu wissen. Wenn er gewillt ist, bitte ich dich, dies stillschweigend zu akzeptieren, Dyna.«

Dyna spannte den Kiefer an. Nur selten sprach ihr Großvater auf diese Weise mit ihr. Die meiste Zeit erkundigte er sich nach ihren Vorlieben, anstatt sie herumzukommandieren. Sie öffnete den Mund zur Widerrede, doch ihr Großvater sah sie mit einem weiteren seiner Blicke an.

»Corbett?«, blaffte Großvater.

»Gewiss. Ich wäre geehrt und erfreut, mit Euch zu reisen.«

»Gut. Dann ist es abgemacht. Nun, wenn ihr mir jetzt erklären wollt, was sich zwischen euch abgespielt hat, um diese Disharmonie hervorzubringen?«

Dyna wäre beinahe von ihrer Bank gefallen. Himmel, warum musste dieser alte Mann immer so scharfsinnig sein? Eigentlich sollte sie diejenige mit den hellseherischen Fähigkeiten sein, doch wenn es um Derric Corbett ging, hatte diese Gabe sie ganz bestimmt im Stich gelassen. Vielleicht hatte sie sie verloren.

Großvater sah sie mit einem gutherzigen Blick an. »Es braucht keinen Seher, um herauszufinden, dass ihr beiden eine Differenz habt, Dyna.«

Verdammt, aber konnte er sogar ihre Gedanken lesen? *Ihre* Gedanken!

Während sie ihre Geisteskräfte mobilisierte, um mit einer guten Antwort aufzuwarten, verbarg sie die Hände im Schoß. »Ich weiß nicht, wovon du sprichst, Großvater. Es gibt keinen Verdruss zwischen uns. Meinst du nicht auch, Derric?«

Derric hustete, doch er widersprach nicht. »Aye, Dyna ist eine gute Freundin.«

Der Lärm, den die Kleinen verursachten, schallte durch die Halle, als John und Coira die Treppe herunterkamen. Emmalin und Ailith folgten ihnen.

Großvater stand auf und meinte: »Ich werde meinen Porridge beim Feuer verzehren. Ich werde mit den Kindern essen und mich an ihrer Gesellschaft erfreuen, ehe wir aufbrechen.« Er sammelte seine Sachen ein und dann blickte er von einem zum anderen. »Bringt wieder in Ordnung, was immer zwischen euch schiefgelaufen ist. Ihr werdet miteinander auskommen und zusammen arbeiten, während wir unterwegs sind. Ihr werdet weder meine Neugier *noch* Einmischung wollen.«

Als Großvater sich mit seinem Essen in der Hand auf die Feuerstelle zu bewegte, rief John: »*Senair.* Du hast Porridge? Soll ich auch welchen für Coira bringen?«

»Aye, Junge. In der Schüssel ist genug für Coira und für dich. Und hier ist ein wenig Brot für jeden von euch. Die Mädchen werden eure Ziegenmilch bringen.«

»*Senair,* ich werde so groß und stark wie Papa sein.«

»Das wirst du, wenn du deine Milch trinkst und deinen Porridge isst«, antwortete Großvater mit einem Lächeln.

John nahm sein Spielzeugschwert und schwang es dreimal vor der Feuerstelle, während er auf seine Milch wartete. »Siehst du Coira, ich Kriege schon.«

Dyna konnte nicht anders, als über Johns Versuch zu grinsen, das Wort Krieger auszusprechen. Sie sah zu Derric hinüber, um zu sehen, ob er es bemerkt hatte. Sein Blick war auf das Trio bei der Feuerstelle geheftet, wie auch der Blick aller anderen in der Halle. John und *Seanair* waren wirklich die Favoriten. Großvater würde vermisst werden, wenn er abreiste.

John stieß seinen Grant Schlachtruf nach bestem Können aus und ließ darauf ein kleines Knurren folgen. Das veranlasste Großvater zu einem kräftigen Schmunzeln.

Dann erinnerte sie sich an die Worte des Mannes an sie beide. Eine Disharmonie. Er hatte gewusst, dass etwas schiefgelaufen war. Wie sie betete, dass er nicht wirklich eine Ahnung davon hatte, was sie getan hatte. Dyna schluckte und sah Derric an, wobei sie sich fragte, wie er auf Großvaters verwegene Behauptung reagierte.

Er war so ein gut aussehender Bursche. Durch die große Nähe zu Derric begann ihr Herz zu flattern. Verräterisches Herz. Sie hatte sich noch nicht an diese Nähe gewöhnt, und sein Duft inspirierte sie, sich genau in Erinnerung zu rufen, wie seine Hände und Lippen sich anfühlten, wenn sie über ihren Körper streichelten.

»Du hättest ablehnen können, wenn meine Anwesenheit dich verdrießt«, meinte Derric leise.

»Großvaters Vorschlag ablehnen?«, schnaubte

sie. »Das passiert nicht.« Sie senkte den Blick auf ihre Hände, die unter dem Tisch in ihrem Schoß lagen. »Derric, verzeih mir meine Dreistigkeit. Wahrscheinlich hätte ich nicht sagen sollen, was ich gesagt habe.«

»Du hast mich überrascht, aber in Wahrheit war ich von deiner Bitte überaus demütig und geschmeichelt. Ich denke, du weißt, dass es nichts gibt, was ich lieber tun würde als das, worum du mich gebeten hast, aber …«»

Er hatte einen Ausdruck auf seinem Gesicht, den sie noch nie zuvor gesehen hatte. Seine übliche Arroganz war verschwunden und einer Verletzlichkeit gewichen, die sie merkwürdig anziehend fand. »Aber?«

»Aber mein Vater hat mich in Ehre und Verantwortung unterwiesen. Wenngleich ich ihn seit vielen Jahren nicht mehr gesehen habe, so hat er mir doch viele Dinge eingeschärft, so einfältig mein Verstand auch sein mag. Manchmal wünschte ich, seine Lektionen einfach vergessen zu können, aber dann tauchen die Erinnerungen daran wieder auf, wenn ich es am wenigsten erwarte. Ich glaube an den Himmel und mein Ziel ist es, eines Tages dorthin zu kommen, damit ich meine Eltern wiedersehen kann. Damit ich sie stolz machen kann. Deine Cousins und dein Großvater haben mich an meine Eltern und ihre Lehren erinnert. Und deshalb kann ich nicht tun, worum du mich gebeten hast. Ich würde mir eines Tages auch gern den Respekt deines Clans verdienen. Wenn ich *das* täte, würde ich das niemals.«

»Also verzeihst du mir meine Grobheit?« Sie konnte ihr Grinsen nicht verbergen.

Er sah sie mit einem schiefen Lächeln an und entgegnete:»Aye, selbst wenn du es noch schwerer gemacht hast, dich nicht zu berühren. Ich würde gern mit dir auskommen, Dyna.«

»Das würde ich auch gern. Ich gebe zu, dass ich dich heute Morgen mit Alasdair auf dem Übungs-splatz beobachtet habe. Deine Kampfkunst mit dem Schwert hat sich sehr verbessert und ich würde mich sehr freuen, dich bei mir zu haben, um mir zu helfen, Großvater zu beschützen.«

Weil sie Großvater so sehr beschützen wollte, wie er sie.

»Aber dein Großvater sagte, ihr würdet Wachen mitnehmen.«

»Aye, eine Gruppe wird uns begleiten, aber sie haben nicht deine Kampfkraft mit dem Schwert. Ich brauche jemanden, der Angreifer abwehrt, während ich in die Bäume klettere, um eine bessere Schusslinie für meine Pfeile zu haben.«

»Verstanden, ich werde bereit sein und bei den Toren warten.« Derric nickte ihr zu und ging davon, wobei er einen Kanten Brot mitnahm.

Dyna atmete erleichtert auf. Sie war nicht bereit, ihn zu verlieren. Noch nicht.

Ein merkwürdiger Gedanke ging ihr durch den Kopf, wie es manchmal geschah.

Niemals.

KAPITEL ACHT

D ERRIC WAR ERFREUT, dass man ihm einen guten Hengst zu reiten gegeben hatte, der nicht dem gleichen Standard wie Midnight entsprach, aber trotzdem war er ein sehr gutes Ross. Ehe sie aufbrachen, hatte er Zeit damit verbracht, das Tier zu streicheln, damit es seinen Reiter kennenlernte.

Er verabschiedete sich von seiner Schwester und war erfreut, sich nicht länger Sorgen um sie machen zu müssen. Sie hatte ihn nicht ohne eine kleine Stichelei gehen lassen wollen. »Ich hoffe, du kehrst zurück und bist bis dahin fest mit einer großen Blonden verbunden.«

Er stichelte zurück. »Ich hoffe, ich komme zurück und finde dich mit einem großen, runden Bauch vor. Ich würde eine Nichte oder Neffen lieben.« Er küsste sie auf die Wange und meinte dann: »Vielleicht beides.«

Spielerisch schlug sie ihm auf den Arm und entgegnete. »Geh mit Gott. Pass auf meine Cousine auf.«

Er hatte den Wachen zugehört, die sich mit Alasdair und Alex berieten und dabei alle strategischen

Aspekte erörtert hatten, die wahrscheinlich vor jeder Reise der Grants zu bedenken waren. Eingeplante Haltepunkte, erwartete Komplikationen, alternative Reiserouten – sie hatten jede erdenkliche Komplikation besprochen. Englische Garnisonen, Räuber, Wildschweine, wer wusste schon, was dieser Tage in den Highlands zu finden war? Sie erwarteten, gegen Einbruch der Nacht im Cameron Land anzukommen, also würden sie nur einmal haltmachen, um die Pferde zu erfrischen und sich um ihre Bedürfnisse zu kümmern.

Dyna ritt ihr wunderschönes Pferd Misty, doch Derrick musste zugeben, dass er nur Augen für die Reiterin hatte. Sie reisten jedoch mit Alex, was eine schmerzliche Erinnerung daran war, dass er die Aufgabe noch zu erfüllen hatte, die ihm zugesprochen worden war, denn außer ihrer Haut hatte er bislang noch keine zarte Seite an dem Mädchen entdecken können, und er bezweifelte, dass Alex Grant das im Sinn gehabt hatte.

Die Reise verlief ereignislos, bis sie noch etwa eine Stunde von der Sicherheit des Cameron Landes entfernt waren und die Pferde zu tänzeln anfingen. Alex befahl der Gruppe, anzuhalten, damit sie auf ein Anzeichen lauschen konnten, was die Tiere aufregte.

Der Klang von Hufgetrappel hallte zu ihnen und die Anzahl reichte Alex, um zu verkünden: »Das ist eine volle Garnison Soldaten und wahrscheinlich Engländer. Sitzt ab und haltet euch in Deckung.«

Er hatte seinen Satz noch nicht ganz beendet, als

der Donnerklang der herannahenden Hufe lauter wurde und die Garnison scheinbar direkt auf sie zuhielt. Sie zügelten ihre Pferde und stürmten in eine schützende Baumgruppe.

Derric blieb hinter Dyna, die auf einen Baum zu klettern versuchte, jedoch vom barschen Tonfall ihres Großvaters aufgehalten wurde. »Dyna, wir können es nicht mit einer derart großen Kavallerie aufnehmen. Auf den Boden!«

Sie rannte auf ein Versteck zu und Derric war im Begriff das Gleiche zu tun, als Alex ihn mitten im Lauf stoppte. »Corbett, du wirst meine Enkeltochter schützen.«

Derric wechselte die Richtung und folgte Dyna zu einer gut versteckten Stelle hinter einer Ansammlung von Büschen. Sie legte sich flach auf den Bauch und er ließ sich neben ihr nieder.

»Was zum Teufel? Du musst mich nicht beschützen.«

»Ich werde nicht mit deinem Großvater diskutieren. Du etwa?«, knurrte er durch zusammengebissene Zähne. »Insbesondere, wenn wir kurz davor sind, von einem Haufen Engländer entdeckt zu werden.«

Sie fauchte und murmelte einige unverständliche Worte, bis er die Hand ausstreckte und ihr den Mund zuhielt. »Still. Du kannst mich später verfluchen.«

Ihr Blick war voller Zorn und es war dieser wilde Blick, den er so liebte, aber keiner von ihnen sagte etwas, weil die Pferdehufe nun überall um sie herum donnerten. Ihr Wäldchen musste mitten im Weg der Kavallerie liegen.

Ihr Zorn wechselte zu einem kurzen Ausdruck von Angst, der ihn entmannte. Also tat er das Einzige, was ihm einfiel. Er legte die Hände um ihr Gesicht und rückte näher, bis seine Lippen sich mit einer Dringlichkeit und einem Verlangen mit den ihren verbanden, die er nicht geheim halten konnte.

Verdammt, aber dieses Mädchen tat ihm Dinge an, die er nicht verstehen konnte. Er dachte, sie würde ihn fortstoßen, doch stattdessen knabberte sie an seiner Unterlippe und das machte ihn fast verrückt. Er packte sie an den Schultern und manövrierte sie unter sich, wobei er über ihre Lippen herfiel, bis sie sich ihm entgegenreckte, und dann schlang sie die Arme um seinen Nacken und zog ihn näher.

Es war ein Duell ihrer Zungen, wobei es ihm egal war, ob er je gewinnen würde, und ihr Angriff auf seine Lippen war ebenso heftig wie der seine. Verflixt, wie würde dieses Mädchen wohl im Bett sein?

Explosiv. Wenn ihr Kuss ein Hinweis darauf war, wie ihr Liebesakt sein konnte, würde es über alles hinausgehen, was er je zuvor erlebt hatte. Er blieb einen Augenblick stehen, um wieder zu Atem zu kommen. »Versuchst du, mich umzubringen, Mädchen?«

»Dies ist weitaus besser, als auf die herannahende englische Kavallerie zu hören. Ich sterbe lieber in deinen Armen als allein.«

Er legte einen Finger an ihre Lippen und gab sich alle Mühe, zwischen ihren stoßweisen Atemzügen zu lauschen.

Der Lärm hatte nachgelassen und zeigte an, dass die Engländer an ihrem Standort vorbeigezogen waren, womit sie keine Bedrohung mehr darstellten. Derric setzte sich in dem Unterholz auf, das sie verborgen hatte und behielt eine Hand auf ihrer Schulter, um sie auf dem Boden zu halten, während er die Umgebung kontrollierte.

Als ob das funktionieren würde.

Sie sprang neben ihm auf und ihr Haar war um ihr Gesicht in Unordnung. Es hatte sich bei ihrem Taumel aus ihrem Zopf gelöst. Die anderen standen auf, also ergriff Derric Dynas Hand und half ihr auf.

»Großvater, bist du wohlauf?«, fragte sie mit leiser Stimme.

»Aye, es geht mir gut.« Sie eilte hinüber, um ihm zu helfen, doch er winkte ab. »Ich kann selbst aufstehen.«

Sie trat zurück und die anderen Wachen machten sich daran, die Pferde zu holen.

»Hast du sie erblickt, Großvater?«

»Nein, und ich bin sicher, dass ihr beiden überhaupt nichts gesehen habt.« Er warf ihnen einen wissenden Blick zu und ging zu Midnight.

Dyna wurde rot und erstarrte. Derric wartete, bis Alex sein Pferd geholt hatte, ehe er ihre eigenen Tiere brachte und Dynas zusammen mit seinem eigenen führte. Als er an ihrer Seite war, beugte er sich herab und flüsterte ihr ins Ohr. »Verdammt, verpasst dieser Mann aber auch gar nichts?«

Dyna sah ihn mit hochgezogener Augenbraue an und schnaubte.

»Ich muss lernen, vorsichtiger zu sein«, stellte er mit so lauter Stimme fest, dass die anderen ihn hören konnten und hoffte, sich selbst damit von der Bedeutsamkeit dieses Bekenntnisses zu überzeugen. Dadurch, dass er die meiste Zeit seines Lebens mit Männern und Kriegern in Lagern zugebracht hatte, war er zu nachlässig geworden.

Einer der Krieger meinte. »Es waren eindeutig Engländer. Was glaubt Ihr, wohin sie unterwegs sind?«

»Keine Ahnung.« Alex bestieg sein Pferd und ritt auf die zertrampelte Ebene hinaus. »Es waren mindestens einhundert.« Er sah zu Derric hinüber und meinte: »Vielleicht sind sie dorthin unterwegs, wo sie König Robert vermuten.«

Derric hob Dyna auf ihr Pferd und war überrascht, dass sie nicht protestierte, aber sie kniff ihn in seinen Finger. Er wollte gern lachen, denn er wusste, dass sie seine Hilfe nur wegen ihres Großvaters annahm.

Er drehte sich zu seinem eigenen Pferd, als einer der Krieger hinter ihm meinte: »Corbett, deine Lippe blutet. Bist du in einen Busch gerannt oder so?«

Er riss einen Zipfel seiner Tunika hoch und wischte sich über die Lippe, worauf er über die Menge an Blut überrascht war, die er dort entdeckte. Dann sah er zu Dyna zurück, die ihn angrinste, doch ihre Belustigung schwand rasch. Er folgte ihrem Blick und erkannte, dass sie auf seinen Bauch sah. Er hatte seine Tunika absichtlich ein Stück höher gehoben, um sich den Schweiß von der Stirn zu wischen.

Ihr Gesicht rötete sich vor Hitze, was erfreulich war, aber nicht genau die Antwort, die er sich erhofft hatte. Sie rutschte auf ihrem Sattel hin und her.

Er wollte losbrüllen und sich siegreich auf die Brust trommeln.

Stattdessen ließ er seine Tunika los und schritt zu ihr zurück. Die anderen um sie waren beschäftigt, also würde er nicht gehört werden. Er legte seine Hand an ihre Wade und drückte sie. »Sei vorsichtig, Mädchen.«

»Was?« Der starre Blick war zurückgekehrt, doch er konnte sich nicht zurückhalten.

»Du rutschst in deinem Sattel umher, Diamant.« Er schlenderte zu seinem Pferd zurück.

Aber nicht bevor ein Steinchen ihn am Kopf traf, gefolgt von ihrem Gelächter.

⁓

Schnell verging das restliche Stück der Reise und ehe sie sich versahen, wies die felsige Landschaft darauf hin, dass sie fast auf Cameron Land waren. Dyna atmete erleichtert auf, denn sie wusste, dass Großvater bei seiner jüngsten Schwester sicher aufgehoben wäre. Tante Jennie würde ihm mit seinen Leiden helfen, was er in letzter Zeit ein oder zweimal im Jahr brauchte. Immer schickte sie ihn mit einem reichlichen Vorrat an Salben und Tinkturen nach Hause, die sowohl für ihn als auch für andere mit Verletzungen oder Krankheiten im Clan bestimmt waren.

Zu ihrer Überraschung kam ihnen eine Gruppe Pferde entgegengeritten, mit Onkel

Aedan in Führung und seinem Bruder Ruari an seiner Seite.

Er ritt an Großvaters Pferd heran und blieb stehen. »Ich grüße dich, Alex. Deine Schwester erwartet dich ungeduldig.«

»Und ich bin ungeduldig, sie zu sehen. Ich bin froh, dass du unsere Nachricht erhalten hast. Wir haben eine rasche Entscheidung getroffen, aber ich hoffe, ihr habt für eine oder zwei Nächte Platz für uns. Die meisten Grant Krieger werden mit meiner Enkeltochter nach Grant Land weiterreisen, aber ich würde gern mit einigen Männern bleiben, wenn es euch recht ist.«

»Gewiss. Der Lieblingsbruder meiner Frau ist stets willkommen. Hattet ihr auf eurer Reise irgendwelche Schwierigkeiten?«

»Eine große englische Garnison ist an uns vorbeigezogen, doch wir haben keine anderen gesehen. Warum? Du reitest nicht oft zu unserer Begrüßung heraus, Cameron.« Sie konnte den argwöhnischen Blick auf seinem faltigen Gesicht erkennen und Onkel Aedan musste ihn ebenfalls bemerkt haben, denn er lachte.

»Das ist ganz richtig. Wir haben Nachricht erhalten, dass zwei englische Garnisonen nach Norden unterwegs sind, obwohl sie Anweisung haben, sich von Lochluin Abbey fernzuhalten. Vermutlich waren es die, die du gesehen hast, aber es folgt noch eine weitere Garnison hinter ihnen. Es sind auch zwei Gruppen schottischer Flachländer in diese Richtung unterwegs, um Bruces Feinde zu unterstützen – Macdougall und Ross. Ich wollte dem Rest deiner Gruppe einen

Ratschlag erteilen, falls ihr andere Pläne hättet.«

»Wir können für eine Nacht bleiben und dann beim ersten Tageslicht aufbrechen«, schlug Dyna vor.

Aedan runzelte die Stirn. »Damit wirst du mitten hineingeraten. Die andere englische Gruppe wird morgen über Cameron Land reiten und gegen Mittag hier vorbeikommen.«

»Du musst jetzt aufbrechen«, meinte Großvater zu ihrer völligen Überraschung.

»Aber Großvater, können wir nicht erst schlafen?«

»Nein. Das kommt nicht in Frage. Corbett, ich bitte dich, meine Enkeltochter auf direktem Wege nach Grant Land zu bringen.« Er drehte sich wieder zu Dyna zurück und meinte. »Es herrscht Vollmond, also könnt ihr die tückische Schlucht jetzt durchqueren. Ihr werdet auf der anderen Seite sein wollen, ehe all diese Männer hindurchkommen. Ihr wisst zwar, wie ihr sie sicher durchqueren könnt, aber sie werden dort den ganzen Tag festhängen. Abgesehen davon kann ich fühlen, dass sich ein Sturm zusammenbraut und wenn ihr auf der anderen Seite der Schlucht ankommt, gibt es dort mehrere tiefe Höhlen und eine, in der Pferde unterkommen können. Gelangt bis dorthin, ehe ihr schlaft.«

Alex sprach mit seinen Wachen und teilte sie auf. Einige würden mit ihm auf Cameron Land bleiben und der Rest würde nach Grant Castle weiterreisen.

Dyna konnte nicht glauben, dass ihr Großvater sie so schnell fortschickte. Sie war bereits von der Reise erschöpft und wollte schlafen, doch sie erkannte auch die Klugheit darin und wollte sich nicht von den Engländern erwischen lassen. Sie war bereit, nach Hause zurückzukehren, um ihre Eltern und Geschwister wiederzusehen.

Aedan meinte: »Dyna, wir hatten vermutet, dass ihr euch vielleicht entscheiden könntet, eure Reise fortzusetzen, also hat Jennie euch einen Trinkschlauch Ale und einen Beutel mit getrocknetem Fleisch und Käse geschickt. Sie hat auch ein paar Dinge für die Grant Heilerinnen hinzugefügt.«

Einer von Aedans Kriegern saß ab und nahm sich des Umpackens der Güter von einem Pferd auf die anderen an. Dyna verstaute die Dinge für die Heiler in ihren Satteltaschen.

»Oh, und zwei neue Fuchsfelle für eure Reise«, fügte Aedan hinzu. »Es wird kalt werden und wir haben jede Menge davon angefertigt.«

Sie sah zu ihrem Großvater und ihr brach das Herz, weil sie sich trennen würden – für wer weiß wie lange, aber sie musste ihn mit seinen vielen Geschwistern und Enkelkindern teilen. »Großvater, sei aufrichtig zu Tante Jennie bezüglich deiner Bedürfnisse. Bleibe so lange du möchtest. Ich werde dich holen kommen, wann immer du eine Nachricht schickst.«

»Das werde ich, Dyna. Gott sei mit dir und höre auf Corbett. Er ist klüger, als du denkst.«

Ihr Großvater wendete sein Pferd und ritt neben Aedan auf Cameron Land zu.

Dynas Gruppe setzte sich ebenfalls in Marsch und sie konnte nicht anders, als sich mehrere

Male umzudrehen und zu winken, bis sie außer Sicht waren.

Sie hatte das unheimliche Gefühl, dass sie ihren Großvater zum letzten Mal gesehen haben könnte.

KAPITEL NEUN

———∾∾———

SIE BEFOLGTEN ALEX´ Ratschlag und hatten die Schlucht schnell erreicht, was nur gut war, denn mit dem Wetter hatte er recht behalten. Wie aus dem Nichts war ein kalter Wind aufgekommen und blies das Laub über die Landschaft und nach den schnellen Wolken und dem unheimlichen, grauen Himmel zu urteilen, würde der Sturm innerhalb einer Stunde über sie hereinbrechen. Sobald sie sicher auf der anderen Seite wären, könnten sie die Nacht in einer Höhle verbringen und am Morgen weiterreiten, wenn der Sturm vorübergezogen war. Wenn alles gut ging, konnten sie vor Einbruch der Dämmerung im Land der Grants ankommen – vor den Engländern, die wahrscheinlich vor der Schlucht überrascht würden, und es würde sich im Sturm als tückisch erweisen, sie zu überqueren.

Als sie den Weg halb zurückgelegt hatten, fielen die ersten Regentropfen. Derric schickte Dyna voraus, da er wusste, dass sie das Gelände besser kannte als irgendein anderer von ihnen und die Wachen folgten ihnen nach.

»Werde nicht langsamer«, rief er ihr zu. »Es

wird schlimmer werden. Mach dir um uns keine Sorgen, sondern bringe dich selbst hinüber.«

Als sie auf der anderen Seite herauskamen, waren sie bis auf die Knochen durchnässt. Dyna ritt weiter voran, denn sie wusste genau, wo die von Alex erwähnte Höhle zu finden war.

Ihr Marsch dauerte eine Ewigkeit, doch schließlich führte Dyna sie einen kleinen Pfad hinunter, der in einer Lichtung mit einem Bach mündete. Die Höhle lag rechter Hand des Bachs und war unter einem Felsvorsprung versteckt. Sie saß davor ab und nahm ihre Satteltasche.

Derric fand eine trockene Stelle unter einer Felszunge für die Tiere. Er versorgte beide Pferde, sowohl sein eigenes als auch Misty, denen er Hafersäcke umhängte, und dann wandte er sich an die Wachen: »Kümmert euch um eure Tiere.«

Er eilte in die Höhle und nahm dabei einen Teil ihrer Habseligkeiten von den Packpferden mit, in der Hoffnung, sie würden am Feuer trocknen. Die Kleider, die er am Leib trug, waren vollkommen durchgeweicht und erleichtert stieß er die Luft aus, sobald er von der entfesselten Natur in den Schutz der Höhle trat.

Doch in dem Moment, als sein Blick auf Dyna stieß, die sich gegen die Felswand gedrückt hatte, vergaß er sein eigenes Unbehagen im Nu. »Derric, hilf mir.« Sie zitterte so sehr, dass ihre Zähne klapperten.

Er ließ seine Sachen an einer trockenen Stelle fallen und eilte zu ihr hinüber. »Mädchen, du siehst aus, als hättest du Fieber.« Ihre Augen wirkten stumpf und glasig, und er hatte diesen Ausdruck schon bei anderen gesehen, die vom Fieber erfasst worden waren. Ihre Haut schimmerte von Schweiß, wie er vermutete, und nicht vom Regen und ihre Lippen waren unnatürlich blass.

»Mir ist kalt.« Ihre Schultern zitterten unkontrolliert, doch als er die Hand ausstreckte, um sie zu berühren, fühlte sie sich heiß an. Er riss seine Hände zurück. »Und mein Kopf schmerzt entsetzlich. Kannst du kein Feuer anmachen?«

»Verdammt, du bist krank.«

»Hilf mir. Bitte. Ich kann mich nicht bewegen. Ich brauche etwas Warmes.«

»Mädchen, ich werde dir helfen, dich auszuziehen, ehe die anderen hereinkommen. Du musst aus diesen nassen Sachen heraus.« Hilflos stand sie dort, und ihre Augen waren glasig vom Fieber. »Nimm deinen Umhang ab.«

Drei weitere Wachen traten ein. Einer von ihnen, Ham, sagte: »Es ist hässlich dort draußen«, und schüttelte den Kopf, sodass die Wassertropfen aus seinem Haar spritzten.

Als er Dyna ansichtig wurde, machte er große Augen. »Sie sieht nicht gut aus.« Er rieb sich übers Kinn. »Ich werde die Trinkschläuche füllen und mich dann auf die Suche nach trockenem Holz machen.«

»Aye, wir müssen ein Feuer in Gang bekommen. Ein großes. Wir müssen trocken werden.« Er zeigte auf eine Stelle in der Nähe des Eingangs, an der das Feuer nahe genug an der Öffnung wäre, um den meisten Rauch nach draußen abziehen zu lassen, aber nicht so weit, dass es den Elementen zum Opfer fiele. »Baut das Feuer hier auf. Ich bringe sie hinter diese Biegung, um sie aus ihren nassen Sachen zu bekommen. Haltet euch um Himmels willen fern.«

Ham grinste. »Ich werde helfen.« Sein Blick hatte den unschuldigen Ausdruck eines Wickelkindes.

»Den Teufel wirst du.« Derric bedachte ihn mit einem bedrohlichen Blick, aber es war Dynas Drohung, die ihn letztlich fortscheuchte. »Sollte mir einer von euch zu nahe kommen, werde ich euch einen Pfeil in die Hoden schießen, sobald es mir besser geht.«

Ham machte auf dem Absatz kehrt und stieß gegen die Rücken der anderen Wachen vor ihm, denn die anderen Männer hatten sich bereits umgedreht, um für die Suche nach Feuerholz nach draußen zu gehen. Seine Kumpanen müssen ihn geneckt haben, denn ihr Gelächter übertönte den Sturm.

»Bringt so viel trockene Zweige, wie ihr finden könnt. Gleich hinter der Felszunge steht eine dichte Gruppe Kiefern. Dort könnte etwas trockenes Holz zu finden sein.«

Die Wachen gingen hinaus und sprachen mit den anderen Männern, die noch im Freien waren, und Derric führte Dyna um die Biegung. »Hier, gib mir deinen Umhang. Hast du eine trockene Strumpfhose?«

»Aye, in meinem Sack. Und eine Tunika.«

Derric durchsuchte die Säcke, die Dyna mit hereingebracht hatte. Zu seiner Überraschung war in den Taschen, die sie von den Camerons erhalten hatten, alles trocken. Sie waren weit besser als jeder Sack, den er je benutzt hat. Er zog die beiden Felle heraus und warf Dyna eines zu. »Bedecke dich damit, während du dich ausziehst.«

An der Seite befand sich eine lange Kante, also packte Derric die Taschen ganz aus und legte alles auf der Kante ab. Der von den Camerons mitgegebene Proviant kam zuerst, dann einige Behältnisse mit Salben und Cremes, ein weiteres Fell und endlich die Tunika und Strumpfhose aus Dynas Tasche.

Als er fertig war und die Taschen wieder zumachte, drehte er sich zu Dyna um und erstarrte. Sie stand dort ohne einen Faden am Leib und bibberte in der Kälte, während sie versuchte, sich mit dem Fell zu wärmen, das sie um ihre Weiblichkeit geschlungen hatte und ihre langen, gertenschlanken Beine schlotterten. Ihre abgebundenen Brüste erregten seine Aufmerksamkeit.

»Derric, du musst mir helfen, dies aufzubinden. Es ist so nass, dass es meine Haut aufscheuert.«

Zur Hölle, er war im Begriff, sich in eine Folterkammer zu begeben.

»Ich werde dir helfen. Zieh zuerst die trockene Strumpfhose an.«

»Ich weiß nicht, ob ich das kann.« Ihre schwache, zittrige Stimme klang ängstlich. »Ich glaube, ich falle um.« Es wäre ihm weitaus lieber, wenn sie ihn auf drei verschiedene Arten verfluchen würde.

»Ich werde mich mit dem Rücken zu dir vor dich stellen, und du kannst dich gegen mich lehnen.«

»Ich werde es versuchen.«

Er tat, was er ihr versprochen hatte, und gab sich alle Mühe, nicht an ihre langen Beine oder die kraushaarige Verbindung zwischen ihren Schenkeln zu denken oder die weichen Halbkugeln ihres Hinterns.

Sie lehnte eine Schulter an ihn und wäre beinahe gefallen. Er streckte den Arm aus, um sie ins Gleichgewicht zu bringen. »Halte dich an meinem Arm fest.«

»Ich habe ein Bein drin.« Ihre Hand schloss sich um seinen Arm und er musste die Augen schließen, um seine Reaktion zu zügeln.

Sie war wieder im Fallen begriffen, also drehte er sich fluchend um und fasste sie von hinten unter die Achseln, um sie im Gleichgewicht zu halten. Er erhaschte einen kurzen Blick auf die lieblichen Rundungen ihrer Rückseite, bevor er die Augen wieder schloss. Er musste jedes Quäntchen Willen aufbringen, das er besaß, um nicht zu stöhnen, aber irgendwie schaffte er es. Mit Sicherheit zählte er nach dieser Sache als Heiliger.

»Zieh die Strumpfhose hoch«, bat er sie mit heiserer Stimme.

Sobald sie sie anhatte, hakte sie die Binde um ihre Brüste auf, während sie weiter mit dem Rücken zu ihm blieb, und reichte ihm einen Zipfel des Tuchs, damit er ihr helfen konnte, die verfluchte Bandage abzuwickeln.

»Ich warne dich nur, dass es nicht so große Brüste sind, wie die meisten Männer sie mögen.«

»Ich bin nicht die meisten Männer«, konterte

er.

Sie griff nach der trockenen Tunika auf dem Steinboden und zog sie mit dem Rücken zu ihm an. Als sie endlich bedeckt war, stieß er einen langen Atemzug aus, den er während der ganzen Prozedur angehalten hatte.

Er hatte überlebt.

Die Männer kehrten zurück und machten sich ans Feuermachen, während zwei von ihnen mit Trinkschläuchen zu Dyna und Derric kamen, von denen einer mit Ale und der andere mit Wasser aus der Quelle gefüllt war.

Sie griff nach dem Wasser, doch Derric bekam es zuerst zu fassen. »Wir werden es erst erhitzen, ehe jemand davon trinkt. Robert sagt, dass Quellwasser nicht so schnell Brechreiz auslöst, wenn du es zuerst erhitzt. Nimm einen Schluck vom Ale der Camerons. Das wird deinen Magen wahrscheinlich nicht so schnell verstimmen.«

Sobald das Feuer in Gang war, verkündete Ham: »Ich bin erschöpft. Ich werde ein Stück Käse essen und mich dann zum Schlafen betten.«

Die anderen stimmten zu und richteten sich auf dem Boden der Höhle ein. Dyna aß ein paar Bissen Käse und faltete dann eines der Felle, um ihren Kopf darauf zu betten. Kurz darauf war sie eingeschlafen. Derric nahm das andere Fell und deckte sie zu.

Nicht lange nach ihr schlief auch er ein.

Mitten in der Nacht wurde er von einem krachenden Donner geweckt, der so nah zum, dass der Boden zitterte. Er sah zu Dyna hinüber und selbst in der Dunkelheit konnte er sie zittern sehen. Ein leises Stöhnen kam über ihre Lippen.

Er rückte zu ihrer Seite hinüber und befühlte ihre Haut. Das Fieber tobte in ihr. »Mir ist so kalt«, murmelte sie im Schlaf.

Derric konnte sie nicht leiden sehen. Er zog seine Tunika aus und legte sie zum Trocknen ans Feuer, aber er hatte sein extra Plaid als Decke. In der Hoffnung, sie nicht aufzuwecken, rückte er hinter sie und schmiegte sie mit der Rückseite an sich, um ihr seine Wärme zu spenden und sie in seinen Armen zu halten. Er wusste nicht, wie er ihr sonst helfen sollte, doch er konnte zumindest versuchen, sie warm zu halten. Der Körper war auf seine Weise merkwürdig, dass er vor Kälte bibbern und sich gleichzeitig heiß anfühlen konnte. Er würde tun, was er konnte, um ihr zu helfen.

Sie zu verlieren, kam nicht in Frage.

KAPITEL ZEHN

A LS DYNA AUFWACHTE, war sie in einem weichen Bett, weit fort von der dunklen Höhle, in der sie eingeschlafen war. Sie zwang sich in eine sitzende Position und stöhnte, während sie sich den Kopf hielt, in dem Versuch die kräftigen Kopfschmerzen zu beschwichtigen. Es fühlte sich an, als würde eine Fee in ihrem Kopf mit einem kleinen Hammer an ihre Schädeldecke schlagen.

Ihre Schwester Claray saß ihr gegenüber. »Dyna? Bist du unversehrt?« Ihre Stimme war sowohl eindringlich als auch besorgt und klang eine Stufe höher als normal.

»Claray? Wo bin ich? Was ist los?«

»Du bist krank gewesen. Ich hatte Angst gehabt, du würdest sterben. Bitte versprich mir, dass du niemals stirbst. Ich kann dich nicht verlieren.« Sie konnte die Tränen erkennen, die in den Augen ihrer Schwester aufwallten.

»Ich bin auf Grant Land? Wie bin ich hierher gekommen?«

Ihre Schwester kam herbei, um sich auf das Bett zu setzen und ergriff ihre Hand. Der Ausdruck auf ihrem Gesicht verriet Dyna genau, wie krank sie gewesen sein musste. Diese Nuance der Angst hatte sie während des Tages noch nie auf Clarays Gesicht gesehen, nur in der Nacht, nachdem sie von ihren Albträumen aufwachte. »Du bist in deiner Kammer. Derric hat dich gestern Abend mit schlimmem Fieber hergebracht. Tante Gracie und Mama haben dich gebadet und dir einen Heiltrunk eingeflößt. Wie fühlst du dich?«

»Schrecklich.« Sie griff sich an den Kopf, um ihre pochenden Schläfen zu massieren. »Es hat ein schrecklicher Sturm getobt, aber wir haben es durch die Schlucht und in die Höhle geschafft, ehe …« Die Erinnerungen kehrten langsam zurück. Erinnerungen an *ihn*. Sie besann sich darauf, wie Derric ihr geholfen hatte, sich auszuziehen, wie er ihr die Felle gereicht und ihr geholfen hatte.

Sie hatte das merkwürdige Gefühl, neben seiner Hitze geschlafen zu haben, die Arme fest um sie geschlungen. Spielte ihr Verstand ihr Streiche? »Derric? Ist er noch hier?«

»Aye, er sagte, er wollte zwei Nächte bleiben, bevor er weiterzieht. Er wollte sicher sein, dass du unversehrt bist. Bedeutet er dir etwas, Dyna?« Claray blickte besorgt auf ihre Hände hinab. »Wirst du mich verlassen? Du hast immer gesagt, dass du niemals heiratest, aber er scheint …«

Ein Klopfen unterbrach sie und rettete Dyna davor, antworten zu müssen. »Herein.«

Ihre Mutter trat ein und setzte sich auf die andere Bettkante. »Wie fühlst du dich?« Sela Grant war noch immer eine Frau von klassischer Schönheit.

»Schrecklich. Ich hatte vermutlich Fieber. Ich erinnere mich, geschlottert zu haben, aber ich erinnere mich nicht, wie ich von der Höhle hierhergekommen bin.«

Ihre Mutter tätschelte ihren Arm. »Derric hat dich beschützt und hereingetragen. Du hast vor ihm auf dem Pferd gesessen. Er sagte, du hättest den ganzen Weg geschlafen und immer wieder gebibbert.«

»Ich bin ihm meinen Dank schuldig«, murmelte sie, ehe sie sich wieder auf das Bett zurückfallen ließ. »Mein Schädel bringt mich um.« Sie rollte sich auf die Seite und schloss die Augen.

»Dein Vater und ich haben ihm unseren tiefsten Dank ausgedrückt. Wir konnten sehen, wie gut er sich um dich gekümmert hat. Allein wärst du wahrscheinlich vom Pferd gefallen und nie gefunden worden. Denke daran, wenn dir noch einmal einfällt, auf eigene Faust fortzulaufen.« Ihre Mutter stand auf und deckte sie zu. »Ich werde dir etwas von Tante Gracie für deinen Kopf holen. Sie sagte, Tante Jennie hätte neue Heiltränke und Salben geschickt. Dein Vater möchte mit dir sprechen, also wird er sie mit heraufbringen. Ruhe deine Augen bis dahin aus. Ich werde auch eine Schale warmen Porridge für dich mitschicken.« Dann blieb sie einen Augenblick stehen. »Du kannst Derric selbst danken. Du *solltest* ihm danken, wenn du dich wohlauf fühlst. Er ist ein guter junger Mann.«

Mit einem Nicken schloss Dyna die Augen und sank wieder in die Vergessenheit.

Als sie das nächste Mal die Augen aufschlug,

stand ihr Vater neben dem Bett. Er stellte einen kleinen Tisch neben sie und richtete den Porridge und den Heiltrunk darauf an. »Tante Gracie hat das für dich geschickt.«

»Danke Papa«, murmelte sie. Wie sie ihn vermisst hatte. Obwohl er einen wohlverdienten Ruf als grimmiger Krieger genoss, so hatte er doch ein weiches Herz und eine Neigung, das Gute in allen zu sehen.

Er half ihr, sich aufzusetzen und stopfte die Kissen hinter sie, ehe er ihr den Heiltrunk und die Schüssel mit dem Porridge reichte. »Du musst etwas essen, nachdem du den Heiltrunk genommen hast. Derric sagte, dass es dir schlecht gegangen ist?«

Sie aß zwei Bissen und die Wärme linderte einen Teil der Schmerzen in ihrer Kehle.

Ihr Vater wartete, bis sie geschluckt hatte, ehe er mit seiner Befragung fortfuhr.

»Großvater. Derric hat mir erzählt, was er weiß, aber ich würde es lieber von dir hören.« Er setzte sich zurück und gab ihr Gelegenheit, ihre Gedanken zu ordnen. Noch nie war er besonders drängend oder übermäßig beharrlich gewesen. Er war fast so geduldig wie sein Vater, allerdings nicht ganz. Großvater besaß die Geduld eines heiligen Priesters und niemand wusste, wie er das anstellte.

»Zwei Sheriffs kamen nach MacLintock Castle, um Großvater zu warnen, dass Edwards Sohn, eine Garnison nach ihm ausgeschickt hatte. Er beschloss, nach Cameron Land zu reisen. Obwohl er seine Begründung nicht erklärte, nehme ich an, dass er es wohl für weniger wahrscheinlich hält, dass sie dort nach ihm suchen. Ich weiß, dass er keine erbitterten Kämpfe über MacLintock Castle hatte bringen wollen. Du kennst Großvater. Er macht sich Sorgen, insbesondere wegen der Kleinen.«

»Kanntest du die Sheriffs? Schottisch oder englisch?«

»Busby und DeFry. Beide sind Schotten und sie berufen sich auf ihre Loyalität zu König Robert. Ich vertraue DeFry und Alasdair tut das ebenfalls. Busby kennen wir nicht so gut. Wir haben ihn in Berwick getroffen.«

Nachdenklich rieb sich ihr Vater das Kinn. »Derric sagte, König Robert würde nach Norden aufbrechen, und er plant, sich ihm wieder anzuschließen, sobald du gesund bist. Was sind deine Pläne, nach deiner Genesung?«

»Papa, ich würde gern mit Derric gehen und sehen, was im Norden passiert.« Sie betrachtete ihren Vater, den Mann, den sie für all das, was er für ihre Familie getan hatte, so liebte. Er hatte ihre Mutter und Claray gerettet, ein Heim für die Waisen Thorn und Nari gefunden, die jetzt mit ihrem Onkel Loki lebten.

»Warum?« Es war die Art ihres Vaters, nur wenige Worte zu machen. Und das war mit ihrem pochenden Schädel wirklich gut.

»Ich kann es nicht erklären, aber ich habe das Gefühl, dass etwas Bedeutsames in den Highlands geschieht. Und ich weiß, dass es nicht hier passieren wird. Ich habe geträumt, dass ich jemanden zu Pferd gejagt habe. Derric reitet nach Norden.

Vielleicht muss ich mit ihm reisen, um zu sehen, was mit König Robert passiert. Entsprechend Onkel Aedan waren zwei Garnisonen Engländer und zwei Gruppen Flachländer nach Norden unterwegs.«

»Wusstest du, wen du gejagt hast?« Ihre Eltern vertrauten auf ihre seherischen Fähigkeiten. Aus Erfahrung hatten sie gelernt, dass Dynas Vorhersagen stets richtig waren.

»Ich weiß, was du wissen willst. War es Großvater? Vielleicht. Und dennoch habe ich zwei widersprüchliche Warnungen für Cameron Land gefühlt. Eine war, dass Cameron Land der sicherste Ort war, den er aufsuchen konnte, insbesondere mit Lochluin Abbey ganz in der Nähe. Ich glaubte, es sei eine gute Entscheidung.« Sie hörte auf, ihren Kopf zu massieren und hoffte auf weitere Warnungen, wenngleich sie wusste, wie ungewöhnlich dies mit solchen Schmerzen im Kopf war.

»Und die andere?«

»Als ich Großvater zum Abschied winkte, hatte ich das merkwürdige Gefühl, ihn das letzte Mal für lange Zeit zu sehen. Das hat mich krank gemacht. Ich habe versucht, mich für weitere Vorahnungen zu öffnen, doch dann hat mich das Fieber übermannt. Ich konnte es nicht aufhalten. Es war so kalt in dem Regen.«

Sie wartete auf seinen Ratschlag, da er stets so gute Empfehlungen gab. Onkel Jamie und er besaßen die seltene Fähigkeit, einem Problem bis auf den Grund zu sehen. Das hatte sie ihrem Vater einmal gesagt, worauf er allerdings entgegnet hatte, diese Fähigkeit sei ihrer Erfahrung entwachsen.

»Es besteht kein Grund, noch länger daran zu denken. Ich habe dir gesagt, dass du ihnen Zeit lassen musst, zu dir zu kommen. Molly sagt uns immer wieder, dass man solche Dinge nicht übereilen kann. Sie kommen zu dir oder nicht.« Er sah sie an und dann fragte er: »Hast du Interesse an Derric? Ich hatte keine Einwände, als du mit deinen Cousins gereist bist, aber dieser Mann ist nicht mit dir verwandt.«

»Papa, es waren Grant Wachen bei uns, und so wird es auch sein, wenn wir nach Norden reisen. Und nein, ich habe kein Interesse an ihm.« Die Lüge war ihr ohne Vorsatz so leicht über die Lippen gekommen und sie verstand den Grund dafür – ihr Vater würde sie nie mit Derric reisen lassen, wenn er die Wahrheit wüsste. »Großvater hat ihm das Versprechen abgenommen, mich nach Grant Land zu bringen. Er hatte uns während eines Großteils der Reise begleitet.«

»Also muss er ihm vertrauen, was ein gutes Zeichen ist. Ich bin mir über die Anwesenheit der Wachen bewusst, aber ich war auch einmal jung. Er hat dich gewärmt, als du gezittert hast, nicht wahr?«

»Aye, aber ich kann mich kaum daran erinnern. Ich war zu krank. Er hat sich ehrenhaft verhalten.«

»Das ist gut zu hören. Aber ich würde mich gern mit dem jungen Derric unterhalten«, meinte ihr Vater, als er sich von seinem Stuhl erhob. »Du schläfst. In deinem derzeitigen Zustand wirst du nirgendwohin gehen.«

Sie wusste, was das bedeutete – noch einer ihrer Verwandten war im Begriff, Derric zu bedrohen und ihr Vater war der Einschüchternde von allen. Derric würde wahrscheinlich in Windeseile fliehen.

Sie legte den Kopf auf das Kissen und murmelte: »Papa?«

»Aye?«

»Er ist bereits von Alasdair und Els bedroht worden und Großvater hat zudem ein langes Gespräch mit ihm geführt. Bitte verjage ihn nicht.«

Ihr Vater lächelte. »Dann bedeutet er dir also doch etwas.«

Sie seufzte, denn sie war nicht imstande zu leugnen, was ihr Herz ihr sagte. »Aye, ich mag ihn. Ich muss ihm danken, dass er mich sicher nach Hause gebracht hat.«

Würde sie ihren Vater damit überzeugen, sich zurückzuhalten? Das konnte sie nur hoffen.

꧁ ꧂

Derric war auf dem Übungsplatz und maß sich mit Alick. Wenngleich er von den Männern auf MacLintock Land beeindruckt gewesen war, so war Grant Land eine andere Welt. Die Krieger hier konnten mit dem Schwert kämpfen, wie er es noch nie gesehen hatte. Und das Land selbst …

Er genoss die Aussicht auf die schneebedeckten Berggipfel und war vorhin sogar zum See hinausgeritten, dessen Wasseroberfläche sich auf eine Weise im Wind kräuselte, die seine Seele beschwichtigte.

Ein merkwürdiger Gedanke war ihm direkt auf den Fersen dieses Gedankens gekommen.

Er könnte sein Leben lang an einem Ort wie diesem verbringen.

»Pass auf«, warnte Alick. »Schweifen deine Gedanken ab oder hast du nur Dyna im Sinn?« Er grinste, als er das sagte, aber wenigstens hatte er ihm nicht mit einem Wildschwein gedroht. Noch nicht.

Der größte Mann, den er je gesehen hatte, marschierte direkt auf sie zu, den Blick auf Derric geheftet. Ohne fragen zu müssen, wusste er, dass dies Dynas Vater sein musste. Er hatte von Connor Grants Können mit dem Schwert gehört und seiner Befähigung, als Führer des Grant Clans. Er besaß zudem auch eine unverkennbare Ähnlichkeit mit seinem Vater Alex und mit Dyna. Wenn er sich fragte, warum Dyna für ein Mädchen so groß war, stand die Antwort darauf vor ihm.

Man munkelte, dass Connor Grant der beste Schwertkämpfer im Land sei. Andere bestanden darauf, dass diese Ehre seinem Cousin Loki gebührte. Noch nie hatte Derric einen der beiden kämpfen sehen.

Er ließ seine Waffe sinken und nickte Connor grüßend zu, während Alick sich umdrehte, um zu sehen, was seine Aufmerksamkeit erregt hat. »Onkel Connor«, begrüßte er den Neuankömmling und sein Onkel trat heran und fasste ihn an der Schulter.

»Tritt einen Schritt zurück, Alick. Ich würde

mich gern überzeugen, ob dieser Mann über irgendwelches Können verfügt.«

Alick übernahm die unnötige Bekanntmachung der beiden – »Derric, dies ist Dynas Vater, Connor Grant.«

»Seid gegrüßt, Laird Grant. Meinen Dank für Eure Gastfreundschaft. Ich habe nicht vor, sie zu lange in Anspruch zu nehmen.«

Connor Grant trat näher zu ihm und wenn Derric raten sollte, nahmen seine klugen Augen alles mit einem einzigen Blick zur Kenntnis. »Du bist jederzeit willkommen. Du hast meine Tochter sicher nach Hause gebracht und ich weiß, wie starrköpfig sie sein kann. Mit Fieber ist sie beinahe unerträglich. Aber wir haben sie zu einem starken Mädchen aufgezogen. Meine Frau und ich glauben nicht, dass es einen Unterschied zwischen weiblicher und männlicher Stärke gibt.«

Bei dieser Behauptung zog Derric eine Augenbraue hoch. Er wollte ihm widersprechen. Letztendlich waren Männer durchschnittlich größer als Frauen. Bessere Schwertkämpfer.

Als ob er seine Gedanken gelesen hätte, meinte Connor: »Körperliche Kraft ist nicht alles. Wir haben Dyna zu einer treffsicheren Bogenschützin aufgezogen und ihr Verstand ist ebenso klug wie der eines Mannes.«

»Ich werde Euch in dieser Sache nicht widersprechen, Laird.« Sie war klüger als die meisten Männer, die er kannte. »Sie ist eine begabte junge Frau.«

»Kämpfst du gegen mich, Corbett?«

»Aye.« Er tat sein Bestes, um das plötzliche Zittern zu unterdrücken, das ihn durchfuhr, und drehte sich weg, damit der Mann Gelegenheit erhielt, seine Muskeln zu dehnen. Er hatte einmal gehört, dass ältere Männer in diesen Dingen achtsamer sein mussten.

»Führe den ersten Schlag, Corbett«, forderte Connor ihn auf und signalisierte damit, dass er bereit war.

Derric drehte sich wieder um und sah, wie der Mann ihn mit schmalem Blick eindringlich anstarrte. Es war so einschüchternd, dass er überlegte, die Flucht zu ergreifen, doch dann entschied er, seinen Mann zu stehen und sein Bestes zu geben. Dies war genau der Grund, aus dem er mit den Grant Cousins gekämpft und geübt hatte.

Derric führte einen Schlag aus, den Grant leicht abfing und ihn so kraftvoll parierte, dass er ihn beinahe in die Luft gerissen hätte. Doch er würde sich nicht so leicht geschlagen geben.

Viele der anderen Männer hatten ihre eigenen Übungen unterbrochen, um zuzuschauen, doch Connor befahl. »Halte sie zurück, Alick. Sie sollen nicht nahe genug herankommen, um unsere Unterhaltung mitzuhören.«

Alick befolgte die Anweisungen seines Onkels und drängte die Schaulustigen zurück. Derric hatte das merkwürdige Gefühl, als würde das Oberhaupt des Clans mit ihm spielen und den Schlagaustausch weiterführen, bis er Gelegenheit hatte, sich zu überzeugen, ob Derric überhaupt irgendwelche Fertigkeiten besaß.

KAPITEL ELF

SPÄTER BAT DERRICK, Dyna besuchen zu dürfen, und ihre Mutter begleitete ihn nach oben zu ihr. Sie bewegte sich nicht ein einziges Mal, während der ganzen Zeit, die er bei ihr war, wenngleich es zugegebenermaßen auch nur ein paar Augenblicke waren.

»Ich möchte sie nicht stören«, bemerkte er zu Sela Grant, den Blick auf Dynas unbeweglichen Körper geheftet, und ihre gleichmäßige Atmung teilte ihm mit, dass sie gesund wurde, weil sie ruhiger und regelmäßiger als gestern war. »Ihr habt mit ihr gesprochen?«

»Aye. Sie war aufgewacht. Heute Morgen hat sie tatsächlich Porridge gegessen, aber ihr Kopf schmerzte noch immer.«

Er blieb noch ein paar Augenblicke länger und dann verabschiedete er sich, wobei er den Drang zurückkämpfte, sich vorzubeugen und ihr einen Kuss auf die Stirn zu geben. Ihre Mutter hatte wenig gesagt, obwohl ihr Blick alles registrierte, was er tat. Er wusste, woher Dyna ihre gertenschlanke Figur, ihr blondes Haar und ihre eisblauen Augen hatte. Sie sah genau aus wie ihre Mutter.

Es musste ein fesselnder Anblick sein, Connor, der dunkelhaarig und groß war, neben Sela Grant, schlank und weißhaarig, stehen zu sehen. Er verstand, warum sie die Anführer ihres Clans waren.

Gestern Abend hatte Connor ihm Erlaubnis erteilt, in der Kammer am Ende der großen Halle zu nächtigen, die offensichtlich Alex Grants Kammer war. Alick hatte ihn am vorigen Abend hineingeführt und auf das kleine Bett an einer Seite gezeigt, anstatt die Bettstatt mitten im Raum. »Dies ist deines. Niemand schläft in Großvaters Bett.«

Er kehrte in die Kammer zurück, zog seine Tunika und die Stiefel aus und ließ sich auf das Bett fallen. Der Schwertkampf hatte ihn so erschöpft, dass er in kürzester Zeit eingeschlafen war.

Er hatte erst eine halbe Nacht geschlafen, als er von den wilden Schreien einer Frau aufgeweckt wurde. Die gequälten Laute waren derart grauenvoll, dass er sich nicht vorstellen konnte, was sie verursacht hatte. Er rannte in die große Halle und erwartete, jemanden vorzufinden, der die Treppe heruntergefallen war oder eine ähnlich schmerzhafte Verletzung erlitten hatte, doch es war niemand da.

Eine lichte Gestalt flog die Treppe herunter und jagte dann durch die große Halle. Dyna. Er rief sie, doch sie ignorierte ihn und rannte in Richtung des Turms.

Er folgte ihr die Wendeltreppe des Turms hinauf, die sich kreisförmig nach oben schlängelte, und durch die erste Tür in der zweiten Etage. In der

Tür zu einer privaten Kammer blieb sie stehen. Obwohl er hinter ihr blieb, konnte er sehen, wie ihre Schwester auf dem Bett dicht bei der Tür wild mit den Armen um sich schlug und dabei wie von Sinnen schrie. Händeringend saß ihre Mutter in einem Stuhl ihr gegenüber, während Dyna die Hände nach Claray ausstreckte und mit leiser Stimme sprach. »Na, na. Ich habe sie alle umgebracht. Sie werden dich nicht mehr belästigen.«

Connor trat aus einer angrenzenden Kammer und schlang die Arme um Sela. »So bald schon wieder einer?«

»Aye«, antwortete Sela. »Ich habe keine Ahnung, warum sie wieder anfangen. Dyna, du musst ins Bett zurück und schlafen, oder du wirst wieder krank werden. Deshalb wollte ich nicht, dass du im Turm schläfst. Wie hast du sie hören können?«

»Ich habe ihre Schreie gefühlt, Mama«, antwortete sie leise. »Ich muss sie nicht hören.« Sie fing an, ihre Schwester hin und her zu wiegen und sang ihr leise vor. Mit den Fingern kämmte sie durch die dunkelroten Locken und diese liebevolle Fürsorge beschwichtigte Claray cindcutig.

Er fühlte, wie etwas in seinem Inneren weicher wurde. Wenn das nicht der Beweis eines zarten Herzens war, wusste er nicht, was es sonst sein könnte. Vielleicht hatte er gerade die Antwort auf einen Teil seiner Fragen gefunden. Alex würde diese Situation wahrscheinlich viele Male gesehen haben. Die Tatsache, dass niemand sonst bei diesen gequälten Lauten in den Turm heraufgekommen war, deutete darauf hin, dass dies ein häufiges Vorkommnis war.

»Kann ich helfen?«, flüsterte er, denn er fürchtete den Bann zu brechen, mit dem sie ihre Schwester gerade beschwichtigte.

Dyna schüttelte den Kopf und winkte ihn zur Tür hinaus. Gleichwohl er gern mit ihr sprechen wollte, ging er. Es interessierte ihn zu erfahren, was passiert war, dass ihre Schwester derart schrie. Dyna hatte gesagt, sie hätte alle getötet. Umgebracht?

Bei seiner Rückkehr in die große Halle nahm er sich ein Ale von einem Seitentisch und setzte sich vor die Feuerstelle, dessen erlöschende Glut noch immer genügend Hitze abstrahlte, um ihn zu wärmen.

Einige Augenblicke später trat Dyna in die Halle. Sie kam zu ihm herüber und nahm in dem Stuhl neben ihm Platz.

»Geht es ihr besser?«, fragte er und bot ihr von dem Ale an.

Dyna lehnte das Ale ab und stieß ein tiefes Seufzen aus, wobei sie sich nach vorn lehnte und die Ellbogen auf die Knie stützte. »Aye.« Er konnte ein Hicksen in ihrer Stimme vernehmen, als würde sie gegen Tränen ankämpfen. Scheinbar wegen ihres Gefühlsausbruchs in Verlegenheit, richtete sie den Blick auf den Boden.

»Darf ich fragen, was es verursacht hat? Gegen was hat sie mit ihren Armen ausgeteilt?«

Dyna setzte sich zurück und der Kampf gegen ihre Emotionen war vorüber, ehe sie antwortete: »Spinnen. Sie glaubt, sie bringt Spinnen um. Sie denkt, sie würde von ihnen angegriffen.«

»Was? Warum?« Erst als er fragte, erinnerte er sich an die Unterhaltung, die sie auf MacLintock Castle geführt hatten. Els hatte etwas über Spinnen gesagt, nicht wahr?

»Meine Mutter war gezwungen worden, einer Gruppe von bösen Männern zu Diensten zu sein. Einer der Männer, die sie beherrschten, war ein verrückter Mensch namens Hord. Es machte ihm Spaß, Spinnen zu sammeln und wenn Mama ihre Anweisungen nicht befolgte, sperrte er sie in eine kleine Kammer und setzte einen Beutel bissiger Spinnen darin frei.«

»Verdammt. Aber Claray?«

»Meine Mutter hatte etwas getan, was Hord nicht gefallen hat und eines Tages schickte er Claray mit ihr in die Kammer. Meine Schwester war drei. Meine Mutter hat deshalb immer noch gelegentlich Albträume. Claray scheint sie in Schüben zu bekommen. Sie sind wieder zurück. Sie kämpft in ihrer Fantasie gegen Spinnen.«

»Also sind sie beide von dieser großen Horde Spinnen gebissen worden?«

»Aye. Ich strenge mich sehr an, mir das nicht vorzustellen, damit ich nicht selbst dieser Angst erliege. Mein Vater, Großvater und meine Großmutter haben die beiden von diesen Hundesöhnen gerettet. Hord ist zurückgekehrt, mit der Absicht, Mama zu entführen und Papa hat ihn umgebracht.«

»Es tut mir leid, dass ihr alle mit so einer Sache fertigwerden müsst.« Er sah zu ihr hinüber. Obwohl sie tagelang krank gewesen war, so war sie dennoch wunderschön. Die Sehnsucht beschlich ihn, sie zu berühren, sie zu halten, doch er kämpfte dagegen an. »Wie fühlst du dich? Besser? Du warst ziemlich krank in der Höhle.«

»Aye, ich bin noch nicht ganz gesund, aber ich fühle mich viel besser. Danke, dass du mich sicher hierher zurückgebracht hast. Ich erinnere mich überhaupt nicht an den Heimritt.«

Derric schnaubte. »Weil du durchgeschlafen hast. Du hast dich an mich gelehnt und bist nicht aufgewacht, bis ich dich die Treppe hinaufgetragen und auf dein Bett gelegt hatte. Dann hat deine Mutter übernommen.«

»Wann wirst du aufbrechen?« Sie rieb die Hände vor dem Feuer aneinander.

»Wahrscheinlich morgen oder vielleicht warte ich auch noch einen Tag. Ich muss einen Gefallen erbitten.«

»Nur zu. Wenn ich helfen kann, werde ich das tun.«

»Ich bin auf dem Weg nach Norden, um mich dem Lager von Robert The Bruce anzuschließen. Ich würde dich gern bitten, mitzukommen. Ich denke, du wärst eine große Hilfe für unsere Sache, insbesondere weil wir nicht so viele Bogenschützen haben, und die paar, die wir haben, verfügen nicht über dein Können.«

Sie nickte bedächtig. »Sobald ich wieder gesund genug bin, werde ich dich sehr gern auf dieser Mission begleiten.« Sie sah zu ihm hinüber und rieb die Hände aneinander. »Ich weiß, dass etwas bevorsteht – ein Kampf – aber ich weiß nicht, wo. Ich weiß nur, dass es nicht hier passiert.« Ihr Blick wurde eindringlicher und sie sah ihn prüfend an. »Ich weiß auch, dass es etwas gibt, was du mir nicht erzählst.«

«Aye.« Verdammt, dieses Mädchen war viel zu scharfsinnig.

Unfähig, ihr in die Augen zu blicken, sah er auf seine eigenen Hände und bewegte die Knöchel dabei. »Robert hat mir von einer Mitläuferin des Lagers erzählt, mit der ich letztes Jahr zusammen war, dass sie ein kleines Kind hat. Er fragte sich, ob das kleine Mädchen von mir sein könnte.«

Dyna antwortete nichts, sondern zog nur fragend die Augenbraue hoch.

»Die Wahrheit ist, dass ich es nicht weiß. Ich habe mein Bestes getan …« Räuspernd fragte er sich, wie weit er bei der unschuldigen Dyna ins Detail gehen sollte. »Ich habe versucht, keine Kinder zu zeugen. Aber ich beabsichtige, sie zu suchen und die Wahrheit zu erfahren. Robert sagte mir, dass Senga im Norden ist. Ich würde sie gern treffen und herausfinden, ob ich ein Kind gezeugt habe.«

»Und warum erzählst du mir all dies?«, fragte sie mit fester Stimme. Nicht, dass er überrascht war.

Er stand auf und ging vor der Feuerstelle auf und ab. »Ich wollte dich nicht überraschen.«

»Und wenn du eine Tochter hast?«, fragte sie, ohne ihn anzuschauen.

»Dann werde ich ihrer Mutter die Ehe anbieten. Mein Vater hat mich gelehrt, verantwortungsbewusst zu sein.« Und weil er wollte, dass sie mit ihm kam, fügte er hinzu: »Ich habe dich eingeladen, mitzukommen, weil wir deine

Kampferfahrung wirklich gebrauchen können.«

Wieder rieb Dyna die Hände aneinander und entgegnete: »Derric, du hast bereits deutlich gemacht, dass du nicht an mir interessiert bist. Betrachte das, was sich zwischen uns abgespielt hat, als Neugier meinerseits. Mehr wird es davon nicht geben. Du kannst verfolgen, wen immer du willst. Lass mich genau wissen, wann du deine Abreise planst, um dich The Bruce anzuschließen, aber ich muss ins Bett zurück.«

Er setzte sich und antwortete: »Dyna, du hast unrecht. Wie kannst du das nur denken, nach allem, was wir geteilt haben? Ich möchte etwas klarstellen. Ich bin an dir interessiert. Sehr interessiert. Aye, ich habe kurze, bedeutungslose Beziehungen zu Frauen gehabt, aber ich war noch nie in etwas Ernsteres verstrickt. Ich bin noch nicht einmal sicher, wie ich dies angehen soll. Sollte ich deinen Vater fragen, ob ich eine Beziehung zu dir vorantreiben darf?«

»Warum? Du hast bereits gesagt, du seist nicht interessiert daran, mich zu heiraten.«

»Es ist etwas zwischen uns. Das kannst du nicht leugnen und ich auch nicht. Zuerst war es für mich ein Experimentieren oder eine Verlockung, aber du weißt, dass mehr daraus geworden ist. Als wir zum ersten Mal darüber gesprochen hatten, war ich nicht bereit, um deine Hand anzuhalten, aber aye, ich möchte, dass wir diese Möglichkeit in Betracht ziehen. Ist es so falsch, dass ich mir wünsche, wir würden uns Zeit lassen, um einander besser kennenzulernen, ehe wir uns verloben?«

»Vielen Menschen wird einfach nur gesagt, wen sie zu heiraten haben. Es gibt keine Chance, abzuwägen.«

»War das bei deinen Eltern so?«

Sie hob das Kinn und blickte zur entfernten Wand. »Nein.«

»Dann willst du das – du willst gesagt bekommen, wen du zu heiraten hast?«

»Nein, aber ich möchte, dass du ehrlich zu mir bist, und ich möchte mich nicht zu etwas gezwungen sehen, weil mein Clan dir gedroht hat.«

Er wischte sich mit einer Hand übers Gesicht. Noch nie hat er sich so unbeholfen gefühlt, so einfältig bei einer Unterhaltung. »Bitte hilf mir. Wirst du mir eine Frage beantworten?«

»Wenn ich kann.« Ihre geschürzten Lippen sagten ihm, dass er ihren starrsinnigen Charakterzug heraufbeschworen hatte.

»Bist du an mir interessiert? Daran, eine Beziehung zu verfolgen, die zu einer Heirat führen könnte? Darf ich dir den Hof machen?«

»Wir sind nicht bei Hof.«

»Das weiß ich, aber ich dachte, es würde ein gewisses Maß an Interesse ausdrücken. Ich weiß nicht genau, wie ich dich fragen soll, aber ich habe mein ganzes Erwachsenenleben mit Männern im Wald gelebt und für den Frieden gekämpft. In gewissen Dingen bin ich nicht sehr bewandert. Bitte hilf mir hierin ein kleines bisschen?« Seine Stimme hörte sich ein wenig lauter an, als er erwartet hatte, aber sie wollte ihm in seiner Situation nicht behilflich sein. Er erhob sich. »Sei es drum. Ich kann sehen, dass du an einer Fortsetzung dieser Unterhaltung nicht interessiert bist. Ich akzeptiere deine Zurückweisung.«

Ohne sie anzuschauen, stand er auf und ging zu Alex Grants Schlafkammer zurück. *Was getan ist, ist getan.* Jetzt wusste er zumindest, wo er stand.

»Derric?«

Er blieb stehen, doch er drehte sich nicht um. »Aye?«

Sie trat hinter ihn und ergriff seine Hand. »Ich bin an dir interessiert.«

Mit diesem einen kurzen Satz wechselte seine gesamte Welt von Frustration zu Hoffnung. Im Umdrehen erhaschte er ihren Blick und gab ihr einen zarten Kuss. »Das freut mich. Ich hoffe, du überlegst dir, mit mir zu reisen. Die einzige Möglichkeit, wie wir sicher wissen, ob wir füreinander bestimmt sind, besteht darin, mehr Zeit miteinander zu verbringen. Fern von hier.«

Sie grinste. »Du meinst, ohne meine bedrohliche Familie, die jeden deiner Schritte verfolgt?«

»Aye, aber ich kann das bewältigen, wenn ich muss. Denke darüber nach, bitte.«

Derric wünschte sich nur, sie mit in sein Bett zu nehmen und zu halten. Doch das konnte er nicht tun. Noch nicht. Also begnügte er sich mit einem Kuss auf ihren Scheitel.

»Wir reden morgen«, schlug er vor.

»Aye.« Mit gesenktem Kopf stieg sie die Treppe hinauf.

Dieses Mädchen besaß weit mehr Tiefe, als er erkannt hatte. Nun konnte er ihrem Großvater sagen, dass er seine Prüfung bestanden hatte und noch mehr.

Dyna war eine starke, unbändige junge Frau, und wie ihr Großvater gewusst hatte, besaß sie auch ein weiches Herz. Er würde tun, was immer er konnte, um es nicht zu verwunden.

KAPITEL ZWÖLF

DYNA SANK INS Bett, nahm sich ein Fell und vergrub sich darunter. Die ganze Aufregung der letzten Tage war umsonst gewesen. Derric interessierte sich für sie, aber wenn sie raten sollte, würde er keine Bindung mit ihr eingehen, bevor er nicht herausgefunden hatte, ob er irgendwo eine Tochter hatte.

Sie wünschte, sie hätte den Mut, ihn zu bitten, nicht nach Senga zu suchen. Was, wenn das kleine Mädchen seine Tochter war? Er hatte zugegeben, kein Interesse an Senga zu hegen, aber wenn sie in einer schlimmen Lage wäre, würde Derric wahrscheinlich darauf bestehen, ihr zu helfen. Würde er sie heiraten, um sie zu beschützen?

Es war grausam von ihr, auch nur einen Gedanken darauf zu verwenden, dem Einhalt zu gebieten, und das passte ganz und gar nicht zu ihr, doch die Vorstellung, er könnte eine andere heiraten, vermittelte ihr das Gefühl, als stieße ihr jemand einen Dolch in die Brust.

Sie vergrub den Kopf unter dem Fell. Es gab keinen Grund, sich zu quälen. Bald genug würde sie ihre Antwort bekommen.

Als sie am nächsten Morgen aufwachte, fühlte sie sich wieder mehr wie sie selbst. Die Krankheit war abgeklungen, obwohl das seltsame Gefühl in ihrer Brust schlimmer als am Vorabend war. Auch das würde vorübergehen – es musste einfach. Sie wusch sich und begab sich in die Halle, und merkte erst dann, dass sie die früheste Gruppe verpasst hatte. Es war schon mehrere Stunden nach Sonnenaufgang.

Sie hatte länger geschlafen, als sie gedacht hatte.

Sobald sie die unterste Stufe erreicht hatte, sah sie ihre Mutter und ihren Vater an einem der Tische in eine Unterhaltung vertieft sitzen. »Ich grüße euch beide. Wie geht es Claray?«

»Es geht ihr gut«, antwortete ihre Mutter. »Claray kann sich kaum an den Albtraum erinnern. Sie ist in die Gärten gegangen.«

Dyna ging in die Küche, um sich etwas Porridge zu holen, und kehrte dann in die Halle zurück, um sich zu den beiden zu setzen.

»Hast du Ärger mit deinem Freund?«, fragte ihr Vater und sah sie mit hochgezogener Augenbraue an.

»Welcher Freund?« Die Tatsache, dass ihre Eltern sie so leicht durchschauen konnten, gefiel ihr gar nicht.

»Derric. Bist du wütend auf ihn?«, fragte ihre Mutter in der beruhigenden Stimmlage, die sie normalerweise für Claray reservierte. Das ärgerte Dyna, und sie stocherte ein wenig zu unwirsch in ihrem Porridge herum – was ein Fehler war, den sie sofort bedauerte.

Als sie zu ihren Eltern aufblickte, um festzustellen, ob die beiden etwas bemerkt hatten, sah sie sich zwei Augenpaaren gegenüber, die auf sie gerichtet waren. »Ich bin nicht böse auf Derric, ich habe nur nicht gut geschlafen. Ich hatte gehofft, dass Clarays Albträume dieses Mal nicht wiederkehren würden.« Sie aß vom Porridge und murmelte mit vollem Mund: »Es wird Zeit, dass sie aufhören, meinst du nicht?«

»Du musst dein Leben weiterführen, Tochter«, meinte ihr Vater sanft. »Claray wird es verkraften, wenn du jemanden heiratest.«

Sie sprang von ihrem Platz auf, und ihre Stimme brach in einem erstickten Ausbruch aus ihr hervor, bei dem sie sich kaum wiedererkannte. »Wer hat gesagt, dass ich jemanden heiraten will?«

Ihre Mutter griff über den Tisch hinweg nach ihrer Hand und zog sie sanft auf ihren Platz zurück. »Ich wollte meine Gefühle für deinen Vater anfangs auch nicht eingestehen. Damals habe ich mir eingeredet, dass er mich nicht interessiert.«

»Papa?« Sie unterdrückte ein Schnauben. »Aber warum? Hast du ihn nicht von Anfang an geliebt?«

Ihre Eltern drehten sich um, schauten sich an und brachen in Gelächter aus.

»Was bedeutet das?« Sie wusste von dem schwierigen Anfang ihrer Beziehung, insbesondere, weil ihre Mutter von diesen Hundesöhnen beherrscht worden war, aber warum hatte sie nicht fortgehen wollen?

Ihr Vater grinste. »Als wir uns das erste Mal auf den Docks in Inverness begegnet sind, standen wir eine Handbreit voneinander entfernt und schätzten uns gegenseitig ein. Keiner von uns hat ein Wort gesagt, und wenn doch, dann kein freundliches.«

Sie legte ihr Besteck hin und ließ den Blick von einem Gesicht zum anderen wandern. »Wirklich?«

Ihre Mutter nickte und grinste, als sie unter dem Tisch nach Connors Hand griff. Genau das war es, worauf es Dyna ankam. Eine Beziehung wie die Ehe ihrer Eltern. Leidenschaftlich und doch zärtlich. »Dass ich gegen meinen Willen für diese Männer gearbeitet habe, ahnte dein Vater nicht. Er wusste nichts von Claray. Sein Gebaren war recht barsch, und ich wusste nicht, was ich von ihm zu erwarten hatte. Jahrelang hatte ich mit Männern zu tun, denen es um persönlichen Gewinn ging, nicht um Ehre. Es fiel mir schwer, seine Beweggründe zu verstehen. Es fiel mir schwer zu glauben, dass seine Handlungen aufrichtig und ehrenhaft waren. Es war eine fremde Vorstellung für mich. Er war nicht wie all diese Männer, die ich kannte.«

»Papa harsch? Das glaube ich dir nicht, Mama. Wie konntest du ihn für harsch gehalten haben?« Sie nahm einen weiteren Bissen von ihrem Porridge zu sich, nur um nicht zu interessiert an dieser neuen Einzelheit ihrer Geschichte zu erscheinen. Insgeheim wartete sie auf jedes Wort.

»Es ist wahr. Ich habe ihn gehasst. Nein, ich habe ihn gefürchtet.« Sie musterte ihren Mann, und schätzte ihn ab, als wären sie beide wieder zurück in Inverness bei den Docks. »Ich fürchtete mich, etwas für ihn zu empfinden, da ich Angst hatte, er könnte verschwinden und mich verlassen.«

Dyna wischte sich den Mund mit einem Leinentuch ab und ließ sich diesen Gedanken durch den Kopf gehen, der in ihr nachhallte. Sie verstand diese Angst, weil sie befürchtete, dass Derric einfach verschwinden würde, wie schon so oft.

»Wann hast du Derric kennengelernt?«, fragte ihre Mutter. »Wie ist die erste Begegnung verlaufen?«

Dyna schnaubte, was sie – mit Verspätung – mit einem Leinentuch zu kaschieren versuchte.

»So gut, aye?«, fragte Papa.

»Es war nicht das Beste. Er hat seine eigene Schwester beleidigt, und das hat mir nicht gefallen. Joya ist einer der wunderbarsten Menschen, die ich je kennengelernt habe.«

«Du warst wütend auf ihn ...«

»Ja, Papa. Er hat mich verärgert, also habe ich ehrlich reagiert und ihn auf seinen Platz verwiesen.«

»Und sein Platz war?«

»Auf dem Boden. Ich habe ihm ein Bein gestellt und ihn dann mit meinem Knie niedergehalten.«

»Du warst also auf Derric?«, fragte ihre Mutter, die ein Kichern unterdrücken musste.

Wieder tauschten ihre Eltern einen Blick aus, und Dyna, die von ihrer Befragung genug hatte, schob ihre Schüssel mit dem restlichen Porridge beiseite.

»Es spielt keine Rolle, wie wir uns kennengelernt haben oder was sich seitdem zugetragen

welches Leben du führtest. Hätte ich von den Mistkerlen gewusst, hätte ich dir Rettung versprochen. Stattdessen hattest du wahrscheinlich Hord im Sinn. Man hatte mir zugetragen, dass du den Namen Eiskönigin trägst und kälter als alle anderen seist. Dass du einen Ruf hattest, der dir vorauseilte.« Sein Blick traf auf den seiner Frau.

Dyna konnte die Spannung nicht fassen, die zwischen ihnen herrschte.

»Wir haben einander bekämpft und die Anziehungskraft geleugnet«, berichtete ihre Mutter. »Weil ich Angst davor hatte. Vor dir.« Der Blick ihrer Mutter wanderte von ihrem Vater zu ihr, und rasch wurde sie rot. »Doch im gleichen Moment wusste ich, dass mein Leben nie mehr dasselbe sein würde, aber trotzdem hatte ich Angst davor, zu sehen, wie es sich verändern würde. Hast du aus irgendeinem Grund Angst vor Derric, Dyna?«

Das hatte sie, doch das würde sie ihrer Mutter nie eingestehen. In ihrem Inneren wütete die starke Angst davor, dass er Senga den Vorzug gäbe. Und wenn das passierte, nachdem sie zugegeben hatte, ihn zu mögen und ihn vielleicht sogar *heiraten* zu wollen, würde sie vor allen dumm dastehen.

Auf keinen Fall.

Sie verlor kein Wort darüber, doch irgendwie wusste ihre Mutter es trotzdem.

»Du übertreibst«, meinte Sela. »Wenn er sich entscheidet, die Verantwortung für seine Tochter zu übernehmen, ist das nicht dasselbe, als ob er dich zurückweist. Man kann Liebe nicht so einfach ausschalten.«

Bei dem Wort Liebe konnte sie ein Schnauben nicht unterdrücken. Derric hatte zwar Gefühle für sie, aber Liebe war das nicht. Noch nicht.

Aber könnte es das werden? Konnte sie hoffen, eine Partnerschaft wie ihre Eltern zu haben? Wenn deren Beziehung so schlecht begonnen hatte, konnte dasselbe nicht auch von der Beziehung zu Derric behauptet werden? Von Anfang an war es unzweifelhaft ein steiniger Weg gewesen.

Dennoch konnte sie sich nicht von ihm abwenden.

»Und was das Stück Haut angeht, das du vorhin erwähnt hast, so werde ich dir nicht widersprechen. Mach damit, was du willst. Es ist deine Entscheidung. Keiner außer dir.«

Dieses Mal war sie sprachlos.

Derric fing sie an diesem Abend ab, als es sie, von einem Traum getrieben hinaus ins Freie zog. Sie hatte für eine kurze Weile die Augen geschlossen, erschöpft vom Schlafmangel, und jetzt war Schlaf das Letzte, woran sie dachte. »Wohin bist du unterwegs?«

»Ich habe einen kleinen Bogenschießplatz ganz hinten im äußeren Burghof.«

»Darf ich mitkommen?«

»Aber natürlich. Ich muss mich überzeugen, ob ich etwas von meinem Können eingebüßt habe.«

»Du bist zu versiert, um deine Fähigkeiten so schnell zu verlieren.«

Sollte sie ihm mehr über ihre Vorahnung verraten? Über die neuen Ängste, die sich mit den alten verknüpften?

»Ich hoffe, du hast recht.« Sie sah zu ihm auf und er lächelte, dieses attraktive Lächeln, das sie jedes Mal erschaudern ließ.

Er spielte nicht mit Worten, sondern stellte seine Frage direkt. »Hast du inzwischen entschieden, ob du mit mir reisen willst?«

»Ich überlege noch.«

»The Bruce könnte deine Hilfe gebrauchen.« Er legte die Hände an seine Hüften und sie musste all ihre Beherrschung aufbringen, um nicht die Arme um ihn zu schlingen und den Kopf an seine Brust zu schmiegen. Selbst jetzt wollte sie ihn gern berühren. Um seine Wärme zu fühlen. Weil sie spürte, dass er mit seinen Gefühlen ebenso kämpfte wie sie mit ihren.

Ihm gefiel der Gedanke nicht, im Unklaren zu sein, ob er ein Kind dort draußen hatte, und sie spürte, dass es zum Teil daran lag, weil er sie mochte. Vielleicht war es an der Zeit, dieser Situation ein Ende zu machen. Vielleicht würde sie ihm sogar helfen, Senga zu finden, in der Hoffnung, dass das Kind sich nicht als seine Tochter herausstellte. So oder so, wiesen all ihre Träume darauf hin, von Grant Land fort zu sein.

»Ich werde dich begleiten. Ich habe Großvater versprochen, ihn über die Aktivitäten von The Bruce auf dem Laufenden zu halten. Papa wird zwanzig Wachen mitschicken, um uns bei etwaigen Scharmützeln zu helfen, denen wir uns auf unserem Weg ausgesetzt sehen könnten.«

Seine Schultern sanken sofort herab. »Dann

brechen wir mit dem ersten Licht auf.«

Sie blieb stehen, um ihn anzusehen, nachdem sie ihn zu einer abgeschirmten Stelle geführt hatte, an der sie nicht belauscht würden. »Derric, wenn ich dir etwas erzähle, kannst du mir dann versprechen, es nicht meinen Eltern zu sagen?« Sie hatte beschlossen, es ihnen nicht zu sagen. Denn wenn sie das tat, würden sie ihr nie erlauben, auf die Gefahr zuzureiten.

»Aye, ich werde dein Geheimnis wahren. Was ist es?«

Sie räusperte sich und sah zu den Leuten zurück, die im Burghof umherschlenderten. »Sag es niemandem.«

»Ich verspreche es. Du machst mir Angst, Diamant. Was ist es?« Er trat näher zu ihr und das hätte sie vor kurzer Zeit noch rückwärts weichen lassen, doch sie blieb stehen, wo sie war, weil sie ihn einfach gern in der Nähe hatte.

»Ich bin kurz eingeschlafen und hatte einen Traum.«

»Alle haben Träume. Das bedeutet nicht, dass sie wahr werden.«

»Diese Sorte wird normalerweise wahr. Es war einer meiner Seher-Träume.«

Etwas flackerte in seinen Augen auf. Eine Erinnerung vielleicht. Er hatte genug erlebt, um zu wissen, dass an ihrer Intuition etwas dran war. »Und?«

»Und ich habe geträumt, dass Großvater vermisst wurde und ich überall in den Highlands auf der Suche nach ihm herumgeirrt bin.«

»Aber du hast ihn gefunden.« Es war mehr eine

Feststellung als eine Frage.

»Das habe ich. Aber ich konnte nicht zu ihm. Er war in einem alten Häuschen und ich kam nicht hinein.«

»Diamant, wenn das wahr wird, und ich habe meine Zweifel, bin ich sicher, dass du eine Möglichkeit finden wirst.« Er fasste sie an beiden Schultern. »Du wirst ihn retten.«

»Das konnte ich nicht. Ein anderer hat es getan.«

»Wer?«

»Du.«

KAPITEL DREIZEHN

S IE WAREN DEN zweiten Tag unterwegs und zuversichtlich, bald auf das Lager des Königs zu stoßen. Es waren ihnen nur wenige andere Reisende begegnet, doch die wenigen hatten sie gut informiert. Es ging das Wort, dass die Engländer bereits eingetroffen wären und direkt auf Ross Land zuhielten, also rechneten sie nicht damit, ihnen zu begegnen. Die Flachländer waren noch gar nicht gesichtet worden, und das bedeutete, dass sie überall sein konnten, aber Derric machte sich keine Sorgen, gegen sie zu kämpfen.

Sie erreichten eine kleine Lichtung und Derric signalisierte, dass sie nun anhalten und sich um ihre Bedürfnisse kümmern konnten. Alle saßen ab und auch Dyna. Derric kehrte als Erster zu der Lichtung zurück und sah ihr zu, wie sie zu ihm zurückkam. Ihre Gesichtsfarbe war weitaus besser als noch vor wenigen Tagen. »Diamant, bist du wohlauf?«

Sie setzte eine ernste Miene auf, als sie auf ihn zu trat. »Gewiss. Warum sollte ich das nicht sein?«

Er verschränkte die Arme. »Weil du vor weniger als einer Woche krank gewesen bist und

Fieber hattest? Oder warst du so krank, dass du es vergessen hast?«

Sie streckte die Hand nach seinem Unterarm und tätschelte ihn. »Ich ziehe dich auf. Ich fühle mich gut und ich danke dir, dass du dich erkundigt hast. Wie weit ist es noch zu Bruces Lager?«

»Wir werden es vor der Dämmerung erreichen. Es –« Er verstummte, denn der Anblick einer Frau, die auf sie zuritt, verschlug ihm die Sprache. Eine Frau ganz allein. Sie war viel zu weit entfernt, um sie gut erkennen zu können, aber sie besaß langes, tiefrotes Haar. Er entfernte sich von Dyna und von dem merkwürdigen Verdacht getrieben, es könnte sich um Senga handeln, ging er auf die junge Frau zu.

»Ist sie das, Derric?«, rief Dyna mit dünner Stimme hinter ihm her.

Er gab keine Antwort, weil er nicht sicher war. Weil seine Brust plötzlich mit Furcht gefüllt war.

Furcht, dass sie wegen ihm kam.

Furcht, dass er gezwungen sein würde, jemanden zu heiraten, den er nicht liebte.

Furcht, dass er in fünf verschiedene Richtungen gezerrt würde.

Mit einem lauten Zischen stieß er die Luft aus, sobald er erkannte, dass es nicht Senga war. Seine Reaktion hatte ihm etwas klargemacht. Selbst wenn er Sengas Kind gezeugt hatte, könnte er sie nicht heiraten. Sie passten überhaupt nicht zusammen.

Die junge Frau kam näher und meinte: »Ich bin auf der Suche nach den Grants.«

»Dies sind die Grant Krieger. Was wollt Ihr?«

Sie parierte ihr Pferd vor ihm.»Ich bin von König Roberts Lager geschickt worden. Er hat gehört, dass Grants in der Gegend sind, und möchte gern, dass sie bei seinem Lager haltmachen. Ich habe Wachen, die meine Sicherheit gewährleisten.« Sie zeigte auf eine Gruppe Wachen hinter ihr, die er überhaupt nicht wahrgenommen hatte, da seine Aufmerksamkeit auf sie fixiert war.

»Wir sind dorthin unterwegs. Wie weit ist es noch?«

»Nicht allzu weit nordwestlich des Hauptpfades. Reitet nach Westen, nachdem ihr an einem kleinen Dorf vorbeigekommen seid.«

Sie verschwand so schnell, wie sie gekommen war. Er konnte sich nicht rühren und dachte an all die Emotionen, die das Mädchen über ihn gebracht hatte. Von hinten drang eine kleine Stimme zu ihm.

»War sie das? Sie hat wunderschönes rotes Haar.«

»Nein, das war sie nicht. Aber sie ist von Roberts Lager. Er bittet das Kontingent der Grants, bei seinem Lager haltzumachen, um ihn über die aktuellen Ereignisse ins Bild zu setzen.«

»Wie hat er gewusst, dass es ein Grant Kontingent gab?«

»Weil König Robert alles weiß. Wie jeder gute König, hat er überall Patrouillen.« Er hielt inne und dann meinte er: »Für einen Augenblick hatte ich gedacht, es sei Senga. Ihr Anblick hat eine Heerschar von Erinnerungen geweckt und ich fühle, dass ich dir jetzt etwas ohne Zögern sagen kann.«

Als sie einen Schritt näher trat, war ihr Ausdruck noch immer zurückhaltend, nicht dass er ihr einen Vorwurf daraus machte. »Was?«

Er trat nah genug an sie heran, dass er ihr Gesicht mit einer Hand umfassen konnte. »Ich kann Senga nicht heiraten.«

»Aber wenn du eine Tochter hast?«

»Ich werde Senga Unterstützung anbieten und sie sogar einladen, in meiner Nähe zu leben. Senga hat meines Wissens nach keinen Clan und wenn sie also ein Kind hat, ist sie wahrscheinlich bereit, das Leben als Mitläuferin eines Lagers aufzugeben. Vielleicht könnte ich sie überzeugen, sich bei dem gleichen Clan niederzulassen, wie ich selbst.«

»Und welcher Clan wäre das?«

»Diamant, wenn du das bis jetzt nicht weißt, werde ich direkt werden müssen. Ich werde dorthin gehen, wo auch immer du hingehst.« Er streichelte mit dem Daumen über ihre Unterlippe. Unsere Zeit wird kommen, Mädchen.«

Eine Wache schrie ihm zu: »Corbett, pass auf deine Hände auf. Du wirst die Tochter des Lairds nicht anrühren.«

»Halt den Mund und kümmere dich um deine eigenen Angelegenheiten, Ewan.« Dyna trat um Derric herum und zog ihren Dolch.

Derric fasste sie an der Hand und hielt sie zurück. »Diamant«, sagte er mit einem Augenzwinkern, als sie ihn endlich ansah. »Er tut nur seine Arbeit.«

Sie kehrten zu den Pferden zurück. Er hob sie in den Sattel und verkündete: »Ein Stück weit nach Norden und wir sind an unserem Ziel.«

Sie kamen vor der Dämmerung im Lager an und wie es seine Gewohnheit war, begrüßte König Robert sie höchstpersönlich. Sobald seine Wachen die Neuankömmlinge unter die Lupe genommen hatten, bevorzugte er, persönlich mit ihnen zu sprechen. »Ich habe von einer Grant Gruppe nicht weit entfernt gehört. Sagt mir, ob alles in Ordnung ist.«

»Keine Schwierigkeiten bislang, König Robert.« Derric stellte ihm Dyna vor.

»Mylady«, meinte König Robert. »Ich besinne mich auf eine andere Begebenheit, als Ihr unserer Sache unterstützt habt, und ich danke Euch dafür. Jeder Grant ist hier willkommen.«

»Habt Ihr bereits Kunde von einem Angriff?«, fragte Dyna. »Wir haben eine Kavallerie Engländer beobachtet, die vor einigen Tagen nach Norden unterwegs waren.«

»Nein, wir haben noch nichts gehört, außer, dass viele hinter mir her sind. Meine Absicht ist, eine Nachricht an Thane und Ross zu schicken. Und nach Williams heimtückischer Auslieferung meiner Frau an Edward, ist sein Tag der Vergeltung nahe. Dieses Mal wird er für seine Heimtücke bezahlen. Die arme Elizabeth ist immer noch nicht befreit. Vielleicht, wenn wir Ross übernehmen, wird Edward die Nachricht erhalten, dass wir nicht so bald verschwinden werden.«

»Wann wollt Ihr Thane angreifen?«, fragte sie. Ihr Interesse war vermutlich persönlich – die Ehefrau ihres Cousins Alick war die Nichte des Oberhaupts dieses Clans.

»Erst wenn ich über den genauen Standort der

englischen Garnison Bescheid weiß, wenngleich ich den Verdacht hege, dass es für die Engländer kalt genug werden wird, um sich zurückzuziehen. Sie werden vor dem kalten Wetter die Flucht ergreifen. Ihr werdet sehen, dass ich recht habe.« Er hatte ein Leuchten in den Augen, als er das sagte. Sie alle genossen es, sich über die Engländer lustig zu machen, denen es an der rechten Konstitution für die Winter in den Highlands mangelte.

Dyna nickte, und dann machte sie sich in die Wälder auf, um ihre Notdurft zu verrichten, was Derric die Gelegenheit verschaffte, den König zu befragen. »Senga, habt Ihr sie gesehen?

Roberts Gebaren wandelte sie vollkommen. »Bursche, ich fürchte, ich muss dir schlechte Nachrichten überbringen. Sobald wir angekommen waren, wurde mir zugetragen, dass Senga vor einem Mond an Fieber gestorben ist. Als ich nach ihrem Kind fragte, wurde mir gesagt, dass die Kleine bei ihrem Vater ist, also bist du es offensichtlich nicht. Ich hätte nie etwas zu dir sagen sollen, aber Senga ist tot.«

Bei diesen Nachrichten krampfte er sich innerlich zusammen. Sie war so jung gewesen, so gesund und sie hatte ein kleines Baby hinterlassen. Gleichwohl er sie nicht hatte heiraten wollen, hatte er ihr solch ein Schicksal nicht gewünscht. Die ganze Zeit sah er den Tod – es war ein Teil des Krieges, des Lebens –, doch dies fühlte sich anders an. Es fühlte sich falsch an. Er rieb sich über den Bart und versuchte, die verwirrende Gefühlsaufwallung zu unterdrücken. »Der Vater des kleinen Mädchens? War sie sicher, dass es seines war?«

»Das sagte sie. Der Vater des Kindes ist Guinne, wurde mir gesagt. Earvin Guinne. Das Mädchen ist bei ihm, also belass es am besten dabei.«

»Wo finde ich Guinne?« Er vertraute Robert, doch er hatte in dieser Situation keine Ruhe, bis er das Baby mit eigenen Augen gesehen hatte. Er fragte sich, ob Dyna ihn begleiten wollte, obwohl er nichts sagen würde, wenn sie ablehnte.

»Er ist nach Westen gezogen.« Ehe er Derric genauere Angaben machte, wechselte er vorsätzlich das Thema. »Wenngleich ich dein Talent hier gebrauchen könnte. Ich habe mit Macdougall Waffenstillstand geschlossen, und nun bin ich auf dem Weg zum Land von Ross. Ich weiß nicht, was uns erwartet, insbesondere wenn sie weitere Flachländer zum Kämpfen mitgebracht haben, aber ich werde nicht vor der Herausforderung zurückscheuen.« Er hielt inne und musterte Derric. »Dir bleibt wenig Zeit, bevor wir reiten. Triff deine Entscheidung.« Dann drehte der König der Schotten sich auf dem Absatz um und marschierte davon.

Derric machte kehrt und betrachtete Dynas majestätische Haltung, als sie vom Wald kommend an einer Gruppe von Männern vorbei zurück zum Lager kam. Jeder einzelne Mann drehte sich nach ihr um und er wünschte sich, jedem einzelnen den Hals zu brechen, so wie sie sie anstarrten.

Mein.

Er wusste, dass das nicht stimmte, aber er *wünschte*, es wäre an dem. Nun ja, sie war eine energiegeladene Naturgewalt und er war nicht sicher, ob er in der Lage wäre, sie zu zügeln.

Dyna würde bei dieser Aussage Einspruch erheben. Sie würde den Standpunkt vertreten, dass niemand sie zügeln müsse, und er würde ihr notgedrungen beipflichten. Diese junge Frau musste sich nicht ändern. Sie war bemerkenswert, so wie sie war. Sie war eine Besonderheit.

»Ist sie hier?«, fragte Dyna beim Näherkommen, während sie die Hände an die kurvenreichen Hüften legte.

»Nein«, antwortete er. »Sie ist an Fieber gestorben.«

Dyna machte große Augen. Sie streckte die Hand nach ihm aus und berührte ihn, wobei sie die Finger um seinen Unterarm legte und heiße Flammen durch ihn und sogar seine dicke Tunika sandte. »Derric, es tut mir so leid.« Sie beugte sich vor und umarmte ihn kurz. »Ich weiß, dass du das nicht gewollt hast.«

»Aye, es tut mir leid, dass es passiert ist, aber ich empfinde keine Trauer. Wir waren … so war es nicht zwischen uns. Ich meinte, was ich vor kurzem gesagt habe. Wir waren nicht füreinander bestimmt. Robert sagt, das Mädchen sei nicht meine Tochter und dass sie bei ihrem Vater ist.«

»Und wie fühlst du dich darüber?«

Er war nicht sicher. »Klingt es dumm, wenn ich sage, dass ich mich gern selbst überzeugen möchte? Ich möchte wissen, ob sie gut versorgt ist.«

»Aye, und das wird dir helfen, zu entscheiden, ob die Möglichkeit besteht, dass du ihr Vater bist oder nicht. Die meisten Jungen oder Mädchen sehen entweder wie das eine oder andere Elternteil aus. Wenn sie wie Senga aussieht, wirst du vielleicht nicht sicher sein können, aber wenn sie wie ihr Vater und nicht wie du aussieht, könnte das deine Sorge zerstreuen.«

Er ging in einem kleinen Kreis umher. »Aye, es stimmt, was du sagst. Ich denke, ich muss mich mit eigenen Augen überzeugen. Würdest du gern mit mir reiten? Es ist westlich von hier.«

»Nein«, antwortete sie den Blick auf ihren Stiefel gerichtet, als sie einen Stein auf dem Boden umherstieß. »Du musst das selbst tun. Ich werde bei deiner Rückkehr hier sein.«

Er nickte und beugte sich vor, um ihr einen Kuss auf die Stirn zu geben. »Ich bin bald zurück.« Er entfernte sich von ihr und strebte auf den Wald zu, um seine Notdurft zu verrichten. In Wahrheit brauchte er auch einen Augenblick, um darüber nachzudenken, was er gerade erfahren hatte. Über Sengas Tod.

Als er fertig war, ging er zum Bach in der Nähe und spülte sich die Hände, ehe er sich Wasser ins Gesicht spritzte, um den Schmutz von der Reise abzuwaschen.

Während des Waschens keimte ein Schuldgefühl in ihm auf. Ein Teil von ihm war der Ansicht, er sollte sich niedergeschlagener fühlen und tiefer um Senga trauern. Er verspürte Trauer für ein verlorenes Leben und nicht für das, was hätte sein können.

Da er der Möglichkeit ins Auge gesehen hatte, Dyna zu verlieren, wusste er, dass er sich nur eine Zukunft mit *ihr* zusammen wünschte. Seine Gefühle für sie waren real und sie waren stark. Wenn das Fieber sie dahingerafft hätte, würde er an der Welt verzweifelt sein. Er würde sie in Stücke gerissen haben.

Vielleicht erlebte er endlich diese Emotion, die sich so flüchtig für ihn erwiesen hatte.

Liebe.

Das hatte er vorher noch nie für jemanden, mit Ausnahme seiner Schwester und seiner Eltern, empfunden und bis vor kurzem war er von ihnen allen getrennt gewesen, sodass er beinahe vergessen hatte, wie es sich anfühlte.

Er hatte sein ganzes Leben damit verbracht, für sein Land zu kämpfen, aber er hatte fast vergessen, warum er kämpfte. Ein Teil von ihm wollte einem Clan angehören und Teil des Landes sein, das er beschützte.

Und er wünschte sich, dass es der Clan der Grants wäre.

Er stand auf und dann faltete er die Hände und sprach ein kurzes Gebet an Gott für Senga, in dem er seine Hoffnung ausdrückte, dass sie im Himmel aufgenommen würde, seinen Kummer, dass sie so früh aus dem Leben hatte scheiden müssen und seine Beschämung, sie nicht so geliebt zu haben, wie sie es verdient hatte.

Er schöpfte Wasser und goss es über sein Haar, wobei er sich mit den Händen durch die dichten Locken fuhr, um es so gut es ging zu glätten, doch ein Geräusch unterbrach ihn – Dynas Stimme – und die Worte kehrten sein Innerstes nach außen.

»Nimm deine Hände von mir.«

Er konnte sie nicht sehen, aber er hörte ihre Stimme so klar, als ob sie neben ihm stünde. Er stürmte aus dem Wald und musste nicht weit schauen, ehe er sie inmitten einiger Krieger stehend entdeckte. Einer hatte die Hand auf ihre Schulter gelegt, und ein anderer fasste ihr an den Hintern.

Er stieß einen Schrei aus und griff an, wobei er dem ersten Mann mit den Fäusten ins Gesicht schlug. »Lasst sie in Ruhe!« Er bemerkte drei Grant Wachen, die ebenfalls zu ihrer Rettung herbeigelaufen kamen. Doch sie hielten sich zurück und warteten ab, was als Nächstes passieren würde.

»Derric, halt dich zurück. Ich kann mich selbst schützen«, brachte Senga mit wütender Stimme hervor. Sie hatte den zweiten Mann in einem Schwitzkasten und er sah zu, wie sie ihn zu Boden rang und ihr Knie auf seine Brust stellte, um dann ihren Dolch an seine Kehle zu setzen.

Irgendjemand musste König Robert herbeigerufen haben, oder vielleicht hatte er auch den Lärm gehört, denn er kam eilends angelaufen und rief: »Es wird keiner umgebracht. Ich brauche diese Männer.«

Aber Derric war in Rage und sogar der Befehl seines Königs konnte ihn nicht aufhalten. »Sie haben sie betatscht und dazu hatten sie kein Recht«, knurrte und wehrte einen Vergeltungsschlag des ersten Mannes ab, um ihn dann zu Boden zu schleudern. Er schlug ihn zweimal, einmal in den Bauch und noch einmal ins Gesicht, ehe er herumwirbelte, um sich den zweiten

Mann vorzunehmen.

Das war nicht nötig. Dyna hatte ihren Dolch noch immer an seinem Hals.

»Fass mich noch einmal an und ich werde dir die Hoden im Schlaf abschneiden.« Der Mann sagte kein Wort, sondern antwortete mit einem knappen zustimmenden Nicken. Sie stieß ihn mit dem Knie nicht zu fest in die Leiste, ehe sie zurücktrat und ihr Messer einsteckte. »Ich brauche deine Hilfe nicht, Corbett«, schnappte sie.

»Sind wir fertig mit dem Kämpfen?«, erkundigte König Robert sich.

Derric fuhr sich mit der Hand über den Mund und murmelte: »Aye, ich bin fertig. Aber sagt Euren Männern, dass sie unantastbar ist.«

»Das ist ihre Entscheidung, Corbett, nicht deine.«

»Ich bin an niemandem hier interessiert«, stellte Dyna klar. »Sie alle können ihre Hände bei sich behalten. Das schließt dich ein, Derric.«

Ohne ein weiteres Wort marschierte sie davon und der Rest der Gruppe zerstreute sich, mit Ausnahme von Robert. Der König klopfte ihm auf den Rücken. »Sie ist deinen Annäherungsversuchen nicht geneigt? Bist du deshalb so angespannt? Wenn ich es nicht besser wüsste, hätte ich vermutet, dass das Mädchen dich an den Eiern gepackt hat, und nicht Struan. Entschuldigung, dass ich dich mit einigen der neuen Kämpfer noch nicht bekannt gemacht habe. Struan ist ein guter Kämpfer, also lass ihn bitte am Leben.«

»Aye, ich bin an ihr interessiert«, gab er zu. »Aber ich wusste nicht, wie die Situation mit Senga und dem kleinen Mädchen war. Es hat mich ein bisschen verwirrt.«

König Robert runzelte die Brauen, und sein Ausdruck teilte Derric unmissverständlich mit, was er von dieser Erklärung hielt. »Warum machst du dir immer noch Gedanken wegen des Kindes? Es ist, wie ich sage, und ihr Vater hat Anspruch auf die Kleine erhoben.«

Derric zuckte mit den Schultern und war nicht imstande, seinen Einwand mit etwas anderem als diesen einfachen Worten auszudrücken: »Ich muss es wissen.«

»Na schön«, gab der König in einem brüsken Tonfall zurück. »Guinne lebt im nächsten Dorf mit ihr – unweit von hier nach Westen. Er war einer meiner Krieger, ein guter Mann. Sobald du die beiden zusammen siehst, wirst du nicht mehr in Frage stellen, was ich dir gesagt habe.«

»Warum?«

»Sohn, du musst es mit deinen eigenen Augen sehen. Im nächsten Dorf. Guinne lebt bei seiner Mutter in der letzten Hütte. Am weitesten vom Brunnen entfernt. Aber bitte, belästige sie nicht.«

Er wischte sich den Schweiß vom Gesicht und wusste, dass er gehen musste. Bei seiner Rückkehr würde er mit Dyna sprechen.

Er musste sich vergewissern, ob er eine Tochter hatte.

KAPITEL VIERZEHN

⌇⌇⌇

DYNA FING AN, umherzugehen, als sie versuchte, all das zu verarbeiten, was sich zugetragen hatte. Derrics irritierender Besitzanspruch. Sengas Tod. Die Möglichkeit, dass er vielleicht immer noch ein Kind dort draußen haben könnte.

Der Traum über Großvater.

Sie schloss die Augen und massierte ihre Schläfen, wobei sie sich wünschte, mit dieser kleinen Geste einen weiteren Traum oder eine weitere Zukunftsvision heraufzubeschwören. Natürlich passierte das nicht. Still flehte sie den Himmel um Hilfe an.

Immer noch nichts.

Der Traum verfolgte sie. Der schlimmste Teil war ihre Hilflosigkeit gewesen. Das Wissen, dass nur Derric in der Lage wäre, zu Großvater zu gelangen. Dass sie nicht imstande wäre, irgendetwas für einen der beiden tun zu können. Verzweifelt, die verstörenden Bilder aus dem Kopf zu bekommen, fiel ihr nur ein einziger Gedanke ein, um sich abzulenken.

Derric ohne seine Tunika.

Sie dachte immer noch daran, und beschwor in ihrer Fantasie diese harten Muskeln herauf, als genau der Mann, den sie sich gerade vorstellte, sich ihr von hinten näherte und sie vor Schreck aufspringen ließ. »Verdammt, du hättest mich warnen können.«

»Verzeihung, Diamant. Ich werde nach Westen reiten, doch ich sollte vor Sonnenuntergang zurück sein.«

Sie nickte. »Gott sei mit dir. Ich werde hier sein.«

Unfähig, ohne den Blick von ihm loszureißen, sah sie zu, als er auf sein Pferd sprang und davonritt, ohne mit jemand anderem zu sprechen. Er sah einmal zurück, winkte ihr zu und dann war er auf seinem Weg. Sie tat, worum er sie gebeten hatte, und wartete auf ihn. Doch allmählich verspürte sie ein verzweifeltes Bedürfnis nach einer Nachricht von ihrem lieben Großvater.

Eine kleine Reitergruppe näherte sich dem Lager und ihr Blick fiel auf die Plaids in den vertrauten Farben ihres Clans. Grant Krieger. Sie eilte zu der Stelle hinüber, an der die anderen Grant Wachen sich versammelt hatten, und zusammen erwarteten sie das Eintreffen der Neuankömmlinge.

Als sie warteten, hämmerte ihr das Herz in der Brust. Diese neue Gruppe musste eine Nachricht bringen.

»Was ist es?«, rief sie laut, ohne länger warten zu wollen.

Sie bemerkte, dass König Robert sich zu ihnen gesellt hatte und interessiert zuschaute.

Das Pferd an der Spitze wurde langsamer und schäumte ein bisschen am Maul, weil es zu hart angetrieben worden war. Der Krieger sprang ab und meinte: »Ich überbringe eine Nachricht für Euch, Lady Dyna. Von Eurem Vater. Ihr werdet zu Hause gebraucht.«

Sie wirbelte herum, bereit, ihr Pferd zu suchen und aufzusitzen, aber König Roberts Frage ließ sie innehalten. »Warum? Gibt es Schwierigkeiten mit den Engländern?«

»Das wurde uns nicht gesagt, mein König. Wir wurden nur beauftragt, Dyna zu holen und nach Hause zu eskortieren.«

König Robert starrte die Männer mit einem Blick an, der in der Regel Ergebnisse erzielte, dessen war sie sich sicher, aber der Bote sagte nichts mehr. Endlich nickte der König. »Nehmt euch vom Ale und tränkt eure Pferde am Bach, ehe ihr aufbrecht.«

Die Männer saßen ab, doch einer von ihnen meinte: »Wir machen wir uns schon bald auf den Rückweg.«

Der König trat zu ihr. »Wenn dies eine weitere Entführung eines Clanangehörigen ist«, meinte er mit einem Unterton, »möchte ich über die Sache sofort in Kenntnis gesetzt werden.«

Er war über alles, was ihrem Clan widerfahren war – dem kleinen John, Kyla, Alex Grant – vollkommen im Bilde und wenn die Engländer erfolgreich darin wären, die Grant Lairds davon zu überzeugen, ihre Krieger gegen Robert einzusetzen, würde das seine Anstrengungen wirkungsvoll zunichtemachen. Natürlich würde ihr Clan dem niemals zustimmen, aber sie konnte ihm seine Besorgnis nicht verdenken.

»Ich verspreche, einen Boten zu schicken, wenn dem so ist«, gab sie zurück. »Wie weit ist Corbett entfernt? Ich erwarte, dass er bei Euch bleiben wird, aber würdet Ihr ihm bitte sagen, wohin ich gegangen bin?«

»Das werde ich. Er wird zurück sein, wenn die Sonne am Zenit steht.« Eine Regung flackerte in seinen Augen auf und er fügte hinzu: »Ich werde sicherstellen, dass er Eure Nachricht bekommt.«

Der König der Schotten sagte nichts mehr und sie wagte nicht, den Mann zu drängen.

Sie ging zum Bach, um ihren Trinkschlauch zu füllen, und dann bestieg sie ihr Pferd, ehe sie den beinahe zwanzig Grant Kriegern bedeutete, ihr zu folgen. Sie hatte nur noch eine Frage an die Neuankömmlinge. »Und diese Nachricht war von meinem Vater, richtig? Nicht von meinem Großvater?«

»Aye, Mylady«, antwortete der Anführer. »Connor Grant hat mich geschickt. Alexander Grant ist noch nicht von Cameron Land zurückgekehrt.«

Das entschied die Lage. Ihre Intuition hatte ihr gesagt, dass es um ihren Großvater ging. Sie würde ein Wrack sein, bis sie herausgefunden hatte, dass er unversehrt war. Gleichwohl sie wünschte, dass Derric sie begleiten würde, konnte sie nicht auf seine Rückkehr warten.

⁓⁓

Derric hatte keinerlei Schwierigkeiten, das Dorf zu finden. Er beabsichtigte, gegenüber König

Robert Wort zu halten – er würde Guinne nicht direkt über die Elternschaft des Kindes befragen, aber er wollte sich auch nicht außerhalb des Dorfes verstecken, als ob er ein Spion wäre. Er schritt mitten in eine Gruppe junger Frauen, die sich beim Brunnen unterhielten.

»Ich bin auf der Suche nach Guinne.«

Die Mädchen sahen ihn von oben bis unten an und nahmen Maß, doch schließlich deutete eine unter ihnen auf das letzte Häuschen am entferntesten Ende des Brunnens, so wie Robert es ihm gesagt hatte. Jetzt müsste er allerdings nicht erklären, wieso er den Weg wusste.

Er schritt den ausgetretenen Weg entlang und zog die Aufmerksamkeit vieler neugieriger Schaulustiger auf sich, doch niemand hielt ihn auf. Ehe er die Tür erreichte und anklopfen konnte, trat ein Mann aus dem Häuschen. Er trug einen leeren Eimer, doch dann hielt er inne, um Derric abschätzend zu beäugen. »Kenne ich Euch?«

»Seid Ihr Guinne? Ich habe gehört, Ihr seid mit König Roberts Kriegern gezogen. Ich habe mich gefragt, ob Ihr mir sagen könntet, wo ich sie finden kann.« Er gab sich die größte Mühe, unschuldig dreinzublicken, doch er betrachtete den Mann genau, der Sengas Zuneigung gewonnen hatte.

Guinne war von durchschnittlicher Größe und stämmig, doch sein Gewicht rührte mehr von seiner Muskulatur als von Leibesfülle her. Sein Haar und der Vollbart waren von der Farbe der ersten Karotten im Sommer, die noch frisch und leuchtend waren. Seine Haut wies Sommersprossen auf, wie es bei Rothaarigen üblich war.

Ein lauter Schrei drang aus dem Häuschen. Er schüttelte den Kopf und grinste schief. »Wir haben das Kind aufgeweckt und sie hat einen unersättlichen Magen.«

Derric sagte kein Wort und wartete, dass der Mann hineinging und nach der Kleinen sah. Nach Sengas Tochter. Dann trat der Mann wieder mit seinem Eimer in den grauen Tag hinaus, und dieses Mal hatte er ein Kind um seine Brust geschnallt, das mit seinem pausbäckigen Gesicht auf Derric schaute.

Sie hatte einen Schopf karottenrotes Haar, das perfekt zu dem ihres Vaters passte, und sie lächelte zu Derric auf, als ob sie ihn schon seit Ewigkeiten kennen würde. Sie sah genau wie ihr Vater aus. Sie hatte sein Haar, seine Hauttönung und sogar das Lächeln. Für einen Augenblick verschlug es ihm die Sprache. »Süß. Wie heißt sie?«

Der Mann fuhr ihr mit der Hand über den Kopf und strich die roten Locken glatt, als das Kind wild mit Armen und Beinen ruderte. »Senga. Ich habe sie nach ihrer Mutter benannt, Gott hab sie selig. Ihr werdet für die Schotten kämpfen? Habt Ihr je zuvor mit ihm gekämpft?«

»Aye, ich bin viele Monde mit ihm umhergezogen, mit Unterbrechungen. Wann wart Ihr dort?«

»Nicht lang. Ich habe etwa einen Mond mit ihm gekämpft, bevor ich fortgerufen wurde. Ich würde jetzt mit ihm kämpfen, wenn dieses kleine Mädchen nicht wäre. Ihre Mutter ist gestorben und ich bin der Einzige, den sie noch hat.

Sobald der Frühling kommt und sie ein bisssen älter ist, werden wir uns meinem Clan im Flachland anschließen. Wenn Ihr König Robert seht, schickt ihm meine besten Grüße. Er ist ein gerechter, hart arbeitender Mann, und ich bin sicher, dass er seine Ziele erreicht.«

Derric nickte und richtete den Blick auf das Kind, mit seinem breitem Lächeln und den freudestrahlenden grünen Augen. »Ich werde mich jetzt auf die Suche nach ihm begeben.«

Das Mädchen öffnete den Mund und stieß einen Schrei aus, als ob es seinem Vater sagen wollte, dass ihm allmählich die Geduld ausginge. »Es tut mir leid, dass ich nicht von größerer Hilfe sein kann«, entgegnete der Mann mit einem Schmunzeln. »Ich muss etwas Ziegenmilch für die Kleine besorgen. Gott sei mit Euch und allen Schotten.«

Derric nickte und ging entschlossenen Schrittes davon.

Jetzt verstand er, warum König Robert ihm gesagt hatte, er müsse das Kind mit eigenen Augen sehen. Senga war blond gewesen und ihr Haar war sogar noch heller als sein eigenes gewesen, mit funkelnden grünen Augen, die sie an ihre Tochter vererbt hatte.

Das orangerote Haar hatte sie von ihrem Vater.

Nicht ein Mensch auf dieser Welt würde glauben, dass dieses Kind zu Derric, anstatt Guinne gehörte.

Derric hatte keinerlei Anspruch auf sie.

KAPITEL FÜNFZEHN

~~~

ALS DYNA BEIM Grant Clan eintraf, konnte sie sehen, dass sich tatsächlich etwas ereignet hatte. Sie konnte es an der Anspannung in den Schultern der Stallburschen erkennen, als sie sich um ihre Pferde kümmerten. Sie sah es, als sie über den Burghof schritt und an mehreren Leuten vorbeikam, die hart, aber schweigend arbeiteten. Der Grant Clan war normalerweise ein freudiger Ort, da die Lairds für alle sorgten und sich um alle kümmerten. Sie riss die Tür mit einem Schnauben auf und trat in die große Halle, um dann abzuwarten, bis sich ihre Augen an die Dunkelheit angepasst hatten. Clarays Stimme wurde laut. »Dyna, Gott sei Dank bist du zu Hause. Du wirst nicht glauben, was alles passiert ist.«

»Claray! Halt deinen Mund«, rief ihre Mutter.

Sie ging hinüber zu dem vollbesetzten Tisch, an dem ihre Mutter mit Claray und Tante Kyla, Chrissa, Alick und Branwen saß. »Was ist passiert?«

Ihre Mutter richtete den Blick zu den anderen und antwortete: »Großvater hat nur eine Nacht auf Cameron Land verbracht. Er ist am nächsten Tag aufgebrochen und seitdem nicht mehr gesehen worden.«

Dyna setzte sich auf einen Stuhl in der Nähe. »Ich wusste, dass etwas passiert war. Ich wusste es.« Ihre Hände spielten mit ihrem Zopf, als sie ihre Familie ansah. Sollte sie ihnen ihren Traum anvertrauen?

Ihre Mutter sah sie mit diesem Blick an, den sie verabscheute und der so intensiv war, dass sie Schwierigkeiten hatte, zu lügen. »Ein weiterer Seher-Traum?«

»Aye Mama.« Sie legte beide Hände an ihr Gesicht und dann schob sie die Finger bis an ihren Haaransatz, um nach dem windigen Ritt, alles glattzustreichen. »Ich habe geträumt, dass Großvater fort sei. Er war irgendwo in einem Häuschen.«

»Wo genau?«, drängte Tante Kyla sanft.

»Ich weiß es nicht«, antwortete sie und legte dabei die Hände auf den Tisch, um sich zu zwingen, sie flach zu halten, damit sie nicht damit herumspielte. »Ich habe versucht, es einzugrenzen, überhaupt irgendwelche Einzelheiten zu erkennen, aber es bleibt alles leer. Ich weiß nur, dass er in einem Häuschen sein wird.«

»Wird er gefangen gehalten?«, beharrte Kyla.

»Aye, er schläft und ich spüre, dass er gefangen ist, aber ich kann niemanden in dem Häuschen sehen und auch nicht erkennen, wo genau es liegt.«

»Papa sucht ihn«, verkündete Claray mit Blick auf ihre Mutter.

»Dein Vater ist nach Cameron Land aufgebrochen, um mit Tante Jennie zu sprechen. Er will herausfinden, was sie weiß. Er hat zwanzig Wachen mitgenommen und sie haben vor, seine Verfolgung aufzunehmen.«

Dyna ließ den Kopf in die Hände sinken. Sie war so müde, dass sie ihn kaum aufrecht halten konnte. So dringend, wie sie ihren Schlaf auch brauchte, musste sie sich auf die Suche nach Großvater machen. Ihre Vorahnungen waren normalerweise stärker, wenn sie der daran beteiligten Person – oder dem Ort – näher war. Vielleicht konnte sie ihn auf eigene Faust finden.

Alick unterbrach ihre Gedanken: »Ich weiß, was du denkst, und du wirst ihn nicht allein suchen. Ich schicke einen Boten nach MacLintock Land. Ich bin sicher, dass sich Alasdair und Els uns so schnell anschließen werden, wie sie können. Du weißt so gut wie alle anderen, dass wir vier vereint stärker sind.«

»Wenn du auf die Suche nach Großvater gehst, komme ich mit dir«, verkündete Chrissa, die ihren Zopf dabei entschlossen über die Schulter warf.

Tante Kyla stand so rasch auf, dass ihr Stuhl beinahe umgefallen wäre. »Niemand geht irgendwohin, bis Connor zurückkehrt oder wir eine Nachricht erhalten, die uns mitteilt, was los ist. Chrissa komm gar nicht erst in Versuchung, irgendwelche deiner Tricks an mir anzuwenden.«

Chrissa hatte sich bei mehr als einer Gelegenheit vom Grant Land davongestohlen. Sie war eine sehr versierte Bogenschützin geworden und so war sie eindeutig eine Bereicherung, doch mit zwölf Jahren war sie ab und an auch kapriziös und unzuverlässig. Chrissa warf Dyna einen Seitenblick zu, als ob sie ihr sagen wollte, dass sie mit ihr gehen würde. Dyna sah zu Tante Kyla, um sich zu überzeugen, ob diese die Absicht ihrer Tochter wahrgenommen hatte, doch sie konnte kein Anzeichen darauf erkennen.

»Darf ich ihr jetzt von meinem Problem berichten, Mama?«, fragte Claray mit großen Augen.

Sela nickte. »Aye, nur zu. Berichte deiner Schwester davon.«

Angesichts ihrer Vergangenheit war Claray ängstlicher als die meisten und Dyna hatte sich gelobt, dass sie ihrer Halbschwester immer zuhören würde, auch dann, wenn ihre eigenen Gedanken unruhig waren. »Erzähl es mir.«

»Jemand hat mich beobachtet«, flüsterte sie.

»Claray, wir halten die Tore seit Mamas Entführung immer verschlossen. Es ist vollkommen unmöglich, dass ein Fremder dich beobachtet hat.«

Ihre Schwester schüttelte den Kopf. »Als wir auf einem Ausritt waren, hat mich jemand aus den Wäldern beobachtet. Aber die Wachen konnten ihn nicht finden. Er war verschwunden.« Ihre Stimme brach und das war ein Hinweis, dass die Tränen kurz darauf folgen würden.

»Ich werde mich kurz hinlegen und schlafen, weil ich erschöpft bin, aber dann verspreche ich, nach diesem mutmaßlichen Verfolger zu suchen. Wenn er dort draußen ist, werde ich ihn finden. Vertraust du mir, Claray?«

Sie nickte emphatisch und ein Lächeln trat

auf ihr Gesicht. Claray war so wunderschön und liebreizend und doch hielt ihre Vergangenheit sie zurück. Sie hielt ihren Verstand gefangen. »Versprochen Dyna?«, fragte sie leise.

»Ich verspreche es. Aber erst muss ich meine Augen ausruhen.« Sie erhob sich von ihrem Stuhl, doch ehe sie ging, umarmte sie ihre Schwester. »Warum spielst du nicht mit den Jüngeren?«

Sie hatten einen jüngeren Bruder und eine Schwester, Hagen und Astra. Hagen war mit vierzehn Wintern der Ältere. Häufig war er mit ihrem Vater zusammen, doch in Connors Abwesenheit hielten sich die beiden mit der Gruppe der Kinder auf, die hinter der Burg spielte, während der Clan seinen täglichen Aufgaben nachging. Mit all den Angriffen auf die Grant Familie gestattete Sela ihren Kindern nicht, vor die Tore und nicht einmal auf den Übungsplatz zu gehen. Nur Dyna.

»Na schön. Bitte ruh dich nicht zu lange aus, Dyna. Ich brauche dich.«

Sela klopfte Claray sanft auf den Rücken und begleitete sie nach draußen.

Sobald die beiden gegangen waren, sah Tante Kyla Dyna mit einem grimmigen Lächeln an. »Es gab keinen Beweis, dass jemand sie beobachtet hat. Wir haben alle den Verdacht, dass sie aufgeregt war, weil du und dein Vater nicht hier wart. Jetzt, wo du hier bist, wird sie sich besser fühlen. Geh und ruh dich aus. Du siehst erschöpft aus. Wenn du aufwachst, kannst du uns von König Robert erzählen.«

Alick fügte hinzu, »Vielleicht werden Alasdair

und Els bis dahin hier sein. Meiner Vermutung nach werden Emmalin und Joya auch herkommen. Und dir ist hoffentlich bewusst, dass wir bald aufbrechen werden, sobald dein Vater zurückkehrt. Du musst zuerst schlafen.«

Bei der Erwähnung von Joya verspürte sie einen Stich, denn das brachte ihr Derric in Erinnerung … und die Tatsache, dass sie ihn ohne ein Wort zurückgelassen hatte. Würde sie ihn je wiedersehen?

Doch sie wollte Tante Kyla nicht mit ihren Kümmernissen belasten.

»Es gibt nicht viel über König Robert zu erzählen«, entgegnete sie. »Wir haben ihn im Norden getroffen, aber er ist mit MacDougall zu einem Waffenstillstand übereingekommen, also hat er nicht damit gerechnet, sofort in einen Kampf verwickelt zu werden. Er wollte sich vergewissern, ob Ross und Thane ihn unterstützen werden oder ob er kämpfen müsste. Du weißt, wie er sich bei Ross fühlt.«

»Ross hat ihn betrogen. Er wird ihm nie verzeihen, dafür verantwortlich zu sein, dass seine Frau in König Edwards Hände geraten ist. Dafür wird er ihn bezahlen lassen. König Robert mag über vieles hinwegsehen, aber nicht darüber. Du ruhst dich jetzt aus.«

Dyna nickte und stieg die Treppe zu ihrer Kammer hinauf, und dabei wünschte sie, ihr Großvater würde vor der Feuerstelle sitzen, wenn sie aufwachte.

So wie immer.

Derric kehrte zu König Roberts Lager zurück und suchte den Platz nach Dyna ab, doch er vermochte kein Anzeichen von ihr zu entdecken. Konnte sie ohne ihn fortgeritten sein?

König Robert begrüßte ihn. »Hast du Guinne gefunden?«

»Aye, er war genau, wo Ihr mir gesagt habt, dass ich ihn finden würde, und jetzt verstehe ich, warum Ihr wolltet, dass ich das kleine Mädchen mit eigenen Augen sehe. Sie ist Guinnes Tochter, daran besteht kein Zweifel. Er wird sich gut um sie kümmern.«

Der König nickte. »Du musstest sie mit eigenen Augen sehen. Du hältst vermutlich nach dem Grant Kontingent Ausschau. Man hat einen Boten geschickt und Dyna umgehend nach Grant Land zurückbeordert.«

»Warum?«, fragte er und verspürte dabei eine drückende Sorge und merkwürdige Leere bei der Erkenntnis, dass sie nicht länger hier war.

»Diese Information hat er nicht verraten, aber sie ist sofort aufgebrochen. Vor kurzem wurde uns ein Gerücht zugetragen, dass Alex Grant vermisst wird. Man vermutet, dass König Edwards Männer ihn entführt haben. Er ist wahrscheinlich von der englischen Garnison nach Berwick gebracht worden. Möglicherweise ist das der Grund, warum wir kein Anzeichen von ihnen im Norden gesehen haben.«

»Verdammt. Ich werde nach Grant Land aufbrechen. Sie werden meine Hilfe brauchen.«

»Ich werde dich mit nur einer Botschaft ziehen lassen. Gott sei mit dir und lass die Engländer nicht gewinnen. Ich zähle auf die Grants, dass sie ihn zurückholen. Wenn Alex Grant es bis Berwick schafft, wird sein Kopf in Nullkommanichts auf einer Pike stecken. Und das nur, wenn sie nicht zuerst versuchen ihn zu benutzen, die Grant Krieger gegen uns zu lenken.«

Derric bestieg sein Pferd und donnerte in Richtung Grant Land.

***

Als Dyna erwachte, setzte sie sich auf die Bettkante und legte sich ihren Plan zurecht. Sie musste herausfinden, was passiert war, während sie geschlafen hatte und wenn sich nichts Erhebliches geändert hatte, würde sie aufbrechen und Großvater auf eigene Faust suchen.

Dyna Grant war nicht die Art von Person, die herumstand und darauf wartete, dass die Dinge geschahen.

Sie ließ sie geschehen.

Sie trat in die Halle und rasch fand sie eine Dienstmagd. »Fiona, würdest du Claray mit einer Schale Porridge nach oben schicken, bitte. Ich bin hungrig, aber zuerst muss ich mich waschen. Sie kann mich in Großmutters Badestube finden.«

Fiona eilte davon und Dyna ging tief in Gedanken versunken den Korridor zu der Kammer entlang. Ihr Großvater war so in seine Frau verliebt gewesen, dass er ihr eine besondere Stube gebaut hatte, weil sie so gern und oft badete. Natürlich sagten die Wachen gern, es läge daran, dass jedes Mal, wenn Maddie zu dem außerhalb gelegenen Gebäude ging, das zum Baden benutzt wurde, vierzig Wachen darum kämpften, einen Blick auf die wunderschöne Frau erhaschen zu können, aber Dyna glaubte, dass er es aus Liebe getan hatte.

Das war ihre Vision von Glückseligkeit in der Ehe. Die Art von Liebe, die ihr Großvater und ihre Großmutter verbunden hatte, und die Art von Liebe, die ihre Eltern noch immer füreinander empfanden.

Würde Derric ihr eine Badestube in ihrer Burg bauen?

Bei diesem Gedanken schnaubte sie ziemlich undamenhaft.

Einige Zeit später trat Claray in die Stube. »Dyna, wirst du den Verfolger finden? Er hat mich beobachtet, als wir gestern Abend im hinteren Bereich waren. Er muss auf einen Baum hinter dem Ringwall geklettert sein – ich konnte spüren, wie er mich beobachtete. Mama hat die Wachen hinausgeschickt, um nachzusehen, aber er war fort. Ich weiß, dass er dort gewesen ist! Niemand sonst glaubt mir, aber ich wusste, du würdest es tun, Dyna. Du musst helfen. Er macht mir Angst.«

»Ich verspreche, nach ihm zu suchen.«

Clarays Augen erstrahlten. »Hier ist dein Porridge. Ich werde dir mehr holen, wenn du möchtest.«

»Nein, das ist reichlich. Ich werde baden und dann suche ich nach deinem Verfolger.«

Dyna rechnete nicht damit, irgendetwas zu finden, aber sie hatte es versprochen. Und sie konnte nicht zu ihrer Suche nach Großvater aufbrechen, bis sie nicht mit jemandem gesprochen hatte. Bis sie in Erfahrung gebracht hatte, was bekannt war.

Könnte sie das?

KAPITEL SECHZEHN

A LEXANDER GRANT STAND mitten im Wald und sprach mit der Person, deren Hilfe er ersucht hatte.

»Bist du dir in dieser Sache sicher?«, fragte der andere.

»Aye. Mein Bestreben ist es, dem ein Ende zu machen. Sie haben meinen Enkelsohn geraubt und meine Tochter und sie haben meine Familie bei dem Versuch, meiner habhaft zu werden, durch die Hölle gehen lassen. DeFry und Busby sind nach MacLintock Land gekommen und haben behauptet, dass Edwards Sohn keine Ruhe geben wird, bis er meinen Kopf hat.«

»Du glaubst, ihm zu geben, was er will, sei die Antwort?«

»Ich habe ein ganzes Leben gelebt. Ich werde nicht zulassen, dass ein junges Leben wegen meines alten verloren wird. Dies muss jetzt ein Ende haben. Ich habe mit Bedacht wählen müssen, aber ich kenne dich nun schon viele Jahre. Ich glaube, du wirst mir bei diesem Vorhaben zur Seite stehen. Ich habe nur einen Vorbehalt.«

»Und welcher wäre das?«

»Du darfst es niemandem erzählen. Wirst du zustimmen?«

Der vor ihm stehende Mann dachte gründlich nach, was er auch tun sollte. Er wusste, welche Folgen diese Handlung für ihn hätte. Alle Grants wären hinter ihm her, wenn sie die Wahrheit erführen.

Doch Alex vertraute diesem Mann. Er vertraute ihm sein Leben an. Er würde das Richtige tun.

Der Mann drehte sich zu Alex und fasste ihn an der Schulter.

»Aye, ich werde dir behilflich sein. Was immer es braucht. Ich schulde dir so viel.«

Alex Grant lächelte und stieß die Luft aus, die er angehalten hatte.

Dies würde jetzt ein Ende haben.

KAPITEL SIEBZEHN

DYNA SCHLICH SICH durch den seitlichen Ringwall hinaus, erklomm einen Baum und ließ sich auf der anderen Seite auf die Erde hinab. Wäre sie zum Haupteingang hinausgegangen, hätte sie gezwungenermaßen Wachen mitnehmen müssen und diese bewegten sich so leise wie zehn Hirschhunde in der großen Halle. Die einzige Chance, die sie hatte, den Schuldigen zu erwischen, bestand darin, sich allein hinauszuschleichen und den Mistkerl zu überraschen.

Sie würde keine Schwierigkeiten haben, ein Pferd zu finden, da der Überschuss der Grant Pferde draußen vor den Toren gehalten wurden. Die Stallburschen behielten sie im Auge, aber sie war schnell genug, um an ihnen vorbeizukommen, ohne gesehen zu werden.

Sie tat, was sie versprochen hatte und suchte den Bereich ab, den Claray beschrieben hatte, und zu ihrer Überraschung fand sie Fußabdrücke, was die Anwesenheit eines Mannes in der Gegend bewies. Dennoch konnten die Fußabdrücke von irgendjemandem stammen, und Clarays Ängste waren allen im Clan bekannt. Wahrscheinlich hatte es gar nichts zu bedeuten.

Bereit, aufzugeben, fand sie einen Baumstamm und bestieg ihr Pferd – sie war einer Eingebung gefolgt und hatte ihren Hengst, anstatt Misty genommen – als eine Vorahnung sie beschlich.

Ihr Großvater stand im Gespräch mit einem Mann ohne Gesicht. Sie versuchte, die Einzelheiten ihrer Umgebung zu erkennen, doch das konnte sie nicht. Die beiden Männer standen in einem Wald mit einer Burg in der Ferne, doch es waren keine erkennbaren Charakteristiken auszumachen. Wer war dieser Mann?

Sie führten eine Unterhaltung, die sie nicht verstehen konnte, bis ihr Großvater lächelte und seinen letzten Satz so klar sagte, wie alle, die sie je gehört hatte. »Ich werde mich den Engländern ausliefern, damit sie aufhören, meinen Clan zu belästigen.«

Eine Eiseskälte rann ihr über den Rücken und ihr Leib erbebte als Reaktion auf seinen Kommentar. Konnte das wahr sein? Würde er so töricht sein? Sie versuchte, ihm zuzurufen, doch die Vision verblasste, sobald sie zu sprechen anfing.

Dyna hatte zurückkehren wollen, um mit den Wachen über die Fußabdrücke zu sprechen. Um herauszufinden, was heute Morgen wegen Großvater unternommen wurde. Doch die Dringlichkeit der Vision hatte sie erfasst und sie ritt davon, fort von Grant Land in der Hoffnung, dass ihr Schutzengel oder irgendjemand sie zu ihrem Großvater führen würde.

Ihr Plaid flatterte in ihrem Rücken, als sie über

die Landschaft hinwegflog und bei der Brise
lächelte, die ihr ins Gesicht schlug, während der
Duft der Kiefern sie wie immer erfreute. Gab es
einen besseren Duft auf der Welt? Zuversichtlich,
dass dies ein Zeichen war, welche Richtung sie
einschlagen sollte, gestattete sie sich den kleinen
Luxus, in der Schönheit der Landschaft zu
schwelgen.

Dieses Gefühl hielt jedoch nicht lange an.
Schwer lastete das Verschwinden ihres Großvaters
auf ihr. Es ergab keinen Sinn. Aedan Cameron
höchstpersönlich war mit ihrem Großvater
zusammen gewesen. Wie konnte er ihn so bald
verlassen haben? Er hatte sich darauf gefreut, Zeit
mit seiner Schwester zu verbringen. Ihre Beziehung war so eng - mehr wie Vater und Tochter,
als Bruder und Schwester - und sie wusste, wie
schwierig es für ihn gewesen sein musste, von
Jennie fortzugehen. Wohin war er gegangen?

Wollte die Vision ihr etwas mitteilen? War
Großvater bereits in den Händen der Engländer?
Doch wenn dem so wäre, würden sie dann ihr
Glück nicht für alle laut herausrufen? Verflixt, sie
würden Kunde verbreiten, dass seine Enthaup-
tung bald stattfände.

Der Gedanke machte sie ganz krank, aber er
überzeugte sie auch, dass er noch nicht bei den
Engländern sein konnte. Alle würden es wissen,
wenn dem so wäre.

Wo war also der gewitzte alte Mann?

Er hatte eine Gruppe der Grant Wachen bei
sich. Waren es fünf oder acht gewesen? Sie konnte sich nicht erinnern, aber wenn er entführt

worden wäre, würden sie irgendwo tot herum-
liegen.

Ihr Vater war nach Cameron Land geritten,
um sich über die Einzelheiten zu informieren,
also brauchte sie das nicht zu tun. Stattdessen ritt sie die meistbereiste Straße zwischen
den beiden Stätten entlang, auf der Suche nach
irgendwelchen Anzeichen der Grant Wachen,
einem Scharmützel oder irgendetwas, was ihr
helfen könnte, ihren Großvater zu finden. Selbst
in seinem fortgeschrittenen Alter war er noch
immer ein gefürchteter Schwertkämpfer, und
wenn ihn also jemand entführt, oder versucht
hatte, ihn zu verletzen, würden sie es nicht leicht
gehabt haben.

Stunde um Stunde ritt sie dahin und hielt
inne, um die Büsche zu untersuchen oder nach
einem Beweis zu suchen, dass Pferde hier entlang
gekommen waren. Den Großteil ihrer Zeit
fluchte sie über ihre Erfolglosigkeit.

Sie konnte Clarays Verfolger nicht finden und
sie konnte ihren Großvater nicht finden. Ein Teil
von ihr hatte gehofft, dass sie vielleicht auf ihren
Vater stoßen würde, und er gute Nachrichten
hätte oder eine Ahnung, wohin sein Vater vielleicht gegangen war, doch das war nicht passiert.
Sie würde in der Nacht allein schlafen, etwas,
woran sie eher hätte denken sollen, als sie ziellos
über das Land der Grants dahingaloppiert war.
Gleichwohl sie stolz auf ihren scharfen Verstand
war, brachte ihre Impulsivität sie gelegentlich in
Gefahr. Das jedenfalls hatte ihr Vater ihr immer
gesagt.

In diesem Moment fühlte sie sich nicht sicher.

Die Abenddämmerung war beinahe schon hereingebrochen, als sie beschloss, eine Höhle zum Schutz aufzusuchen. Sie wusste von einem Unterschlupf nicht weit voraus, also nahm sie sich vor, dort anzuhalten. Am Morgen würde sie über die weniger beliebten Wege nach Grant Land zurückkehren, in der Hoffnung, einen Hinweis auf den Standort ihres Großvaters zu entdecken. Und wenn sich ihre Wege mit denen ihres Vaters kreuzten, wäre sie überaus erfreut.

Sie war noch nicht weit gekommen, als ihr Pferd die Ohren spitzte, und sie wurde langsamer, um sich zu vergewissern, ob irgendjemand in der Nähe war. Bislang hatte sie Glück gehabt und war nicht mit Räubern zusammengestoßen, doch diese Gefahr war nicht zu leugnen.

Das entfernte Geräusch von Hufgetrappel eines einzelnen Pferdes drang an ihre Ohren, und so machte sie sich abseits des Weges auf die Suche nach einer Stelle, an der sie ihr Pferd verstecken konnte, um den Reiter vorbeizulassen. Das war genau die Art von Situation, derentwegen ihr Vater mit ihr schimpfen würde – allein unterwegs, ohne Wachen, die sie beschützten.

Den Preis würde sie später bezahlen, doch nun musste sie ihren Großvater finden. Anschließend konnten alle so viel mit ihr schimpfen, wie sie wollten.

Was, wenn es zu spät war? Was, wenn Großvater irgendwo tot läge? Was, wenn er ausgeraubt und von den Räubern verprügelt worden war und sie ihn zurückgelassen hatten, damit er seinen Weg allein ohne Pferd fände? Er war nicht mehr so kräftig wie in jüngeren Jahren. Sie kämpfte gegen ihre aufsteigende Panik an. Ihr Pferd schnaubte, als wolle es sie daran erinnern, dass sie Wichtigeres zu tun hatten.

Sie konnten einem brutalen Angreifer ausgesetzt sein.

Sie hielt die Luft an und wartete, dass das Pferd vorbeizog. Recht sicher, dass es nur ein Pferd war, machte sie ihren Bogen bereit, für den Fall, dass sie angreifen musste.

Zu ihrer völligen Überraschung war der Reiter jemand, den sie kannte. Derric Corbett sauste vorbei, doch dann hielt er an, als ob er ihren Duft erhascht hätte. Sie lenkte ihr Pferd in sein Sichtfeld und begrüßte ihn.

Derric saß sofort ab und warf die Zügel über einen Busch, um auf sie zu zu rennen. »Was um alles in der Welt tust du hier allein, Diamant? Ich bin auf der Suche nach dir nach Grant Land geritten, nur um dann zu erfahren, dass du dreist auf eigene Faust losgezogen bist. Dein Clan sucht überall nach dir.«

Sie reagierte auf die einzige Weise, die ihr möglich war. Mit einem Satz war sie von ihrem Pferd und rannte direkt in seine Arme und seine Lippen legten sich auf ihre, ehe sie antworten konnte. Seine Hitze spendete ihr Wärme und sie zog ihn in den Wald zurück, fort von den Blicken derer, die des Weges kamen. Seine Lippen senkten sich auf ihre und sie stöhnte, ohne sich darum zu scheren, ob er sie hörte. Wie sie ihn gerade jetzt brauchte. Sie brauchte ihn, um alles besser zu machen.

Er hielt den Mund schräg über ihren und ihre Zungen duellierten sich in einem wilden Tanz, den sie sich überall wünschte. Ehe sie es sich versah, zupfte sie an seiner Tunika und zerrte sie ihm über die Arme und den Kopf, wobei ihre Hände auf seine bloße Brust trafen, sobald sie das Kleidungsstück beiseite geschleudert hatte.

»Sag einfach ja, Diamant. Sag mir, dass du es ebenso willst wie ich«, raunte er und zog ihr die Tunika über den Kopf, bevor er nach der Binde um ihre Brust griff und an dem groben Stoff zerrte. Als er die Hände unter ihre Brüste legte, stöhnte sie erneut, und mit seinen Daumen neckte er ihre Brustwarzen, bis sie hart wurden, was ihr sogar noch mehr gefiel.

»Aye, bitte. Ich brauche dich, Derric. Ich brauche *uns*, bitte.« Was hatte von ihr Besitz ergriffen, dass sie solche Dinge sagte? Sie brauchte ihn nicht.

Oder? Ehe sie sich versah, lag sie auf ihrer eigenen Strumpfhose und er tat Dinge mit ihr, die sie in den Wahnsinn treiben würden, dessen war sie sich sicher. »Derric, bitte hör nicht auf damit. Ich muss …« Mit seinen Händen liebkoste er ihr nacktes Hinterteil und sie hob sich ihm entgegen, bis sie seinen Mund auf ihrer Brustwarze fühlte und er sie saugte, bis sie ihn am Haar zog. »Mehr, ich brauche mehr.«

»Du musst es mir versprechen.«

»Aye, ich verspreche es.«

»Diamant«, sagte er und seine Hände hielten in ihrer Liebkosung inne, um ihr Gesicht zu halten. »Dyna, ich meine das ernst. Versprich mir, dass du mich heiraten wirst, wenn du schwanger wirst. Versprich es mir. Ich werde nicht zulassen, dass mein Kind ohne seinen Vater aufwächst.«

»Aye. Ich werde dich heiraten. Vielleicht werde ich sogar versuchen, mich in dich zu verlieben, aber nicht, bevor du dies zu Ende gebracht hast.«

Er grinste bei ihrer Erklärung und sie knabberte an seiner Schulter. »Diamant, wenn ich mich je verlieben werde, dann wird es in dich sein und nur in dich.«

Wieder küsste er sie und dieses Mal zärtlich, wobei er sie in einen fieberhaften Zustand trieb, den sie nicht kontrollieren konnte. Wieder flehte sie ihn an. »Bringe es zu Ende.«

Er spreizte ihre Beine legte sich zwischen ihre Oberschenkel, wobei er eine Hand an ihr Geschlecht führte und sie berührte und liebkoste, bis sie schreien wollte. Sie rieb sich an ihm und spreizte ihre Beine noch weiter. Es fühlte sich so gut an, so verdammt gut. »Derric …«

Sie spürte, dass sie am Rande der Erlösung stand, die sie so sehr ersehnte und dann flüsterte er: »Es tut mir leid.«

Er stieß in sie und ein brennender Schmerz erfasste sie. »Derric, hör auf!«

»Diamant, es wird nur einen Augenblick wehtun«, versprach er und zog sich zurück. »Ich verspreche dir, dass es dir wieder gefallen wird. Ich bringe dich dazu, mich wieder darum zu bitten. Vertrau mir.«

Sie wurden von einem Lichtblitz und krachendem Donner unterbrochen. Es fühlte sich wie ein Zeichen an und sie stieß ihn, um sich weg zu rollen und nach ihrer Strumpfhose zu greifen, ehe sie innehielt, als sie das Blut auf ihren Oberschenkeln sah. Derric war hinter ihr und schlang die Arme um sie.

»Dyna, es tut mir leid, aber hat dir niemand erzählt, dass es beim ersten Mal wehtun würde? Dass du bluten würdest. Es wird nicht lange dauern.«

»Ich weiß, dass es nicht lange dauern wird, weil du abgeschrieben bist. Geh fort von mir. Du hast mich reingelegt. Es schmerzt schrecklich.«

»Es sollte nicht so schlimm wehtun. Ich werde mich entfernen. Gib uns eine Chance. Bitte.«

Zum Teufel, aber das würde sie nicht tun.

Nie wieder würde sie eine intime Beziehung mit einem Mann haben. Emmalin und Joya waren nicht ganz bei Trost. Sie hasste es, Liebe zu machen.

≈

Alex Grant ritt in Begleitung des Mannes, den er auserwählt hatte ihm zu helfen, zu seinem Ziel. Sie waren noch ein ganzes Stück davon entfernt, als der Himmel seine Schleusen öffnete. Ganz in der Nähe befand sich ein dichter Kiefernwald und sie eilten so schnell sie konnten unter die Bäume. Sein Partner deutete auf einen großen Felsüberhang, unter dem sie sich vor dem Sturm in Sicherheit bringen konnten, denn der Vorsprung war groß genug, um drei Männern mit ihren Rössern Schutz zu bieten.

Der Himmel färbte sich schwarz und die Gewitterwolken zogen in alle Richtungen.

KAPITEL ACHTZEHN

———⁊⁊⁊———

DERRIC WÖLBTE DIE Hände, um genügend Regenwasser für Dyna aufzufangen, damit sie das Blut von ihren Oberschenkeln abwaschen konnte. »Diamant, es tut mir so leid. Ich dachte, du hattest dir das gewünscht. Ich werde dich heiraten, sobald wir einen Priester finden. Wir werden zueinander passen. Du wirst sehen. Du bist eine leidenschaftliche Frau und du musstest nur dein erstes Mal hinter dich bringen. Das nächste Mal wird es Vergnügen machen.«

Dyna wusch das Blut mit dem Wasser und den Blättern ab und fluchte vor sich hin. »Es wird kein nächstes Mal geben.«

Der Donner grollte nun über ihren Köpfen, also half er ihr beim Ankleiden und dann zog er sie zu den Pferden, wobei er erfreut feststellte, dass ihr Pferd bei seinem Hengst geblieben war. Er hob sie schwungvoll auf das ihre und bestieg sein eigenes Ross, mit der Absicht, sie zu einer Stelle zurückzuführen, die er im Vorbeireiten gesehen hatte. Es hatte wie eine Höhle ausgesehen.

»Ich werde nirgendwo mit dir hingehen«, rief sie ihm über den Sturm zu. »Ich werde zu dieser

Der andere Mann fragte:»Hast du je zuvor solche Wolken gesehen? Sie ziehen in entgegengesetzte Richtungen und das habe ich noch nie gesehen.«

Alex lenkte sein Pferd unter den schützenden Fels und saß ab, wobei er Midnight tätschelte, um ihn zu beruhigen. Gleichwohl er unerschütterlich und verlässlich im Kampf war, reagierte das Tier bei Gewitter stets aufgeregt, und das Beben der Erde war einfach zu viel für ihn. Alex raunte dem Tier süße Worte ins Ohr und holte einen Apfel aus der Satteltasche für ihn hervor. Das Pferd nahm ihn schnell, um ihn zu zerkauen, und der Leckerbissen beruhigte es für eine kurze Weile.

Alex legte die Hände in die Hüften und sah zu dem Gewitter auf, das über ihnen tobte.»Ich habe einen Sturm wie diesen erlebt, der nichts Gutes gebracht hatte. Er bedeutete, dass das Böse ein Saphirschwert zu stehlen versuchte, das einer Fee gehörte.«

»Wann ist das passiert?«, fragte der andere.

»Avelina Ramsay war in Besitz des Schwertes. Sie hat mit einem wahnsinnigen Mann darum gerungen. Ihr Bruder erzählte mir, der Sturm hätte eingesetzt, weil sie das Schwert über ihren Kopf gehalten hat. Sie hatte sich damit einen Mann mit bösen Absichten vom Leib gehalten. Ich habe noch nie so etwas gesehen. Obwohl ...« Er konnte nicht anders, als an seine Enkelin Dyna zu denken. Mit den Talenten einer Seherin gesegnet und der eigentümlichen Fähigkeit, den Schwertern ihrer Cousins Macht zu verleihen, indem sie ihren Bogen über den Kopf hielt, fing er an, die Ähnlichkeit zwischen ihren und Avelina Ramsays Talenten zu erkennen. Steckte mehr hinter den mystischen Schwertern, als er erkannte? Und welche Rolle spielte Dyna in diesem unnatürlichen Sturm?

Er fragte sich, wo sie war und wer bei ihr war. Dann kam ihm ein anderer Gedanke in den Sinn. Das Saphirschwert. Seine Schwester Brenna hatte etwas über eine Herausforderung gesagt, die alle fünfzig Jahre aufkam. Ihre Mutter hatte Brenna und Jennie davon erzählt. Darüber, wie eine Feenkönigin ein sterbliches Wesen auserwählen würde, wenn es zur Rettung der Schotten notwendig war, aber nur, wenn alles andere fehlschlug.

Er lenkte seine Erinnerung wieder darauf zurück und versuchte, sich auf alles zu besinnen, was er erfahren hatte, und wie Brenna ihm erzählt hatte, dass Gregor dem Tod nahe gewesen war, aber Avelina ihn gehalten und ihm wieder Leben eingehaucht hatte.

Die Fee hatte ihr zusammen mit dem Schwert besondere Fähigkeiten verliehen. Avelina hatte gegen das Böse gekämpft und gewonnen und die Feenkönigin hatte ihr aufgetragen, das Schwert zu verstecken, das sie zurückholen würde, wenn es wieder gebraucht würde. Das war es. Die Feenkönigin hatte prophezeit, dass für einige Zeit Frieden herrschen würde, doch letztendlich würde das Böse erneut in Schottland bekämpft werden müssen.

War die Zeit reif?

»Ich frage mich, sind bereits fünfzig Jahre ver-

gangen?« Er sagte dies laut genug, u
zu werden, gleichwohl er das nicht b
hatte, denn jeder, der ihn hören wür
ihn für verrückt halten.

Dann schüttelte er den Kopf und 1
dafür, Dinge zu sehen, die gar nicht
Abgesehen davon konnten nicht mehr ;
Jahre vergangen sein.

»Worum geht es?«, fragte sein Kumpa:
»Nichts«, antwortete Alex. »Träumere
alten Mannes, der sich wünscht, seine Fr;
ihm in seinen Träumen erscheinen, und (
Enkelkinder besondere Talente hätten.«

»Wie ein Waise davon träumt, eines T;
jemandem adoptiert zu werden?«

Alex sah zu ihm und grinste. »So etw;
Art.«

Die beiden Männer beobachteten da
Toben des Windes, den dichten Regen,
Landschaft durchtränkte, und den Donne:
schnell kam, dass es unmöglich war, das D
krachen vorherzusagen.

Alex flüsterte zu sich: »Bis jetzt hatte icl
nie wieder einen anderen wie diesen gesel

Der andere Mann starrte ihn an.

»Und das gefällt mir nicht.«

Höhle ein Stück voraus reiten, und du musst mich nicht begleiten.«

»Aye, ich habe die Höhle gesehen und sie ist groß genug für uns beide. Wir reiten zusammen. Ich werde nicht zulassen, dass du herumsitzt und durchnässt wirst. Das Fieber letztes Mal war schlimm genug.«

Sie widersprach nicht, und das gefiel ihm gar nicht, aber im Augenblick war er mehr um ihre Sicherheit besorgt. Also lenkte er ihre Pferde zur Höhle und ließ die Tiere im Schutz einiger widerstandsfähiger Bäume stehen, ehe er sie herunterhob und sie ins Innere trug. Er wollte sie nicht loslassen, also ließ er sich auf einem Felsbrocken nieder und rückte sie auf seinem Schoß zurecht.

Eine ganze Zeit lang sagte keiner von ihnen ein Wort, sondern sie lehnten sich nur aneinander. Dann murmelte Dyna: »Das war nicht so großartig. Ich dachte, es sollte wundervoll sein.« Sie legte den Kopf an seine Schulter.

»Das wird es beim nächsten Mal, Diamant.« Sanft rieb er über ihren Rücken. Verdammt, aber er hatte alles falsch gemacht. Er hätte wissen müssen, die Dinge anders zu handhaben.

Weil Dyna sich auf solch herrliche Weise von den meisten Mädchen unterschied.

»Es wird kein nächstes Mal geben.« Der entschlossene Zug um ihr Kinn sagte ihm, dass sie keinen Scherz machte. Sie meinte, was sie sagte, gleichwohl er sich sicher fühlte, dass sie ihre Meinung ändern würde.

»Hmm. Du bist zu leidenschaftlich, um für

immer im Zölibat zu leben. Du wirst es zu Ende bringen wollen.«

»Da war nichts zu Ende zu bringen. Es hat dir gefallen, und du hast es zu Ende gebracht, aber ich nicht.« Ihre geschürzten Lippen verliehen ihr den Ausdruck eines schmollenden Kindes. Offenbar war sie sexuell ebenso frustriert wie er, doch das würde er sie nicht wissen lassen. Und sie verstand den Liebesakt auch nicht gut genug, um das Vorgefallene richtig zu interpretieren.

»Ich habe es nicht zu Ende gebracht, Diamant.« Er hob ihr Kinn, sodass sie ihm in die Augen blickte. »Es war für mich auch nicht schön. Es hat mir widerstrebt, dir wehzutun, und es ist sehr frustrierend, anzufangen und nicht aufzuhören.«

»Nun, ich weiß nicht, was das bedeutet, aber ich bin besser nicht mit einem Kind schwanger. Wie werde ich das wissen?«

Ihre ganze Wut war aus ihr gewichen und er hasste es. Er musste etwas unternehmen, um ihr ihr Feuer zurückzugeben. Verdammt, er war ganz weich bei ihr geworden und das machte ihm noch nicht einmal Sorgen. »Mädchen, du kannst kein Kind in dir tragen, wenn ich dir nicht meinen Samen gespendet habe.«

»Aber du hast ihn in mich gesteckt. Wie willst du wissen, ob du mir deinen Samen gegeben hast? Das musst du getan haben. Es war schmerzhaft genug.«

»Diamant, wenn ich dir meinen Samen gebe, wirst du es wissen. Es zu Ende zu bringen wird für uns beide angenehm sein, auch wenn wir nicht zusammen fertig werden. Aber ich werde wissen, wenn du es bist und du wirst wissen, wenn ich es bin. Das ist Teil davon, was es so speziell macht.«

»Was? Ich verstehe nicht.«

Sie schaute mit einem unschuldigen Blick zu ihm auf, den er selten an ihr sah, und ihm ging auf, dass sie vielleicht eine innere Weichheit besaß, die er nie bemerkt hatte.

Er musste versuchen, es ihr zu erklären. »Beim Liebe machen geht es darum, jemandem, den man gern hat, Vergnügen zu bereiten. Es ist als spezieller Moment zwischen zwei Personen gedacht. Es sollten zwei Menschen sein, die einander lieben.« Er zog die Augenbrauen hoch. »Vielleicht sind wir deshalb gescheitert. Wir lieben einander nicht genügend.«

»Das ist es also. Du liebst mich nicht.« Sie stieß ihn gegen die Brust.

»Vielleicht liebst du mich auch nicht.« Er musste etwas sagen, um sie ein bisschen in Rage zu bringen, damit die alte Dyna wieder auftauchen würde. Dann kam es ihm. Das würde das Feuer garantiert wieder anfachen. »Du sagtest, du betest mich an, aber offensichtlich tust du das nicht.«

Beinahe sofort blitzte es in ihren Augen auf und er mühte sich, sein Grinsen zu verbergen.

»So etwas habe ich nie gesagt. Ich bete dich nicht an. Wo hast du das nur geträumt?«

Dankbar, den stürmischen Ausdruck wieder in ihren Augen zu sehen, gestattete er sich ein Lächeln. Dankbar, dass er seine Dyna wiederhatte. »Hör zu. Wir müssen nicht groß darüber nachdenken. Es tut mir leid, dass ich dir wehgetan habe, doch wenn wir es das nächste Mal tun, werden wir beide zum Ende kommen und dann wirst du verstehen.« Er rieb ihre Arme, um sie zu wärmen. »Kein Regen, kein Gewitter, keine Störungen.«

»Es wird kein nächstes Mal geben.«

»Von wegen, es wird kein nächstes Mal geben. Du wirst mich wieder wollen, und ich werde dich wollen, und es wird passieren, aber nächstes Mal wird es für uns beide befriedigend sein. Jetzt hör auf, daran zu denken. Warum zum Teufel reitest du allein? Warum bist du ohne irgendwelche Wachen aufgebrochen?« Er sah zum dunklen Himmel auf und der Regen ließ ein bisschen nach, als die Wolken sich über den Himmel wälzten, sich verzerrten und die Richtung wechselten, anders als er es je zuvor erlebt hatte. »Du solltest in solch einem Sturm nicht allein sein. Dein Pferd könnte dich beim Beben der Erde abwerfen. Ich habe noch nie so etwas gesehen.«

Dann änderte sich ihre ganze Haltung. »Sie werden es dir nicht gesagt haben. Großvater wird vermisst. Er ist nur eine Nacht auf Cameron Land geblieben, ehe er aufgebrochen ist. Niemand weiß, wohin er gegangen ist, doch ihm ist etwas zugestoßen. Ich kann es fühlen. Also bin ich losgeritten, um ihn zu finden.«

»Allein? Was verdammt, denkst du dir nur?«

»Ich gebe zu, dass du recht hast. Ich hätte nicht auf eigene Faust losreiten sollen, aber ich hatte einen meiner Träume. Ich habe Großvater sagen hören, dass er sich den Engländern ausliefert.« Sie machte sich an ihrem Haar zu schaffen. »Ich habe nicht klar gedacht. Mir ist kalt.«

Er hob sie von seinem Schoß und verkündete: »Ich werde Holz sammeln, um ein Feuer zu entfachen. Du wartest hier.« Er suchte in der Gegend nach der trockensten Stelle ab, und dann entdeckte er den wahrscheinlich letzten trockenen Holzscheit im ganzen Wald, den der aufschnitt und zur Höhle zurücktrug und rasch ein Feuer in Gang brachte.

Sie beobachteten den Regen und er hörte Dyna zu, wie sie über ihren Vater, ihren Großvater und ihre Schwester erzählte.

»Sag mir die Wahrheit, Diamant. Glaubst du wirklich, er hätte sich den Engländern ausgeliefert?« Er wusste, dass der Mann schlau war, ein gerissener Fuchs, der alle im Dunkeln tappen ließ, aber er war auch ein Krieger. Er konnte sich den großen Alexander Grant nicht vorstellen, wie er sich seinem Feind auslieferte und insbesondere nicht dem König von England. Sie alle verabscheuten König Edward und das traf sowohl auf den Vater als auch den Sohn zu. »Er würde dich und deine Familie nicht absichtlich verlassen. Und sogar John und Ailith. Er betet sie an. Meiner Vermutung nach war es ein Albtraum und keiner deiner Seher-Träume.«

Sie gähnte. »Ich *bin* übermüdet. Es schien so real, aber es hat auch für mich keinen Sinn ergeben. Mein Großvater ist kein Versager.«

Er küsste sie auf die Stirn. »Da stimme ich dir zu. Ich bin froh zu sehen, dass dein Verstand die Schärfe zeigt, die ich so gut kenne. Wir werden umkehren müssen, um in Erfahrung zu bringen, was dein Vater bei den Camerons erfahren hat.

Und nun zu dem anderen Thema. Claray sagte, jemand würde sie beobachten?«

»Sie sagt, jemand hätte sie von der Mauer aus beobachtet.«

»Wie hat sie die Person beschrieben? Ein Mann?«

»Sie hat die Person nicht wirklich richtig gesehen.« Dyna legte eine Sprechpause ein. »Du verstehst meine Schwester nicht. Sie regt sich auf, wenn die Menschen, die in ihrem Leben eine Rolle spielen nicht in der Nähe sind. Da Großvater nicht da war und ich auch nicht, fing sie an, einige merkwürdige Träume zu haben. Ich muss beweisen, dass all ihre Ängste unbegründet sind. Manchmal glaubt sie, dass eine gigantische Spinne vor ihrem Fenster sitzt und Babys bekommt oder dass diese Kreatur sich in den Schatten versteckt und in der Dunkelheit lauert, um unsere Mutter anzugreifen. Im Laufe der Jahre hatte sie viele Angstvorstellungen dieser Art.«

»Die Ärmste.« Er konnte sich nicht vorstellen, als Kind derart gequält worden zu sein. Er mochte seine Eltern in jungen Jahren verloren haben, doch er hatte fast schon an der Schwelle zum Mannesalter gestanden. Die Dinge hätten weitaus schlimmer für Joya und ihn sein können.

»Ich versuche so viel wie möglich zu helfen. Mama und Papa haben auch viel getan, es hört jedoch nicht auf.«

»Glaubst du, es ist möglich, dass Claray wirklich beobachtet wird? Und wenn dem so ist, wer könnte es möglicherweise sein?« Er zog sie näher zu sich und setzte sich mit ihr vor sich hin, damit sie die Wärme des Feuers genießen konnte. Die Art und Weise, wie sie mit ihm zusammenpasste, als ob sein Körper eine Ausbuchtung aufwies, die nur für sie bestimmt war, löschte jeglichen Zweifel, den er vielleicht noch immer an ihrer gemeinsamen Zukunft gehegt hatte. Er mochte ihrer nicht würdig sein, doch er würde alles tun, worum auch immer sie ihn bat, selbst wenn er noch nicht bereit war, das ihr gegenüber zuzugeben.

»Ich habe immer noch den Verdacht, dass sie sich die Sache einbildet. Die Fußabdrücke könnten irgendjemandem gehört haben. Ich weiß nicht, was ich tun soll, um ihr zu helfen, aber sobald sich die Furcht in ihrem Kopf festsetzt, wird sie sie nicht mehr los.«

»Wohin warst du unterwegs? Ich weiß, dass du nach deinem Großvater gesucht hast, aber was war dein endgültiges Ziel?«

Sie seufzte tief und er stahl sich einen Blick auf sie. »Ich weiß es nicht«, antwortete sie mit einer Art Stocken in der Stimme. »Ich bin aufgebrochen, ohne nachzudenken. Ich dachte, ich suche nach irgendeinem Beweis für einen Kampf, doch dieser Wachtraum über meinen Großvater hat mich zur Eile getrieben. Es war wahrscheinlich nicht die klügste Idee, dem Hauptpfad zu folgen, aber es ist merkwürdig, dass ich den ganzen Tag gesucht habe, ohne die Spur eines Scharmützels oder irgendwelcher toten Pferde oder Wachen zu finden. Natürlich hätte mein Vater wahrscheinlich zuerst etwas entdeckt, wenn irgendetwas vorgefallen wäre, aber wie gesagt, ich habe nicht nachgedacht.«

»Also warst du in Richtung Cameron Land unterwegs?«

»Ja und nein«, antwortete sie verlegen. »Ich war zu Großvater unterwegs. Manchmal, nachdem ich solch einen Traum habe, lasse ich mich von den Mächten oder dem Wind oder was immer mich führt, leiten.« Sie erwiderte seinen Blick, ohne eine Miene zu verziehen oder klein beizugeben. »Normalerweise kann ich meinen Weg zu der Stelle finden, welche die Engel oder wer immer es mich finden lassen will, doch dieses Mal hat sich nichts materialisiert. Dennoch kann ich nicht einfach herumsitzen und warten, Derric. Ich muss etwas unternehmen.« An der Art, wie sie fortwährend die Hände rang, konnte er erkennen, wie sehr sie dies meinte.

»Wie wäre es, wenn wir die Nacht hier verbringen und uns im ersten Morgengrauen auf den Rückweg nach Grant Land machen. Wir werden nachsehen, ob irgendjemand zurückgekehrt ist oder ob es irgendwelche anderen Botschafter gegeben hat. Vielleicht ist dein Großvater sicher nach Hause zurückgekehrt und wenn nicht, würde ich zumindest gern um einige Grant Wachen oder Alick und Branwen bitten, damit sie mit uns reiten. Oder wir könnten auf den Rest der Highland Schwerter warten. Vielleicht ist es deinen Cousins und dir bestimmt, ihn gemeinsam zu finden.«

Sie zog die Knie an und bettete das Kinn darauf. »Aye, ich weiß, dass du recht hast. Ein Teil von mir wusste, dass es ein Fehler war, und das sogar schon, als ich es getan habe.«

»Und du wirst mir versprechen, heute Abend mit mir hierzubleiben und bis zum ersten Morgengrauen nicht aufzubrechen?«

»Aye. Wir werden am Morgen zurückkehren. Wir sind nicht so weit entfernt und Papa könnte bereits nach Hause zurückgekehrt sein. Obwohl ich ein bisschen zuhause geschlafen habe, bin ich immer noch übermüdet.«

Er schlang sie wieder in seine Arme, um ihr seine Wärme zu spenden. »Wo sonst könnte dein Großvater hingegangen sein? Er ist ein gestandener Mann, der frühere Anführer eines der größten Clans der Highlands. Meiner Vermutung nach unternimmt er nur Dinge, nachdem er sie sorgfältig durchdacht hat.«

»Zu vielen Orten. Zu vielen, um sie zu erwägen. Und bevor ich einwillige, hier mit dir zu schlafen, musst du mir versprechen, dass du mich nicht noch einmal auf diese Weise berührst. Ich bin wund.«

»Ich verspreche es, solange du mir erlaubst, dich zu halten. Du kannst deinen Kopf an meine Brust legen. Ist dir das recht?«

»Aye.«

Sie seufzte so tief, dass er wusste, wie verletzt sie innerlich sein musste, und das war weit mehr als der Schmerz zwischen ihren Beinen.

Warum fühlte er sich deshalb noch schlimmer?

Ein plötzlicher Stich der Ironie traf ihn. Er erlebte eine andere Seite dieses zarten Herzens, von dem ihr Großvater ihm erzählt hatte. Sie benahm sich so überbeschützend für die Menschen, die sie liebte, dass sie selbst sich der Gefahr aussetzte.

Ihre diamantene Hülle wandelte sich rasch zu einer Perle.

Wahrscheinlich hatte er gerade seine Aufgabe erfüllt.

***

Dyna erwachte mitten in der Nacht und war keineswegs überrascht, sich von dem riesigen Mann, der über ihr ausgebreitet war, überhitzt zu fühlen. Sie schlüpfte unter seinem Arm hervor und schaffte es, in der Dunkelheit, den Ausgang aus der Höhle zu finden, um draußen ihre Notdurft zu verrichten, ohne ihn zu wecken.

Die Nächte in den Highlands waren ihr am liebsten. Sie liebte es, unter den Sternen zu sitzen und den nächtlichen Geräuschen zu lauschen, wobei es ihr der Ruf der Eulen am meisten angetan hatte. Also setzte sie sich vor den Eingang der Höhle und schlang die Arme um ihren Körper als Schutz gegen die Nacht und lauschte. Als ob sie ihrem Ruf antwortete, schrie eine Eule auf.

Der Wind war stark genug, um die Blätter auf dem Boden aufzuwirbeln. Sie richtete ihren Blick nach oben und dachte an die Nacht, in der Derric und sie zusammen die Sterne betrachtet hatten. Wenn sie nur zu dieser einfacheren Zeit zurückkehren könnte, als ihr Großvater und Claray noch sicher waren.

Bevor sie ihre Jungfräulichkeit verloren hatte.

Sie würde sich bei Derric entschuldigen müssen, wenn er erwachte. Sie war ihm gegenüber nicht gerecht gewesen, doch die gesamte Situation hatte sie einfach überrascht. Normalerweise war sie mit einer hohen Schmerztoleranz gesegnet, doch dieser Schmerz hatte sie inmitten eines unvorstellbaren Vergnügens überfallen. Er hatte sie wie ein Betrug überrascht.

Und aus ihrem Instinkt heraus, hatte sie diesen Schmerz zurückgestoßen. Und ihn.

Sie schreckte auf, als Derric sie an der Schulter berührte und sie auf seine Anwesenheit aufmerksam machte. Dann schlang er die Arme von hinten um sie, sobald er sich gesetzt hatte. Mit seinem Kinn auf ihrer Schulter flüsterte er: »Es tut mir leid, Diamant. Wenn ich es hätte tun können, ohne dir wehzutun, dann hätte ich es getan.«

»Derric, du musst dich nicht entschuldigen. Ich habe mich wie ein kleines Mädchen benommen, und ich weiß nicht, warum.« Sie lehnte sich an ihn zurück. »Ich wusste, dass es wehtun würde. Es war gar nicht einmal so schlimm, sondern es hat mich einfach nur überrascht. Ich habe dich gar nicht gefragt, was du über Senga herausgefunden hast.«

»Ich habe die kleine Senga kennengelernt«, antwortete er mit einem Schmunzeln. »Ihr Vater, mit dem sie eine unverkennbare Ähnlichkeit eint, hat sie nach ihrer Mutter benannt. Sie ist gut versorgt und glücklich, und das hatte ich erfahren wollen.«

»Hast du es irgendwie bedauert, als du erfahren hast, dass sie nicht von dir ist?« Sie drehte sich, um ihn anzuschauen, denn sie wollte seinen Ausdruck sehen.

»Ein kleines bisschen. Das hat mich überrascht, gleichwohl ich wusste, dass es zum Besten ist. Ihr Vater ist sehr vernarrt in sie und er hat eine Mutter daheim, die ihm hilft, also bin ich wieder gegangen, ohne zu gestehen, warum ich dort war. Es bestand keine Notwendigkeit etwas zu sagen.«

Sie streckte die Hand nach ihm aus und strich einen Teil seines Haars glatt, das vom Schlaf ganz wirr war. »Du bist ein kluger Mann, Corbett.«

Er zog eine Augenbraue hoch und sah sie zweifelnd an.

»Und ich fange an, wirklich Gefallen daran zu finden, dich in meiner Nähe zu haben.« Sie beugte sich vor und küsste ihn. »Ich hoffe, du wirst bei mir bleiben. Es tut mir leid, dass ich immer wieder versucht habe, dich abzuweisen. Es ist … es ist nicht, was ich will.«

Er hielt inne, ehe er das Wort ergriff, und sie fragte sich, welche Gedanken ihm durch den Kopf gingen. Wie sehr sie doch hoffte, dass er sie akzeptieren würde, mit ihren Eigenarten und allem. Sie war ein einzigartiges Individuum und ihre Eltern hatten nie versucht, sie zu verändern. Dafür wäre sie ihnen ewig dankbar, aber sie wusste nicht, ob irgendein Mann ihre merkwürdige Art akzeptieren konnte.

Darauf antwortete er: »Jedes Mal, wenn ich in deiner Nähe bin, möchte ich einfach nur noch näher rücken. Du übst eine merkwürdige Anziehung auf mich aus. Ich genieße unsere Zeit zusammen.«

»Auch wenn wir uns zanken?«

»Besonders, wenn wir uns zanken. Du forderst

mich heraus, Dyna und irgendwie glaube ich, dass ich deshalb ein besserer Mann sein werde. Bis dieses Durcheinander geklärt ist, kannst du damit rechnen, dass du mich jedes Mal siehst, wann immer du dich herumdrehst.«

Sie schaute ihn finster an, doch sie war über seine Erklärung dennoch erfreut.

»Irgendjemand muss auf dich aufpassen, Mädchen. Du bist viel zu unbekümmert und arrogant.«

»Arrogant? Ich denke, du sprichst von dir selbst, Corbett. Diese Prahlerei, dieses Grinsen.«

Er drückte ihre Schulter und dann stand er auf und ging auf die Büsche zu. Als er davonging, rief sie hinter ihm her: »Dieser Hintern.«

»Schau ihn nur genau an. Ich weiß, dass du nicht anders kannst.«

KAPITEL NEUNZEHN

SIE SCHLIEF BIS weit über die Morgendämmerung hinaus und als sie erwachte, suchte sie nach der Wärme, die sie am Vorabend umfangen hatte. »Derric?«, rief sie und geriet kurz in Panik. Hatte er sie trotz allem verlassen?

Doch sobald sie seinen Namen laut gerufen hatte, trat er in die Höhle und trug einen Trinkschlauch mit Wasser, den er ihr hinhielt. Als Erstes fragte er: »Bist du gesund?«

»Mir geht es gut. Aber wir müssen uns schnell aufmachen.« Sie ließ sich nicht darüber aus, wie sehr sie gestern Abend den Schlaf in seinen Armen genossen hatte, doch sie gelobte sich, dies eines Tages zu tun. Er war freundlich, beschützend und humorvoll und zudem noch ein grimmiger Krieger. Ihn zu küssen, raubte ihr den Atem.

Was könnte sie sich mehr wünschen?

Kurz nachdem die Sonne den Zenit überschritten hatte, kamen sie an der Burg an. Sie war überrascht, so viele Krieger in der Umgebung der Burg zu sehen, gleichwohl niemand sie aufhielt. Tatsächlich hatten sie es beinahe bis an die Tore geschafft, ehe ihr Vater sie entdeckte und direkt auf sie zuhielt.

»Wo um alles in der Welt bist du gewesen, Dyna?«

»Ich habe mich auf die Suche nach Großvater gemacht. Du warst fort und ich konnte nicht stillsitzen«, antwortete sie, ohne klein beizugeben. Irgendwann würde sie für diese Übertretung geradestehen müssen, doch wahrscheinlich nicht, bis ihr Vater Alex Grant gefunden hatte. Bald würden alle in den Highlands nach ihm suchen.

»Du bist früher schon auf eigene Faust losgezogen, aber normalerweise bist du klug genug, in Begleitung von Wachen loszureiten. Was zum Teufel hast du dir gedacht? Und wo hast du Derric gefunden?«

»Ich habe nicht nachgedacht. Ich bin nach draußen gegangen, um nach Beweisen für Clarays Verfolger zu suchen, und dachte, ich würde auf unserem Land bleiben, doch dann hatte ich diese Vision von Großvater also bin ich weitergeritten. Derric war auf der Suche nach mir, nachdem er herausgefunden hatte, dass ich nicht beim Grant Clan war. Er hat eingewilligt, zu helfen.«

Ihr Vater nickte knapp. »Habt ihr etwas gesehen?«, fragte er und bedeutete den beiden, ihm zu den Stallungen zu folgen.

»Nein. Was hat Onkel Aedan gesagt?«, fragte sie. »Er war mit Großvater zusammen, als ich ihn das letzte Mal sah.«

Sie erreichten die Stallungen und Connor saß ab. Er streckte die Hände aus, um Dyna vom Pferd zu helfen, und sie fasste ihn ein bisschen zu fest an den Schultern. Das bedauerte sie, sobald sie es getan hatte – was, wenn er etwas vermutete? – doch sie konnte sich nicht zurückhalten, selbst wenn sie es versucht hätte.

Sie war noch immer wund, und ein Pferd zu reiten war nicht hilfreich gewesen.

»Was stimmt nicht mit dir?«, fragte ihr Vater und sein Blick wurde schmal, als er sie auf die Erde setzte.

»Nichts. Erzähl mir, was du herausgefunden hast, Papa. Du weißt, dass du mich quälst, indem du mich warten lässt.« Vielleicht sollte sie ein wenig liebreizender sein, hinsichtlich ihres alleinigem Weglaufens auf der Suche nach ihrem Großvater, aber sie musste seine Aufmerksamkeit von ihren Schmerzen ablenken.

»Aedan sagte, er sei auf eigene Faust aufgebrochen. Großvater hatte behauptet, irgendwohin zu müssen und dass er dann wiedergekommen würde. Niemand hatte angenommen, dass er lang unterwegs sein würde, doch dann ist er nicht wiedergekehrt.«

»Und er hat nicht gesagt, wohin er unterwegs war?«

»Nein, und das sieht meinem Vater recht ähnlich. Er scheint es nicht immer darauf anzulegen, jeden in seine Pläne einzuweihen, insbesondere nicht in seinen jüngeren Tagen, aber dies beunruhigt mich ganz eindeutig.«

»Sind die Wachen mit ihm geritten?«

»Aye, gemäß Aedan sind sechs von ihnen bei ihm.« Ihr Vater blickte über ihren Kopf auf eine weitere Gruppe, die auf sie zukam. »Nun, es spricht sich schnell herum. Deine Cousins sind hier. Wir werden sehen, was sie gehört haben.«

Dyna wirbelte herum und war erfreut, Alasdair, Emmalin, Els und Joya zu sehen, die in der Nähe der Stallungen absaßen und von einem Dutzend Wachen begleitet wurden. Alasdair erteilte seinen Männern Anweisungen, doch das interessierte Dyna nicht. Sie musste in Erfahrung bringen, ob sie irgendetwas gehört hatten.

»Nun? Habt ihr etwas über Großvater gehört? Ihn irgendwo gesehen?«, rief sie ihnen zu, da sie zu ungeduldig war, länger zu warten.

»Nichts. Wir haben nichts gehört. Wann reitet ihr wieder los?«, fragte Alasdair. »Wir müssen ihn finden.«

Ihr Vater winkte sie vorwärts. »Meinen Dank, dass ihr so schnell gekommen seid. Wir treffen uns drinnen und besprechen unsere Strategie. Ich möchte die Meinung von Jamie und Finlay hören. Ihr alle müsst ausruhen. Wir werden einen Plan machen und uns wahrscheinlich in Gruppen aufteilen. Wir reiten nach dem Essen los.«

Schnell begrüßte Dyna ihre Cousins und dann beugte sie sich hinüber, um das Wort an Derric zu richten, wobei sie versuchte, diskret zu sein: »Ich werde jetzt die Badestube aufsuchen und danach werde ich mich euch anschließen. Ich möchte wissen, was Papa einfällt.« Er nickte und ging zu Joya hinüber.

Dyna erkannte ihre Chance, zu entkommen – ihr Vater unterhielt sich noch mit Alasdair – und wirbelte herum, um die Stufen zur Festung hinaufzulaufen, wobei sie den leichten Schmerz zwischen ihren Beinen ignorierte.

Sie wurde von der plötzlichen Erkenntnis überkommen, dass sie anders war, und keiner außer Derric davon wusste.

Claray begrüßte sie und folgte ihr die Stufen hinauf zu ihrer Kammer. »Hast du meinen Verfolger gefunden?«

»Nein. Es tut mir leid. Ich habe Beweise gefunden, dass jemand hinter dem Ringwall gewesen ist, aber ich konnte ihn nicht finden. Die Fußabdrücke hätten von irgendjemand stammen können. Claray, bleib einfach drinnen und geh nirgends allein hin. Wir werden ihn finden, wenn er dort ist, nachdem wir Großvater aufgespürt haben.«

Die Tränen kamen schneller, als sie erwartet hatte. »Du glaubst mir auch nicht. Alle behandeln mich, als sei ich verrückt, aber er war dort, Dyna. Ich sage dir, er war dort.«

»Hast du ihn gestern Abend gesehen?«, fragte sie und löste ihr Haar aus dem Zopf, damit sie es waschen konnte. Sie griff nach einer sauberen Tunika und einer Strumpfhose, ehe sie sich mit Claray im Schlepptau auf den Weg in die Badekammer machte.

»Nein, gestern Abend war er nicht dort gewesen. Es waren zu viele Leute in der Nähe.«

»Gut, dann wird er dich vielleicht in Ruhe lassen«, entgegnete sie und öffnete die Tür der Kammer. »Willst du auch baden?«

»Nein«, murmelte Claray und die Niedergeschlagenheit auf ihrem Gesicht sagte Dyna alles, was sie wissen musste.

»Ich muss mich waschen und dann werden wir uns wieder auf die Suche nach Großvater machen.« Sie beugte sich vor und umarmte Claray. »Ich werde dir helfen, das verspreche ich, aber zuerst müssen wir Großvater finden.«

Claray nickte und ging davon, während Dyna mit dem unguten Gefühl zurückblieb, ihre Schwester ebenfalls enttäuscht zu haben.

———— ❧ ————

Derric führte die Gruppe durch die Wälder. Er war erfreut, dass er etwas zu dem Vorhaben, Alex zu finden, beitragen konnte. Die Lairds hielten es für möglich, dass Alex sich möglicherweise mit König Robert getroffen hatte, um ihm seine Hilfe für den endgültigen Vorstoß anzubieten, die Highlands für sich zu gewinnen. Und so ritten sie zum Lager des Königs zurück.

Die Gruppe der Highland Schwerter hatte zugestimmt, zusammen zu reiten, während Connor, Jamie und Finlay zu den Camerons zurückgeritten waren, um zu sehen, ob Aedan etwas Neues in Erfahrung gebracht hatte. Da sie keine Ahnung hatten, wohin Alex gegangen sein konnte, oder warum, mussten sie verschiedene Möglichkeiten ins Auge fassen.

Beide Gruppen ritten mit einer großen Anzahl Wachen, was Derric freute, da Joya, Branwen und Emmalin mitgekommen waren. Er hatte nicht erwartet, dass Emmalin ihre Kinder allein lassen würde.

Anderseits glaubte sie aufrichtig an die Spektralschwerter. »Zusammen können wir ihn finden und retten«, hatte sie gesagt. »Das glaube ich von ganzem Herzen, aber irgendjemand muss uns näher zu ihm bringen.«

Joya lenkte ihr Pferd neben seines. Es herrschte genügend Lärm und Unterhaltung zwischen den andern, sodass er wusste, dass sie sich frei unterhalten konnten, ohne belauscht zu werden. Aber hätte er gewusst, worüber sie sprechen wollte, wäre er vorausgaloppiert.

»Lieber Bruder, was ist zwischen Dyna und dir passiert? Du hast es getan, nicht wahr?«

Er schnellte so rasch mit dem Kopf herum, dass er später wahrscheinlich einen schmerzenden Nacken davontragen würde. »Was?«

»Spiele nicht den Unschuldigen bei mir. Sie ist anders. Du hast getan, was sie wollte, und sie hat ihre Meinung darüber geändert.«

Baff erstaunt, dass seine Schwester die Lage so akkurat erraten hatte, warf er einen Blick hinter sich zu Dyna, die zwei Pferde weiter hinter ihm ritt. Sie ließ den Blick zum Horizont schweifen und ein trauriger Zug lag auf ihrem Gesicht. »Du weißt, dass sie sehr bekümmert ist wegen ihres vermissten Großvaters.«

»Aye, aber du hast meine Frage nicht beantwortet, nicht wahr?« Das kleine Grinsen im Gesicht seiner Schwester sagte ihm, dass sie die Wahrheit ohnehin kannte.

»Nein, ich bin dir nicht ausgewichen. Einige Dinge sind privat, meinst du nicht?«

Joya drehte den Kopf, um ihn eingehend in Augenschein zu nehmen. »Das sollten sie vermutlich sein, so viel gestehe ich dir zu. Dyna ist ein prächtiges Mädchen, aber ich bezweifle, dass sie viel Erfahrung mit anderen Männern hat. Du bist weitaus weltgewandter, als sie es ist.«

»Gibt es irgendeinen Grund, warum du mir das erzählst?«

»Ich möchte, dass du ihr Herz behütest. Sie ist nicht – wie die meisten anderen – gewohnt, über Gefühle zu reden, was allerdings nicht heißt, dass sie keine hat. Behandle sie bitte gut und sei in allem liebenswürdig zu ihr.«

»Ich versuche mein Bestes, aber manchmal bin ich ein Dummkopf, vermute ich.« Er wusste nicht, wie er sonst seine Unfähigkeit erklären sollte, die Dinge mit Dyna richtig zu machen.

»Im Augenblick wird Dynas Aufmerksamkeit von vielen anderen Dingen gefordert – ihr Großvater, ihre Schwester, und sogar ihre Mutter. Sei nicht zu hart zu ihr. Sobald all dies geregelt ist, wirst du Gelegenheit haben, die Sache mit ihr ins Lot zu bringen. Ich denke, sie tut dir gut, Bruder. Und du ihr.«

Derric konnte ihrer Logik nicht widersprechen. »Erzähl mir, was du über die Spektralschwerter weißt. Emmalin hat darauf bestanden, dass ihr drei mitkommen musstet. Warum?«

»Das ist schwer zu erklären, aber Alex Grant glaubt, dass die Ehefrauen einen Teil des Zaubers bilden, wenn du es so nennen willst. Du hast die Macht früher schon erlebt. Glaubst du nicht an unsere gemeinsame Kraft?«

»Angesichts der Tatsache, dass ich mittendrin war, mit Dyna auf meinem Rücken, kann ich das kaum leugnen. Ich sah das Gewitter, und habe das Zittern der Erde gefühlt, und habe die Feinde schneller fallen sehen als in irgendeiner anderen Schlacht. Wie kommt der Sturm ins Spiel? Ist er der Ursprung für die Macht?« Er hatte eine schwache Erinnerung an den Anfang eines Gewittersturms am vergangenen Abend, der jedoch nicht lange angedauert hatte.

»Ich glaube nicht, dass irgendeiner von uns voll und ganz versteht, wie es funktioniert. Dyna ist diejenige, welche die Kraft irgendwie entfesselt, indem sie ihre Waffe über den Kopf erhebt, und sie kanalisiert sich in die Schwerter der anderen.«

»Aber du glaubst daran?«, fragte er und sein Blick verband sich mit ihrem, als er auf ihre Antwort wartete.

»Aye, das tue ich. Es ist etwas Besonderes mit den Cousins. Mit dem kleinen John auch. Seine Anwesenheit hat eine Wirkung auf die Kraft, die von den unnatürlichen Stürmen herrührt. Ich habe dies mehr als einmal beobachtet, also muss ich eine Gläubige sein. Bist du das nicht?«

Er konnte nicht leugnen, was er gesehen hatte. »Das bin ich. Ich hoffe, es erweist sich auf der Suche nach Alex als wertvoll, aber wir haben den kleinen John nicht.«

»In der Tat, das haben wir nicht. Wir können nur hoffen, dass wir genug sind. Nun, ich frage mich, warum Dyna auf Distanz zu dir bleibt?« Sie schnalzte mit der Zunge. »Ich hoffe, es liegt an ihrer Sorge um ihren Großvater und nichts weiter.«

Er blickte sie an und sie lachte. »Ich werde mich zu Els gesellen. Gott sei mit dir und sei behutsam mit ihr, Derric.«

Er nickte, als sie ihn überholte, um zu ihrem Ehemann aufzuschließen und sich einen Platz an seiner Seite zu suchen.

Joya ahnte nicht, dass sie einen wunden Punkt getroffen hatte. Derric hatte gehofft, dass Dyna neben ihm reiten würde. Dass sie mit ihm reden würde. Doch gleichwohl sein Wunsch zur Hälfte erfüllt war – sie ritt in seiner Nähe –, hatte sie kein Wort gesagt. Sie war verstört und müde, wenn er raten sollte. Und dennoch war ein Teil von ihm enttäuscht, dass sie sich in ihrem Kummer von ihm abgewandt, anstatt sich ihm zugewendet hatte.

Alasdair lenkte sein Pferd neben Dynas. »Gibt es irgendetwas? Du musst deine Gabe als Seherin benutzen, um ihn zu finden. Denk nach, Dyna.«

»Das tue ich«, fauchte sie. »Glaubst du nicht, dass ich das gestern getan habe, als ich nach ihm suchte?«

»Wie weit ist König Roberts Lager noch entfernt, Derric?«, rief Els. »Werden wir in einer Weile dort sein? Wenn nicht sollten wir uns einen Platz suchen und heute Abend kampieren.«

»In einer kleinen Weile.«

»Dann führe uns an. Ich möchte wissen, ob Großvater dort ist«, meinte Dyna.

»Und ich danke dir für das Vergnügen, das Wort an mich gerichtet zu haben, Diamant. Ich hatte schon angefangen, zu denken, dass du mich lieber verfluchst.« Er sah über seine Schulter und erhaschte einen deutlichen Blick auf sie, wie sie ihn wütend anstarrte. Das brachte ihn zum

Lächeln. Sie war zumindest nicht niedergeschlagen. Er würde sie lieber zornig als am Boden zerstört erleben.

»Corbett, ich kann den Weg anführen, wenn du dich verirrst.« Verdammt noch mal, aber diese Frau war sexuell ebenso frustriert wie er, so viel stand fest. Man konnte nicht an dieser Art leidenschaftlichen Vorspiels teilhaben und einfach vergessen, dass es passiert war. Es wäre schwierig, sie für sich zu gewinnen, aber er würde alles daran setzen, und er würde sie vor Lust schreien lassen, und wenn es das Letzte wäre, was er tat.

Zuerst mussten sie Alexander Grant finden.

Sie waren dicht genug beim Lager, um von den Wachen gehört zu werden, also stieß er einen Vogelschrei aus, und gab König Roberts Kriegern damit zu verstehen, dass er ein Freund war. Als er Antwort erhielt, führte er die Gruppe in das Lager des Königs.

Sie saßen ab und banden ihre Pferde an, ehe sie sich auf das große Zelt in der Mitte zu bewegten. Er erwartete, von König Robert begrüßt zu werden. Seiner Gewohnheit nach begrüßte er alle Ankömmlinge im Lager, doch dieses Mal tat er das nicht.

Der König saß auf einem großen Felsbrocken und hielt der Gruppe die Handflächen entgegen. »Nur du, Corbett.« Die Umgebung wirkte verwaist, also mussten viele seiner Männer auf Patrouille sein. Der König hatte lediglich vier Wachen in der Nähe und nach ihrem Auftreten zu urteilen, war es ihre spezielle Aufgabe, ihn zu beschützen.

Die Situation überraschte ihn, doch als er sich zu den anderen umdrehte, versprach er mit einem Unterton: »Ich werde herausfinden, was sich ereignet hat. Es ist sehr ungewöhnlich von ihm, uns nicht persönlich zu begrüßen.« Er hoffte nur, dass der Grund dafür nicht das war, was er befürchtete. Das einzige andere Mal, als er erlebt hatte, dass der König Leute abgewiesen hatte, war er krank gewesen. Ein Führer wollte seinen Feind niemals wissen lassen, dass er krank war.

»Stelle sicher, dass du wegen Großvater fragst«, drängte Dyna ihn.

»Natürlich werde ich das tun, Diamant. Ich bin ebenso versessen darauf, den Mann zu finden wie du.«

Sie gab ein undamenhaftes Schnauben von sich und warf ihm ihre Meinung an den Kopf. »Das bezweifle ich.«

Er wusste, dass nichts Gutes dabei herauskommen würde, mit ihr zu streiten, nicht in der Stimmung, in der sie sich befand, und er war aufrichtig bestürzt, über die Veränderung, die er in König Robert erkannte, also verließ er die Cousins und drehte sich dem Felsbrocken zu, auf dem der König saß.

»König Robert, seid Ihr wohlauf?«, fragte er beim Näherkommen, wobei er sich ein bisschen verneigte. Der König, der normalerweise so eifrig war, andere zu begrüßen, blieb sitzen. Er war von blasser Farbe und seine Augen müde. Etwas stimmmte nicht.

»Im Vertrauen muss ich zugeben, dass ich mich ein bisschen unwohl fühle, aber davon werde ich mich nicht aufhalten lassen. Glücklicherweise habe ich keine Veranlassung, bald in eine Schlacht zu ziehen.«

»Habt Ihr sie verschoben?« Vor Tagen hatte der König scheinbar noch die Absicht gehabt, seine Macht einzusetzen, um zu gewinnen, was Diplomatie nicht zustande bringen konnte: die Gefolgschaftstreue der Schotten, die noch immer auf der Seite der Engländer waren.

»Zu meiner Überraschung sind wir in der Lage gewesen, eine Art Waffenstillstand mit Ross und Thane zu schließen. Sie haben einen Boten gesandt, und wir werden uns später treffen, um die endgültigen Bedingungen festzulegen. Ross ist nicht auf eine Schlacht erpicht. Und selbst wenn, würde ich nichts mehr lieben, als dem Mann zu zeigen, wie Loyalität aussieht – und wie Abtrünnigkeit umgehend geahndet wird –, bin ich dankbar, das noch nicht tun zu müssen. Ich werde dem Waffenstillstand für ein Jahr zustimmen, aber wir werden dies wieder aufgreifen. Unvorhergesehene Umstände binden mir die Hände.«

Derric musste zugeben, dass der König nicht gut aussah.

Er seufzte tief und nahm sich die Zeit, zu Atem zu kommen. »Wie du sehen kannst, bin ich nicht kräftig genug zum Kämpfen. Das alte Magenleiden plagt mich seit gestern Abend. Du hast das Grant Mädchen gefunden, wie ich sehe.«

»Aye, und ihre Cousins sind bei mir.«

»Der mächtige Alexander Grant ist diesen Morgen aufgebrochen. Die Engländer haben ihn letztendlich nicht gefangen. Er ist ein erstaunlicher Mann.«

»Er war hier?« Derric versuchte, nicht zu schreien, gleichwohl es mehr als frustrierend war, zu wissen, dass Alex hier gewesen und wieder fortgegangen war. Wenn er geblieben wäre, anstatt Dyna zu folgen, hätte er ihn gefunden. »Wohin ist er gegangen? Wer war bei ihm? Wir suchen den Mann seit Tagen.«

»Er war nicht leidend und er ist aus seinem eigenen, freien Willen gekommen«, meinte Robert. »Es war nicht an mir, ihm Befehle zu erteilen. Er würde wieder nach Süden reiten, sagte er mir. Er sei gekommen, um zu sehen, ob er behilflich sein könnte. Dann hat er sich mit einigen anderen im Lager unterhalten, ehe er wieder aufgebrochen ist.«

Verdammt, er würde sicherstellen müssen, dass sie weit genug vom Lager entfernt wären, ehe Dyna von dieser Information erfuhr.

Im nächsten Augenblick kam Dyna heran und blieb neben Derric stehen. Gleichwohl der König um eine private Unterredung gebeten hatte, war Derric von ihrer Kühnheit nicht überrascht – wenn überhaupt, hätte er gedacht, dass sie sich noch früher zu ihm gestellt hätte. »König Robert, habe ich Euch sagen hören, dass mein Großvater hier gewesen ist?« Sie verbarg ihre Emotionen sehr gut, denn er nahm an, dass sie innerlich beben musste. »War er wohlauf?«

»Kräftiger als ich offenbar. Er hat gestern Abend auf der Erde geschlafen, sich mit mehreren Leuten im Lager unterhalten und dann ist er heute

Morgen aufgebrochen. Ihr macht Euch Sorgen, wie ich sehe.«

»Er hat mit keinem von uns gesprochen. Wir haben das Schlimmste befürchtet.«

»Der Mann ist für viele Schotten ein großer Anführer. Traut Ihr ihm kein kluges Urteilsvermögen zu?«

Dyna scharrte mit den Füßen und blickte zu Boden. »Er *ist* ein großer Anführer, aber er hat uns gesagt, er würde zu den Camerons reiten und am nächsten Tag war er von dort aufgebrochen, ohne ein Ziel zu nennen. Wir dachten, es wäre ihm etwas zugestoßen. Mit König Edward und seinen Drohungen …«

»Mädchen, das Land der Camerons ist nicht weit. Und Grant Land liegt südlich von hier. Vielleicht ist er nach Hause geritten. Und was Edward, dieses gelbbäuchige Ungeheuer, anbelangt, ist dein Großvater tief genug in den Highlands, dass er sich keine Sorgen wegen eines direkten Angriffs machen muss. Edwards Sohn hat nicht die Konstitution, die sein Vater einst besaß. Du wirst ihn nie hier draußen in der Kälte sehen. Er ist wieder in seinem königlichen Schloss, zurück bei seinen Freunden und Dienstboten, die jedes seiner Bedürfnisse erfüllen. Ich würde mir um ihn keine Sorgen machen. Ich denke, Alexander Grant kann auf sich selbst aufpassen.«

»Hatte er noch Wachen bei sich?«

»Aye, sechs oder acht, meiner Schätzung nach. Ihr könnt gern die Nacht hier verbringen. Dieses Land kann in der Dunkelheit tückisch sein, wir ihr wisst. Ihr könnt ihn am Morgen suchen.«

Dem König fielen die Augen zu, aber er riss sie wieder auf. Derric legte Dyna die Hand in den Rücken und gab sich alle Mühe, sie von König Robert wegzuführen. »Danke für Eure Hilfe. Ruht Euch nun aus, König Robert. Morgen werdet Ihr Euch besser fühlen, da bin ich sicher.«

König Robert nickte und erhob sich langsam, um zu seinem Zelt zurückzukehren. Am Eingang hielt er inne und sagte: »Gott sei mit Euch. Ich bete, dass ich recht habe, und dass niemand hinter eurem Großvater her ist. Es ist Zeit für unsere Leute, die Macht darzustellen, die ihnen bestimmt war.«

Sie kehrten zum Rest der Gruppe zurück und berichteten, was sie erfahren hatten, und gaben ihnen einen Augenblick Zeit, ihre Gedanken zu sammeln.

Alasdair war der Erste, der antwortete. »Zumindest ist Großvater kein Gefangener der Engländer. Vielleicht hat der König recht. Er könnte nach Grant Land unterwegs sein. Vielleicht hat er Onkel Brodie auf Muir Castle auf dem Weg besucht. Das würde passen. Ich denke, wir können ausruhen und ihm am Morgen folgen. Sind alle einverstanden?«

»Aye«, antwortete Els. »Mir gefällt der Gedanke immer noch nicht, dass er allein ohne irgendjemanden von uns unterwegs ist, aber soweit wir wissen, hat er Cameron Land nur verlassen, weil er dachte, es sei am besten unterwegs zu sein. Um die Engländer raten zu lassen. Er hat Wachen bei sich und könnte jetzt nach Hause reiten.«

Alick nickte. »Es klingt für mich, als ob er

gekommen sei, um König Robert zu helfen, und dann gegangen ist, als er herausgefunden hat, dass es nicht vonnöten war. Und er hat Grant Wachen bei sich, nicht wahr?«

»Aye«, antwortete Derric. »Er sagte sechs oder acht.«

»Ich bin erschöpft«, bemerkte Emmalin. »Können wir nicht ein kleines bisschen schlafen, ehe wir weiterziehen?«

»Aye«, stimmte Joya zu. »Für nichts auf der Welt werde ich jetzt gleich wieder auf dieses Pferd steigen.«

Da Branwen ebenfalls beipflichtete, suchten sie sich eine Stelle unter einer Baumgruppe. Alasdair hatte ein Zelt zum Schutz mitgebracht, weil seine Frau dabei war, und Els hatte für die anderen eine Plane, auf der sie schlafen konnten, und die sie trocken halten würde. Sie rückten zusammen und die drei verheirateten Paare schmiegten sich eng aneinander. Wie üblich hatten die Wachen sich eine Stelle am Rande gesucht, an der sie ihr eigenes Lager aufschlugen, und drei von ihnen standen Wache. In einiger Zeit würden sie wechseln.

Damit blieben Dyna und Derric. Sie hatte bereits deutlich gemacht, dass sie ihm nicht zu nahe kommen wollte, doch sie würde sich doch bestimmt nicht den Vorzug seiner Wärme versagen.

Derric trat hinter sie und flüsterte ihr ins Ohr. »Wir sind in einer Gruppe mit deinen Cousins. Ich werde mich von meiner besten Seite zeigen, aber du weißt, dass du meine Wärme brauchen könntest. Sie gefällt dir, hast du gestern Abend gesagt.« Er wusste, dass sie niemand war, der vor irgendjemandem mit Bekanntmachungen um sich warf, aber er verstand nicht, warum sie ihn abwies. Es war nicht so, als ob er sie beide in den Vordergrund rückte oder ihren Cousins erzählte, was sich gestern Abend ereignet hatte. Er mochte seine Hoden so, wie sie waren. »Ich werde kein Sterbenswort sagen, sondern mich nur hinlegen.«

Seufzend blickte sie zu ihm auf, während sie über ihre Wahlmöglichkeiten sinnierte.

Gleichwohl er nur für ihre Ohren gesprochen hatte, musste ihr Zaudern für die anderen offensichtlich gewesen sein – und auch der Grund dafür – denn Alick sagte: »Sei nicht albern. Du bist vollständig bekleidet mitten unter deinen Cousins.«

»Aye«, setzte Joya hinzu, »und seine Schwester würde ihn in den Hintern treten, wenn er dich unangemessen berührt.«

Dyna schaute Joya an, ehe sie endlich klein beigab und sich dicht bei ihm niederlegte.

Aber sie vermied, dass ihre Haut die seine berührte.

So eng, wie sie beieinander lagen, hätte sich auch ein Berg zwischen ihnen erheben können. Die von ihr ausstrahlende Kälte war so frostig wie immer. Er dachte, sie hätten die Dinge freundschaftlich geregelt, also warum wies sie ihn dann ab?

Konnte er sich über ihre Gefühle geirrt haben?

KAPITEL ZWANZIG

———— ∿ ————

ALEXANDER GRANT WAR müde. Müde, mehr als die Hälfte der Highlands nach der Person durchforstet zu haben, nach der er Ausschau hielt. Es würde nicht mehr lange dauern, bis jemand von seinem Clan ihn fand und er gezwungen sein würde, nach Grant Land zurückzukehren.

Doch das konnte er nicht.

Er hatte es satt, mitanzusehen, wie sein Clan von den Engländern gequält wurde. Der letzte Plan, den er geschmiedet hatte, war fehlgeschlagen – die schottischen Sheriffs waren nicht in der Nähe von König Robert stationiert gewesen, wie er erwartet hatte. Sein Vertrauter hatte sein Versprechen gehalten, doch er konnte ihn nicht fortwährend um Hilfe ersuchen.

Es war an der Zeit, diese Mission zu einem Ende zu bringen.

Früh am Morgen war er erwacht und nun stand er auf seinem bevorzugten Aussichtspunkt und blickte auf die schneebedeckten Highlands hinab, die er so liebte. Er kannte nur eine Person, welche diesen Anblick mehr liebte als er.

Sein Gefährte gesellte sich zu ihm. »Diese Aussicht habe ich immer geliebt, aber das weißt du. Wir haben im Laufe der Jahre vieles gesehen, was sich in den Highlands ereignet hat und noch immer halte ich jede einzelne Reise, die ich über diesen Gipfel unternommen habe, in kostbarer Erinnerung.«

Alex klopfte dem Mann auf die Schulter. »Aye, wir haben viel gesehen. Ich hatte gehofft, Schottland wieder unter der Kontrolle der Schotten zu sehen, ehe ich dieses Land verlasse. Ich hoffe, König Robert wird erfolgreich sein. Den Schritt, den ich zu tun gedenke, sollte dies für alle unsere Landsleute sicherstellen.«

Der Mann an seiner Seite streckte die Hand aus. »Schau nach unten. Dort unten sind die Männer, nach denen du suchst, glaube ich.«

Alex kniff die Augen zusammen und verfluchte seine schwindende Sehkraft. »Ich kann nicht mehr so weit sehen. Ich muss mich auf deine Augen verlassen.«

»Glaube mir, dass der Mann, nach dem du suchst, dort vor uns ist. Es ist Zeit, dass wir uns auf den Weg machen.«

Alex Grand grinste und straffte die Schultern. »Führe den Weg an. Wir bringen es zu Ende.«

❦

Dyna erwachte früh und machte absichtlich genügend Krach, um Derric zu wecken. Er setzte sich auf und meinte: »Könntest du uns nicht noch eine Stunde schlafen lassen, Diamant?«

»Nein. Wir müssen aufbrechen.«

Derric rieb sich die Augen und starrte sie an. »Bist du sicher, dass wir jetzt gehen müssen?«

»Aye, *ich* muss. Du brauchst nicht mit mir zu reiten. Du kannst mit den anderen folgen.«

Els hatte sie offenbar gehört, denn er setzte sich auf und bemerkte: »Beruhige dich und versuche, ob du etwas anderes als dein ungutes Gefühl erahnen kannst. Hast du irgendeinen Grund zu glauben, dass Großvater in Schwierigkeiten ist?«

Er rappelte sich auf die Füße und stöhnte, als er seinen Rücken nach einer Nacht auf dem harten Erdboden streckte.

»Busby. DeFry. Ich habe das Gefühl, dass sie ihn gefunden haben. Und noch jemanden. Aber ich kann nicht warten. Ich hatte einen Traum.« Sie schloss die Augen und legte den Kopf in ihre Hände, um zu versuchen, sich an die genauen Einzelheiten zu erinnern. »Großvater begleitet sie, um Edwards Sohn zu treffen.« Sie schlug die Augen auf und starrte die Gruppe an. »Beeilt euch. Wir müssen sie aufhalten. Das ist eine Falle.«

Els sah sie prüfend an. »Bist du sicher, Dyna?«

Dyna war bereits aufgesprungen und hastete auf ihr Pferd zu. Sie musste zu ihrem Großvater gelangen und ihn aufhalten. Die Klarheit war über sie gekommen und jetzt musste sie handeln. Sie musste zu ihm gelangen.

»Ihr könnt mir folgen«, sagte sie zu Els. »Du und die anderen. Ihr werdet aufholen müssen.«

Alasdair setzte sich ruckartig auf. »Was um alles in der Welt ist los?«, fragte er mit schlaftrunkener Stimme.

Els antwortete: »Dyna hatte einen Traum, dass Großvater mit Busby und DeFry zusammen ist und sie auf dem Weg sind, sich mit König Edward zu treffen.«

»Dann steh auf«, meinte er und erhob sich. »Alick heb deinen Hintern«, drängte er und gab seinem Cousin einen kleinen Schubs. »Wir folgen Großvater. Dyna wartet auf uns.«

»Nein, Ich werde nicht warten. Folgt mir.«

»Du wirst nicht allein reiten und wenn ich dich anbinden muss«, knurrte Alasdair. »Wir werden die anderen wecken und dann zusammen reiten.«

»Ich werde nicht allein sein. Derric hat gesagt, er würde mit mir reiten. Wir werden am Aussichtspunkt auf euch warten.«

Els entließ sie mit einer Handbewegung, und beugte sich vor, um Joya zu wecken. Kurze Zeit später waren sie alle wach und murmelten vor sich hin. Doch sie war bereits aufgesessen und bereit loszureiten. Als Derric endlich sein Pferd bestieg, schoss Dyna ihm einen ungeduldigen Blick zu.

»Kannst du mir genau sagen, was in deinem Traum passiert ist?«, fragte er ein bisschen außer Atem.

Dyna nickte und insgeheim freute sie sich, dass er mitkam. Sie hatte keine Ahnung, wie sie erklären sollte, was sie wusste – oder wie sie diese Dinge wusste. Manchmal passierte es beim Aufwaschen und das Wissen war in einem Traum eingebettet gewesen. Andere Male überkam es sie wie aus dem Nichts. So oder so hatte sie gelernt, die Anflüge der Intuition nicht zu ignorieren.

Gleichwohl sie betete, sich dieses Mal zu irren.

Sie ritten los und folgten dem Pfad, der sie an den Fuß des Gebirges in Richtung Grant Land bringen würde. Nachdem sie weit genug vorangekommen waren, um nebeneinander zu reiten, gestattete sie ihm, aufzuschließen. »Ich weiß, was er vorhat und warum er allein ist.«

»Warum?«, fragte Derric aus dem Mundwinkel. Er hatte bereits in seine Satteltasche gegriffen und einen Haferfladen hervorgeholt, den er sich zur Hälfte in den Mund geschoben hatte.

»Er liefert sich König Edward aus, damit dieser im Gegenzug unseren Clan in Frieden lässt. Es ist das Gleiche, was ich in meinen anderen Visionen gesehen habe. Nachdem er gehört hatte, dass König Edward seinen Kopf noch immer auf einer Pike sehen will, hat er beschlossen, ihm zu geben, was er will.«

»Warum um alles in der Welt sollte er so etwas Törichtes tun?«, brüllte Derric zu den Wolken über ihnen hinauf.

»Weil er nicht möchte, dass noch jemand wegen ihm entführt wird. Denke darüber nach. Wir hatten beinahe John verloren und dann Tante Kyla. Er hat diese ganze Reise geplant, um von uns fortzukommen.«

Sie würden ihren Weg den Berg hinab nehmen müssen, doch Dyna fühlte sich sicher, dass es sich um den gleichen Weg handelte, den Großvater nehmen würde. Er hatte immer an seiner Lieblingsstelle haltgemacht, um über die Berggipfel zu blicken.

Es war eine Aussicht, die er lieber mochte als

den Blick von seiner eigenen Brüstung.

Alex Grant holte die Sheriffs ein. »Busby, ich will unter vier Augen mit Euch sprechen.«

Busby entfernte sich von den anderen. DeFry war zusammen mit den wenigen Wachen, die sie begleiteten, mit dem Häuten von Kaninchen beschäftigt, und Alex´ Männer hielten sich laut seiner Anweisung zurück.

»Grant«, murmelte er leise und seine scharfen Augen hefteten sich auf ihn. »Ich bin überrascht, Euch mit so wenigen Wachen reiten zu sehen. Das ist nicht Eure übliche Art.«

»Ihr hattet Euch extra die Mühe gemacht, bei der Burg meines Enkelsohnes haltzumachen und ihn zu warnen, dass englische Garnisonen auf der Suche nach mir wären. Stimmt das nicht?«

»Aye, König Edward will Euren Kopf noch immer auf einer Pike, doch in dieser Kälte wird er nicht selbst nach Euch suchen. Er schickt andere auf Eure Spur.«

»Wisst Ihr irgendetwas von den Garnisonen?«, fragte Alex, den Blick in die Ferne gerichtet.

»Das tue ich. Warum?«

»Ich bin bereit, einen Handel mit den Engländern zu schließen, für ein Versprechen als Gegenleistung.«

Busby sah über seine Schulter, was Alex sagte, dass seine Vermutung richtig war. Busby verhielt sich den Schotten gegenüber nicht loyal. Anders als DeFry, war er ein Verräter.

»Was für ein Versprechen?« Er brachte die

Worte leise hervor, was eindeutig zeigte, dass Busby hoffte, sich bei DeFry nicht zu verraten.

»Ein Versprechen, meinen Clan in Ruhe zu lassen. Ich werde mich ergeben, wenn König Edward verspricht, den Rest meines Clans in Frieden zu lassen.«

Der Verräter konnte seine Aufregung über diese Enthüllung nicht verbergen und Alex wollte die Hand ausstrecken und ihn erwürgen. Aber er verhielt sich ruhig.

»Ich werde Euch zur Garnison bringen, aber ohne DeFry und ohne Eure Krieger. Dann habt Ihr mein Wort, dass Euer Clan in Frieden gelassen wird.« Seine geschürzten Lippen sagten Alex genau, was er wissen musste.

Busby war ein verlogener Verräter.

Doch sein Charakter tat nichts zur Sache.

»Wann?«, fragte Alex.

»Ich werde Euch jetzt hinbringen.«

»Wenn Ihr meinem Clan Schaden zufügt, wird Euch das teuer zu stehen kommen. Der Grant Clan hat viele Verbündete. Macht mit mir, was Ihr wollt, aber mein Clan bleibt unangetastet.«

»Aye, ich werde Sorge dafür tragen, wenn Ihr jetzt mit mir kommt.« Er sah über seine Schulter und beobachtete noch immer, ob DeFry ihnen Aufmerksamkeit schenkte. »Ich habe einen Mann, der mit uns reiten wird.«

»Wen?«

»Hamish. Er steht am Ende der Gruppe und bürstet mein Pferd.«

Alex sah über seine Schulter und blitzartig traf ihn die Erkenntnis. Er kannte Hamish von irgendwoher in seiner Vergangenheit, aber er hatte im Laufe der Jahre zu viele Krieger kennengelernt, um sich zu erinnern, wo er diesen getroffen hatte. Wenn der Mann ihn kannte, konnte das tatsächlich nur zum Besten sein. Er könnte vielleicht einwilligen, Alex zu helfen, wenn sie auf englischem Boden ankämen.

»Einverstanden. Jetzt gleich, oder ich werde meine Meinung ändern.«

Busby lächelte ein bösartiges Grinsen, das Alex sogar noch mehr über den Hundesohn verriet, aber er hatte seinen Entschluss bereits gefasst. »Einverstanden.«

KAPITEL EINUNDZWANZIG

———⟋∿∿⟍———

DA SIE EINE Gegend erreicht hatten, wo sie nebeneinander reiten konnten, hielt Derric sich an Dynas Seite, mit der Absicht, sich mit ihr zu unterhalten. Diese Situation war zu persönlich für sie und sie beeinträchtigte ihr Urteilsvermögen. »Vielleicht sollten wir auf deine Cousins warten«, schlug er vor. »Wenn du recht hast und ich vertraue darauf, dass dem so ist, könnten wir die Unterstützung der Spektralschwerter gebrauchen. Ich bin nicht so dämlich, um zu leugnen, was ich mit eigenen Augen gesehen habe, und wir beide wissen, dass es die Macht war, die uns geholfen hat, Emmalin und deine Tante Kyla zu befreien. Wir sind alle hier.«

»Nein. Ich werde nicht warten. Sie werden uns auf dem Aussichtspunkt einholen, wenn sie so weit sind. Wenn nicht … Wir könnten ihn verlieren, wenn wir zu lange zurückhängen, und ich weigere mich, Großvater zu enttäuschen.«

Er glaubte, ihre Stimme brechen zu hören. »Diamant, egal, was du sagst oder tust, wird niemand jemals glauben, du hättest deinen Großvater enttäuscht. Warum sagst du so etwas überhaupt? Er würde das nie tun. Du bist der treueste Mensch, den ich je kennengelernt habe.«

»In letzter Zeit gelingt mir einiges nicht sehr gut. Hast du vergessen, dass Großvater verschwunden ist, nachdem er die Camerons besucht hat? Das ist mein Fehler.«

»Du bürdest dir zu viel auf und du redest, als sei er ein Kleinkind. Glaubst du, er hätte sich nicht davongestohlen, wenn du ihn zur Festung begleitet hättest?«

»Vielleicht hätte ich bei ihm bleiben sollen. Ihm versprechen sollen, ihn nach Grant Land zu begleiten. Irgendetwas. Ich bin krank vor Sorge.«

Derric konnte nicht glauben, dass sie die Verantwortung für diese Situation auf ihre Schultern lud. »Alex Grant ist ebenso in der Lage, von seiner Schwester fortzukommen, wie von seiner Enkeltochter. Du bist zu hart zu dir selbst.«

»Nein, ich bin nicht hart genug zu mir selbst. Claray steht Ängste aus, dass jemand sie beobachtet und doch habe ich sie allein gelassen. Ich bezweifle, dass irgendjemand dort ist, aber sie glaubt fest daran. Sie ist vollkommen durcheinander und ich weiß nicht, wie ich ihr helfen soll.« Sie wischte sich die Augen. Und ein Gefühl von Hilflosigkeit keimte in Derric auf. Er wollte sie unterstützen, ihre Probleme zu schultern – die Verantwortung, die eindeutig auf ihr lastete – aber er hatte keine Ahnung, was er ihr sagen sollte, wie sie ihrer Schwester helfen konnte.

»Glaubst du nicht, dass Claray zu helfen, die Aufgabe deiner Mutter wäre?«

»Es ist auch meine. Und Papas. Aber Claray erholt sich nicht. Es geht ihr jetzt schlimmer als seit sehr langer Zeit. Wie kann ich sie überzeugen, dass niemand sie beobachtet?«

»Ich weiß es nicht, Diamant, aber du lädst dir zu viel Schuld auf. Du gibst deinem Clan und den Spektralschwertern alles. Wie viel mehr könntest du noch geben?«

Dyna verlangsamte ihr Pferd.

Er konnte den Berggipfel durch das Flattern in den Baumwipfeln erkennen, denn auf ihrem Ritt war Wind aufgekommen. War es das, was sie führte?

Sie erklommen den Gipfel und stiegen höher und höher, ehe sie an einem Aussichtspunkt anhielt. Es war eine Stelle, von der aus man über die Landschaft zu einer Bergkuppe blicken konnte. Er musste zugeben, dass es ein bemerkenswerter Ausblick war. »Das ist die Stelle. Großvaters liebster Aussichtspunkt.«

Sie saß ab und schritt langsam zum Abgrund hinüber, während die Wipfel der Kiefern im Wind schwankten, und sah hinab. Er trat neben sie und legte ihr einen Arm um den Rücken, worauf sie ihn zu seiner Überraschung nicht wegstieß.

Ihr Pferd begann, nervös zu werden, gleichwohl er nicht wusste warum, also ging Derric hinüber, um den großen Hengst zu beschwichtigen.

»Derric, er reagiert immer so, wenn wir hier haltmachen.« Sie sah über ihre Schulter zu dem Tier und kehrte zu ihm zurück, um ihm rasch über den Widerrist zu streicheln und dann ging sie zum Aussichtspunkt zurück.

Derric griff in seine Tasche, um einen der Äpfel hervorzuholen, die er von den Stallungen mitgebracht hatte, und dann stellte er sich neben das Tier, das nun mit den Hufen scharrte. »Es ist schon gut, Großer. Du machst dir um deine Herrin Sorgen, aber sie wird nicht herunterfallen.« Er redete weiter beruhigend auf das Tier ein, während Dyna die Gegend unter ihnen mit Blicken absuchte.

Dann drehte sie sich um und die Arme vor der Brust verschränkt sah sie ihn an. »Du hast ein besonderes Talent mit Pferden?«

»Nein, ich bin nur besonders freundlich zu ihnen. Dein Großvater hat gesagt, wenn du sie richtig behandelst, werden sie treu sein. Ich versuche nur, ein Tier zu beruhigen, das seiner Reiterin besonders treu ergeben ist, obwohl du ihn ignorierst.« Dann rieb er dem Pferd den Nacken und sprach es direkt an. »Ich weiß, wie du dich fühlst. Sie ignoriert mich auch.«

Mit schmalen Augen starrte sie ihn an, ehe sie dann herumwirbelte und ihm damit zu verstehen gab, dass die Unterhaltung für sie beendet war. Ihr Pferd wieherte leise und stupste ihn für einen weiteren Leckerbissen an die Hand.

Dann wechselte ihre gesamte Haltung. Sie schlug sich die eine Hand vor den Mund, als sie mit der anderen auf eine Stelle am Weg weit unter ihnen zeigte. Derric eilte an ihre Seite, um zu sehen, was ihre Aufmerksamkeit erregt hatte. Dort, weit in der Ferne unter ihnen, stand eine Gruppe von Männern zu Pferd in einem Kreis. Die Männer sahen wie Miniaturen aus, und sie waren zu weit weg, um klar identifizierbar zu sein.

»Das ist er. Großvater. O Derric. Ich glaube, er ist auf einem Pferd gefesselt. Und ich sehe nur ein Grant Plaid. Seines.« Dann drehte sie das Gesicht zu ihrem Pferd. »Deshalb hat er sich so aufgeregt. Er ist sehr auf Großvater eingestellt. Er konnte ihn riechen.«

»Dyna, es ist eine weite Entfernung für dein Pferd, um den Geruch deines Großvaters wahrzunehmen. Ich halte das für unmöglich.«

»Es stimmt. Wir reiten dort hinunter.« Sie zeigte auf ihren Hengst. »Siehst du es nicht. Er sagt mir, dass es Großvater ist. Er ist gefangen genommen worden und wir können nicht warten.«

»Bist du sicher? Es ist ein langer Weg hinunter. Es ist zu weit für uns, um die Fesseln zu sehen.«

»Es gibt keine Möglichkeit, das zu wissen, bis wir nicht direkt hinter ihm reiten.« Sie sauste zu ihrem Pferd und stieg mit einem Satz auf, bei dem ihm der Mund offen stand. »Du kannst machen, was du willst, Derric. Aber ich kann nicht auf meine Cousins warten. Ich werde ihnen jetzt folgen.«

Mit einem Seufzen saß Derric in einer flüssigen Bewegung auf.

»Dann komme ich mit dir.«

❧

Alex war auf seinem Pferd gefesselt worden, aber das machte nichts – er hatte eine Begabung, sein Tier nur mit den Knien zu lenken. Midnight war durch seine Einschränkung nervös, doch er wusste, dass das Tier seiner Führung folgen würde.

Busby hatte DeFry erzählt, dass er Alex zu einem speziellen Pfad führen wollte, den er nehmen wollte, und anschließend zurückkehren würde. Alex war verärgert, als dummer alter Mann dargestellt zu werden, der sich verirrt hatte, und insbesondere, da DeFry nicht einmal daran gedacht hatte, Zweifel anzumelden. Ehe sie mit Hamish im Gefolge aufbrachen, erteilte Alex Anweisungen an seine Wachen, die allesamt treue Männer waren und genau wussten, was sie zu tun hatten, wenn er in Gefangenschaft geriet.

Er wusste, dass seine Enkelkinder bekümmert sein würden, aber sie würden ihm folgen. Er hoffte, sie würden zusammenkommen, als eine Gruppe, denn er vermutete, dass er die Spektralschwerter brauchen würde, um aus dieser Sache herauszukommen. Aber er wusste auch, dass seine starrsinnige Enkeltochter vor Sorge außer sich sein würde.

Er wünschte, er könnte ihr sagen, dass dazu keine Notwendigkeit bestand.

Alex war noch nicht bereit, sich schon von dem kleinen John und Ailith zu verabschieden. Er hatte den Verdacht, dass noch ein paar weitere Enkelkinder unterwegs sein könnten, aber er drängelte nicht.

Die drei Männer waren noch nicht weit gekommen, ehe sie auf eine kleine englische Garnison stießen. Busby ließ Alex in Hamishs Obhut und ritt voraus, um mit dem Anführer der Gruppe zu sprechen.

»Ihr erinnert Euch nicht an mich, Mylord?«, raunte Hamish, als er sein Pferd neben Midnight lenkte.

»Ihr wirkt irgendwie vertraut«, antwortete Alex. »Wart Ihr vor vielen Jahren eine meiner Wachen?«

»Ja. Ich habe viele Jahre auf Grant Land gelebt und mich jeden Tag auf den Übungsplätzen ertüchtigt. Sorgt Euch nicht, mein Laird. Ich werde Euch helfen, diese Sache sicher zu überstehen.«

Seine Worte klangen wie die eines treuen Mannes, doch Alex bemerkte, dass Hamish keinen Blickkontakt mit ihm herstellte. Das war kein gutes Zeichen. Die Erinnerung wurde langsam in ihm wach. »Warum habt Ihr Grant Land verlassen? Wenn ich mich recht entsinne, seid Ihr gegangen, ohne ein Wort zu sagen. Einfach verschwunden.«

»Ich hatte Nachricht erhalten, dass meine Mutter schwer erkrankt war, also bin ich in einem Zustand der Panik aufgebrochen. Ich bitte um Verzeihung, nicht angemessener gehandelt zu haben. Ich war jung und töricht.«

Doch Hamish sah ihn immer noch nicht an. Er hatte nicht einmal das Gesicht in Alex´ Richtung gedreht.

Alex wusste es besser als einem Mann zu vertrauen, der ihm nicht in die Augen sah. Er versuchte, sich an weitere Einzelheiten aus Hamishs Zeit als Grant Krieger zu erinnern, aber im Moment kam ihm nichts in den Sinn.

Busby kehrte zurück und verkündete: »Die

Garnison wird Euch nach Berwick Castle eskortieren, wo sich der König derzeit aufhält. Hamish und ich werden Euch folgen und dafür sorgen, dass Ihr gut behandelt werdet.«

»Gut behandelt, dass ich nicht lache«, spottete Alex. »Ihr seid ein Verräter, also tut nicht so, als ob es anders wäre.«

Mit finsterem Blick packte Busby nach den Fesseln um seine Handgelenke. »Diese Worte werdet Ihr noch bereuen. Ich werde meine Gelegenheit bei Euch noch bekommen.«

In diesem Moment sah Hamish Alex endlich an.

Sein breites Grinsen offenbarte eine Lücke, aufgrund der fehlenden Vorderzähne, die normalerweise von einem Fausthieb ins Gesicht verursacht wurde. Die Erfahrung hatte ihn gelehrt, dass ein Mann, dem diese Zähne fehlten, sie in der Regel verloren hatte, weil er nicht vertrauenswürdig war, was den Eindruck untermauerte, den er von diesem Mistkerl hatte. Aber diese Ahnung sagte ihm auch, dass an Hamishs Geschichte mehr dran war.

Was verdammt war es nur?

Dyna hatte gehofft, mit dem kurzen Intermezzo am Aussichtspunkt, ihren Cousins die Chance zu verschaffen, sie einzuholen, doch sie waren nicht in Sicht. Nun, sie konnte nicht warten.

Derric mochte recht haben – sie waren zu weit entfernt, um die Stricke zu erkennen –, aber sie wusste trotzdem, dass ihr Großvater auf diesem

Pferd gefesselt war. Seine Haltung war verändert, und nach all den Jahren, die er auf dem Rücken eines Pferdes verbracht hatte, war ein Wechsel seines Reitstils jetzt unglaubwürdig.

»Weißt du, wohin du gehst, Diamant?« fragte Derric mit leiser Stimme, die gerade laut genug war, um gehört zu werden.

»Sie kommen nicht so schnell voran. Wenn wir weiterreiten, werden wir sie einholen.«

Sie setzten ihren Weg fort und die Stille senkte sich über sie herab. Noch bevor sie die Hälfte des Weges zurückgelegt hatten, rief Dyna über die Schulter zu ihm zurück. »Es tut mir leid, wie ich mich verhalten habe.«

»Wovon redest du?«

Sie wusste, dass sie ihn schlecht behandelt hatte. Sowohl an jenem Abend, nachdem er ihr die Jungfräulichkeit genommen hatte - auf ihren Wunsch hin - als auch auf dem Ritt am Vortag. Es hatte sich seltsam angefühlt, in seiner Nähe zu sein, nach dem, was sie gemeinsam erlebt hatten, und zu wissen, dass keiner ihrer Cousins verstand, wie sich ihre Beziehung verändert hatte. Und sie hatte sich sonderbar verletzlich gefühlt. Während sie heranwuchs, hatte sie stets ihre Tränen zu verbergen versucht, wenn sie sich verletzlich gefühlt hatte. Sich härter zu geben. Als Mädchen hatte sie immer das Bedürfnis gehabt, unnahbarer zu wirken als ihre Cousins, als ob sie sich durch nichts aus der Ruhe bringen ließe.

Und so hatte sie sich von ihm zurückgezogen, obwohl sie ihn gebeten hatte, sich nicht von ihr abzuwenden.

»Du hast neulich Abend nichts falsch gemacht. Ich war genauso willens gewesen wie du. Und es war falsch von mir, dich auf diesem Ritt schlecht zu behandeln. Ich wusste nicht, wie ich mich dir gegenüber vor den anderen verhalten sollte. Du bist mir *nicht* egal.«

Wieder sah sie zurück und erkannte, dass er sie mit hochgezogener Augenbraue ansah. Vielleicht hätte sie ihm das nicht gerade jetzt sagen sollen, während sie auf einem schmalen Wegstück den Berg hinunterritten, was sie daran hinderte, nebeneinander zu reiten, aber andererseits war es einfacher, offener zu sprechen, wenn sie ihm nicht in die Augen sehen musste.

»Deine Entschuldigung ist angenommen. Und ich wünschte, ich hätte dir nicht wehgetan. Wenn ich es zurücknehmen könnte, würde ich es tun.«

»Ich danke dir«, sagte sie. So fühlte sie sich auch, nicht wahr? Warum konnte sie nicht aufhören, daran zu denken, wie Derric sie berührte, seine Hand zwischen ihren Beinen, seine...

»Warum bestehst du immer darauf, so hart zu sein? Nie gibst du deine Gefühle preis, nur Wut. Wenn du das Recht hast zu weinen, wischst du dir die Tränen ab und reckst dein Kinn. Wovor hast du Angst?«

Zum Teufel, aber er hatte den Kern getroffen. »Ich habe keine Angst. Ich war nur ... ich war immer mit drei Jungs zusammen. Ich habe mein ganzes Leben damit verbracht, mich anzupassen, zu versuchen, so zu sein wie mein Vater und mein Großvater.«

Sie hatten den schmalsten Teil des Weges hinter sich gelassen, also schloss er wieder zu ihr auf. »Es ist nichts Verkehrtes daran, Gefühle zu zeigen. Das macht dich nicht schwach. Vielleicht wärst du nicht so hart zu dir selbst, wenn du ab und zu deine Gefühle zeigen würdest.«

Verblüfft, dass er ihr so viel Aufmerksamkeit geschenkt hatte, blickte zu ihm hinüber. Sie war überrascht, dass er sie auf einer so tiefen Ebene verstand. Hatte sich jemals jemand die Mühe gemacht, so genau hinzusehen? Sie warf einen Blick auf den Wald neben ihnen und suchte die Gegend nach Räubern ab, aber nichts fiel ihr auf. Ihr Blick kehrte zu dem Weg vor ihnen zurück. Vielleicht konnte sie einen Blick auf ihren Großvater und die Bastarde erhaschen, die ihn gefangen hielten.

Es musste diese Ablenkung sein, die sie in die Irre führte. Da sie stets auf ihre Umgebung achtete, war sie völlig unvorbereitet, als ein Pferd aus dem Wald kam. Bevor sie nach ihrem Bogen greifen konnte, legte sich ein Arm um ihre Taille und sie wurde auf den Schoß eines anderen Mannes gehoben.

Sie kämpfte und schaffte es, ihren Angreifer mit einem Schlag am Kiefer zu treffen, doch was als Nächstes passierte, würde sie nie vergessen.

»Dyna, hör auf, bitte? Du wirst alles ruinieren, also musste ich dich leise vom Hauptweg schaffen.«

»Er trägt ein Grant Plaid, Diamant«, äußerte Derric sich laut. »Hör auf, dich zur Wehr zu setzen.«

Sie wurde vom Schock erfasst, aber sie hörte auf, um sich zu schlagen und gab sich alle Mühe aufrecht zu sitzen, als das Pferd langsamer wurde. Als sie den Kopf herumriss, blickte sie direkt in die Augen ihres Häschers.

»Loki?«

KAPITEL ZWEIUNDZWANZIG

L OKI GRANT GRINSTE, als er sie vom Hauptweg wegbrachte, und er rief über die Schulter: »Kenzie, hol ihr Pferd.« Er ritt zu einer abgeschiedenen Lichtung, die hinter einer dichten Baumreihe verborgen war. Ein kurzer Blick verriet ihr, dass Derric ihnen dicht auf den Fersen war. »Ich entschuldige mich, dich so überrascht zu haben, aber du hättest unseren Plan ruiniert.«

»Was tust du hier?«, fragte sie und war mit einem Satz von seinem Pferd abgesprungen, als er langsamer wurde. »Wir müssen Grandsire nachreiten.« Als er schließlich abstieg und vor ihr stand, stieß sie ihn gegen die Brust.

Loki sah sie nur mit einem verschmitzten Grinsen an. »Onkel Alex hat mich aufgesucht, nachdem er Cameron Land verlassen hatte. Er wollte Sorge dafür tragen, dass die Engländer nicht noch mehr Grants entführen, nur um seiner habhaft zu werden.« Die Hände in die Hüften gestemmt stand er da, mit mehr als zwei Dutzend Kriegern hinter ihm, die allesamt in Grant Plaids gekleidet waren.

Sie hatten Hilfe.

»Das hat er dir erzählt? Warum hat er mir nichts gesagt?« Bei dem Gedanken, dass ihr Großvater Loki mehr vertraute als ihr, krampfte sie sich innerlich zusammen.

Offenbar gelang es ihr nur schlecht, ihre Gefühle zu verbergen, denn Loki schaute sie mit einem wissenden Blick an und bemerkte: »Vielleicht hatte er mich gefragt, weil er die Engländer mit einem anderen Kampftrupp angreifen wollte. Sie wussten, dass sie die Krieger des Grant Clans auf eurem Land im Auge behalten mussten, aber niemand würde meine Einmischung erahnen. Die Engländer sind recht ignorant, wie du weißt. Der Mann hatte seine Gründe«, erklärte Loki ihr, wobei er ihr auf die Schulter klopfte. »Er hat mich um Hilfe ersucht, und nach allem, was er für mich getan hat, konnte ich ihm das selbstverständlich nicht abschlagen.« Loki war als kleines Kind von Alex´ Bruder Brodie und dessen Frau Celestina adoptiert worden, nachdem sie ihn hinter einer Taverne in einem Verschlag hausend vorgefunden hatten. Alex Grant hatte ihm seine eigene Burg, Castle Curanta, zum Geschenk gemacht, und zusammen mit seiner Frau Bella nahm er dort andere Waisen und verlassene Kinder auf. Sie hatten auch zwei eigene Kinder, einen Jungen und ein Mädchen.

»Was genau hat er Euch gebeten zu tun?«, fragte Derric, als er mit einem Satz von seinem Pferd sprang. Dann, als ihm plötzlich aufging, dass er sich noch nicht vorgestellt hatte, nickte er. »Derric Corbett, erfreut Euch kennenzulernen. Ich bin erleichtert, dass wir auf Eure Unterstützung zählen können, Alex Grant von den Engländern fortzubringen.«

»Aye, darum werden wir uns bald kümmern. Alex hat mich ersucht, keiner Menschenseele seines Clans etwas von seinen Plänen zu verraten, bis es zu spät sei, ihn aufzuhalten. Mir ist klar, wie verstimmt du bist, dass er sich dir nicht anvertraut hat, aber wenn er es dir gesagt hätte, hättest du es deinem Sire, deinem Laird, seinen Geschwistern, seinen Kindern und so fort sagen müssen. Ich musste niemandem Rede und Antwort stehen, also konnte ich tun, was er wollte, ohne seinen Clan und alle seine Verbündeten vor den Kopf zu stoßen. Nimm es nicht zu schwer, Dyna. Doch jetzt denke ich, gehe ich kein Risiko ein, indem ich die Wahrheit sage.« Er warf einen Blick über die Schulter zurück. »Onkel Alex hat mir befohlen, die Garnison zu vernichten und keine Überlebenden zurückzulassen. Er will ein Exempel statuieren, und genau das werden wir tun.«

Dyna drehte sich zu dem Meer aus Kriegern um, das sich hinter Loki versammelt hatte. Viele unter ihnen erkannte sie und der Anblick trieb ihr die Tränen in die Augen. Diesmal wischte sie die Tränen nicht weg, sondern ließ sie ungehindert über ihre Wangen fließen. Sie lächelte und ergriff das Wort: »Derric, zur Linken ist Kenzie, daneben Gillie und dann siehst du Thorn und Nari, die meiner Mutter und meinem Vater geholfen haben, einigen grausamen Schurken zu entfliehen. Und er« – sie deutete auf einen der vier − »ist mit meiner Tante Elizabeth verheiratet.«

»Ihr wollt also bald angreifen?«, fragte Derric.

«Aye, das werden wir. Dyna, warum bist du die einzige Grant hier? Ich glaube kaum, dass dein Großvater das gutheißen würde. Er hatte erwartet, den Rest eures Trupps zu sehen.«

«Alasdair und Emmalin, Els und Joya werden mit Alick und Branwen bald nachkommen. Sie sind uns den Berg hinab gefolgt. Garantiert werden sie uns unterstützen.«

»Sind außer dir noch Bogenschützen dabei?«

»Ja, Branwen und Emmalin.« Emmalin hatte hart an der Verbesserung ihrer Fähigkeiten gearbeitet, und wann immer Dyna die MacLintocks besuchte, half sie ihr, beim Praktizieren. Joya war eine Könnerin in der Ablenkung.

Loki stieß einen leisen Pfiff aus. »Alex hat mir von den Spektralschwertern erzählt. Ich hoffe, wir können euch in voller Stärke erleben. Aber sind der kleine John und Ailith in Sicherheit?«

»Aye, sie sind bei den MacLintocks. Sag uns, was wir tun sollen.«

Loki trat unter den Bäumen hervor und spähte den Pfad entlang. »In Kürze werden wir die Verfolgung aufnehmen, aber ihr Bogenschützen könnt schon vorausreiten, wenn ihr imstande seid, euch still und leise einen Platz zu suchen. Wir werden sie von hinten ausschalten, damit sie nicht wissen, was sie erwischt hat. Alex sagte, er wolle sich nach vorn drängen, um nicht in der Nähe des Kampfgetümmels zu sein. Er ging davon aus, dass er zu diesem Zeitpunkt gefesselt sein würde.«

»Loki, ich bin so froh, dich zu sehen. Wir werden ihn sicher zurückholen.«

»Aye, das werden wir. Wir fangen ohne deine Cousins an und hoffen, dass sie sich uns anschließen.«

»Wie stark ist die Garnison?« fragte Derric.

Loki spuckte vor sich auf die Erde. »Es ist eine kleine Gruppe. Meiner Schätzung nach sind es etwa achtzig verdrießliche Engländer, die auf unsere fünfundvierzig kommen, aber wir können es mit ihnen aufnehmen. Insbesondere, wenn deine Cousins zu uns stoßen.«

»Übernimm die Führung«, forderte Dyna ihn auf und bestieg ihr Pferd.

Ihre Intuition hatte sie ohne Umwege zu Loki geführt. Endlich wandelte sich die Lage zu ihren Gunsten.

Die Zeit nahte. Alex zerrte an seinen Fesseln, in der Hoffnung, sich befreien zu können, sobald Lokis Gruppe angriff, aber die Stricke waren widerstandsfähiger, als er erwartet hatte.

Er hatte Loki Anweisungen gegeben, an welcher Stelle sie angreifen sollten, wenn das möglich war. So wie er angenommen hatte, war er von Busby direkt zu einer Gruppe der englischen Kavallerie geführt worden. Die Stärke des Trupps betrug etwa achtzig Mann, aber Loki hatte mindestens vierzig Krieger. Alle wussten, dass ein Highlander mit zwei oder drei Engländern fertigwerden konnte, also war das Mengenverhältnis gut. Er besaß volles Vertrauen zu Lokis Krieger.

Zudem vermutete er, seine Enkelin würde bald in Begleitung der Spektralschwerter auftauchen. Wenn nötig, würden sie helfen. War dies einmal geschehen, würde sich die Kunde der Niederlage überall in den Highlands und dem Flachland herumsprechen. Alle würden erfahren, dass eine kleine Gruppe Highlander eine weit größere englische Streitmacht vernichtet hatte.

Er hoffte, es würde genügen, um Edwards Sohn bis zum nächsten Sommer fernzuhalten.

Sobald er befreit war, würde ihm die Aufgabe zufallen, das Mädchen davon zu überzeugen, dass Derric für sie bestimmt war. Dass er zu den Spektralschwertern gehörte und auch eine gute Ergänzung für den Grant Clan bedeuten würde. Gewiss musste er sich erst versichern, ob Corbett seine Aufgabe erfüllt hatte, doch nachdem er so viel Zeit mit Dyna verbrachte, musste er ihr empfindsames Herz erkannt haben.

Leider konnte das Mädchen etwas starrköpfig sein. Er würde sie irgendwie davon überzeugen müssen, dass Derric der Richtige für sie war.

Derric konnte nicht glauben, dass sie im Begriff waren, die Engländer anzugreifen, da sie nur etwa über die Hälfte der Krieger verfügten. Er folgte Dyna mit seinem Blick, als sie mit zwei weiteren Bogenschützen vorausritt, um nach guten Verstecken in den Bäumen Ausschau zu halten. Loki hatte ihnen mitgeteilt, an welcher Stelle und wann sie den Angriff durchführen würden,

und die Bogenschützen brachten sich in Stellung, damit sie den größten Schaden aus der Luft
anrichten konnten, während Lokis Männer sich
ihre Pferde vornahmen.

Die englischen Schurken waren eindeutig völlig ahnungslos, was die Streitmacht anbelangte,
die hinter ihnen stand. Sie schienen zu sehr von
sich selbst – und ihrem vermeintlichen Sieg
– vereinnahmt zu sein, um auf Marodeure zu lauschen. Anhand ihrer Gesten und des schallenden
Gelächters vermutete Derric, dass sie Alexander
Grant verhöhnten, weil er sich hatte fangen lassen, aber sie würden nicht zuletzt lachen.

Sobald die Bogenschützen in Stellung waren
– Dyna stieß einen Vogelruf aus –, führte Loki
den Angriff mit dem Grant-Kriegsschrei an und
attackierte die Gruppe sowohl von hinten als
auch von beiden Seiten. Derric ritt mit ihnen
und sein Pferd war so nah wie möglich an
Dynas Standort. Pfeile schwirrten über seinen
Kopf hinweg und trafen die dummen Engländer
vollkommen überraschend, aber er konzentrierte
sich auf seine eigene Aufgabe und ritt direkt auf
drei Engländer zu, die auf die Pfeile über ihm
starrten. Er schwang sein Schwert in einem
seitlichen Bogen und erwischte den ersten zu
dessen Verblüffung mit einem Schwerthieb in
seine Mitte. Rasch war seine Tunika blutgetränkt,
ehe er von seinem Pferd sackte. Den nächsten
erwischte er am Arm, sodass seinem Gegner die
Waffe zu Boden fiel, und schließlich stieß er
dem dritten Mann sein Schwert in den Bauch,
der sich wegdrehte und von seinem Ross stürzte.

Dies verschaffte Derric die Gelegenheit, sich zurückzudrehen und den zweiten Mann mit der flachen Seite seiner Klinge zu treffen, sodass er von seinem Pferd fiel.

Es fühlte sich an, als kämpften sie eine Ewigkeit, aber wahrscheinlich waren es nur Minuten. Derric spürte seine Kräfte schwinden. Verdammt, aber er hatte so viel besser gekämpft als in seinem letzten Kampf – das ganze Üben mit dem Schwert machte sich bezahlt, aber er hatte einen Großteil seiner Kraft verbraucht. Er hatte noch nie gegen so viel und so lange kämpfen müssen.

In diesem Moment erkannte er, was er vorher befürchtet hatte. Es waren mehr Engländer übrig, als er zu diesem Zeitpunkt erwartet hätte, insbesondere, wenn man bedachte, wie grimmig sie auf sie losgegangen waren. Die Engländer mussten Verstärkung bekommen haben, denn sie tauchten in einem endlosen Nachschub frischer Männer aus den Bäumen auf.

Nach einer weiteren Weile Kampfgeschehens verbesserte sich ihre Lage nicht, und das Grant-Kontingent befand sich nun inmitten des Weges, während die Engländer aus drei Richtungen, von vorne und von beiden Seiten, auf sie zukamen. Die Angreifer waren zur Zielscheibe geworden. Derric zog sich eine kleine Wunde am linken Arm zu, die ihn für einen Moment lähmte, doch der Schrei aus einem Baum in der Nähe ließ das Kampfgeschehen wieder in seinen Fokus rücken.

»Es geht mir geht gut, Diamant. Schieß weiter.« Noch eine Weile später kam die erhoffte

Verstärkung von hinten. Drei mächtige Grant Kriegsschreie kündigten die Ankunft von Alasdair, Els und Alick an, die sich mit schockierender Heftigkeit in die Schlacht stürzten.

Weitere Pfeile fanden ihr Ziel, als Emmalin und Branwen ihren Weg auf die Bäume fanden und zehn Männer in wenigen Augenblicken ausschalteten, weil so viele über die Neuankömmlinge im Grant Kontingent schockiert waren.

Noch immer waren sie weit in der Unterzahl, und Derric fürchtete um ihre Leben. Er hatte noch nie so viele Engländer auf einem Fleck gesehen. Trotz der kühlen Witterung standen ihm Schweißtropfen auf der Stirn.

Dyna sprang von ihrem Ast herunter und wenige Augenblicke später ritt sie, den Bogen in die Höhe gereckt, auf das Kampfgetümmel zu. Als sie zu Derric stieß, reckte sie ihm die freie Hand hoch erhoben entgegen, und er ergriff sie, um sie festzuhalten, als würde ihre Verbindung Leben oder Tod bedeuten. Denn so war es für ihn. Er liebte diese Frau von ganzem Herzen und dachte nicht daran, sie jetzt zu verlieren.

Die Spektralschwerter mussten Wirkung zeigen.

Und dann geschah es. Dyna zielte mit ihrem Bogen auf die Wolken und richtete den Blick über ihre Köpfe, als die Wolkenformationen anfingen, in einem wilden Muster umherzuwirbeln, und Wind aufkam, der an den Ästen und Blättern rüttelte. Blitze durchzuckten die Luft und keinen Augenblick später folgte der Donner. Der nächste Blitz schleuderte zwei Engländer in die Luft, von denen sich der eine beim Aufprall das Genick brach.

Die Stärke des Gewittersturms machte dem Kampf in allerkürzester Zeit ein Ende. Dyna und er wurden auseinandergerissen, doch noch immer spürte er die Heftigkeit des Sturms und auch die ihre, deren Energie ihn durchfuhr. Sie war einzigartig. Und zusammen würden sie etwas Besonderes sein. Die Engländer waren derart von dem Sturm abgelenkt, dass die Grant Cousins, welche mit einer unnatürlichen Stärke und Grimmigkeit kämpften, in der Lage waren, zwei oder drei Männer mit einem Streich auszuschalten. Sie fielen schneller, als Derric es je erlebt hatte.

Sobald sie sich des Endes des Scharmützels sicher waren, sah Dyna zu ihm herüber und ritt dann scharf an, um nach ihrem Großvater zu suchen, dessen war er sicher. Loki schloss sich ihn an und als Alasdair folgte, fiel Derric hinter ihnen ein. Er hatte Alex Grant im Laufe des ganzen Kampfgetümmels überhaupt nicht bemerkt, doch Loki hatte auch gesagt, er würde sich im vorderen Bereich aufhalten, wenn das möglich wäre.

Doch sie kamen ganz vorn an, ohne ihn zu finden. Alle blieben stehen, mit Ausnahme von Dyna, die weiter im Kreis ritt und laut rief: »Großvater. Es ist sicher, jetzt herauszukommen.«

Derric blickte von einem Gesicht zum anderen, und Loki sprach aus, was sie alle dachten. »Dyna, er ist fort.«

Alasdair ritt voran und deutete auf den Boden.

»Er wurde von zwei Männern gefangen genommen.« Die Hufspuren dreier Rösser waren noch frisch auf dem Boden.

Derric fluchte, als Dyna zu ihnen stieß.

»Er ist bei Busby und einem anderen«, sagte sie.

Aber wer war der andere Mann und wohin waren sie gegangen?

Alex stöhnte und hob den Kopf, doch der Schmerz war zu viel für ihn. Er lag auf einer Pritsche in einer kleinen Hütte und glaubte sich allein. Er besann sich auf die Schlacht, das Blitzgewitter, doch dann war etwas Unvorhergesehenes eingetreten und hatte seinen Plan durchkreuzt.

Jemand hatte ihm einen Schlag auf den Hinterkopf verpasst. Bis zu diesem Moment war alles schwarz gewesen.

Der Schmerz in seinem Kopf war derart heftig, dass er die Augen wieder schloss und in einem Traum dahintrieb, der ihn mit Freude erfüllte.

Maddie stand mit dem Rücken zu ihm im See und war nur mit ihrem Unterhemd bekleidet. Von der niedrigen Wassertemperatur zitternd warf sie ihm einen Blick über ihre Schulter zu und ihr goldenes Haar floss um ihre Schultern, während das Blau ihrer Augen von weitem erkennbar war.

»Alex, kannst du mir bitte helfen? Der Stoff steckt in meiner Wunde fest.«

Er hatte sie zum See gebracht, um ihre Wunden zu waschen, die ihr eigener Bruder ihr zugefügt hatte. Gleichwohl sie viele weitaus schönere gemeinsame Augenblicke erlebt hatten, war ihm dieser als einer der bedeutsamsten Momente seines Lebens in seiner Erinnerung verhaftet geblieben, denn in diesem Moment hatte er seine Entscheidung getroffen. Damals hatte er beschlossen, Madeline zu seiner Frau zu machen. Er erinnerte sich, über die Frage nachgedacht zu haben, ob sie ihm einen Sohn oder vielleicht ein Mädchen schenken würde.

»Alex?«

»Ja, ich helfe dir mit Freuden, aber du solltest dich vielleicht umdrehen. Ich muss mein Plaid ablegen, denn es ist das einzige, das ich habe.« Das hatte er gesagt, um ihr Zartgefühl und ihre Unschuld zu schützen, während er hinter ihr ins Wasser watete. Doch als er ihr die Seife aus der Hand nahm und sich anschickte, sie zu waschen, sprach sie seinen Namen erneut aus.

»Alex?«

»Aye, Maddie?«

»Du musst dich anstrengen, dich an andere Dinge zu erinnern«, ermahnte sie ihn, und ihr Ton wurde dringlicher. »Es gibt etwas, worauf du dich besinnen musst. Es steckt in deinem Kopf, das weiß ich, und du musst es hervorholen. Die Dinge sind nicht so, wie sie scheinen.«

»Maddie? Du verwirrst mich. Ich bin hier, um dir beim Waschen deines Rückens behilflich zu sein.«

»Alex, das ist eine Erinnerung an unsere gemeinsame Zeit, die du dir ausgesucht hast, damit ich zu dir kommen kann. Bitte vergiss nicht, dass ich nur für kurze Zeit hier sein kann. Es ist sehr schwer für mich, dir zu erscheinen.«

»Warum bist du diesmal gekommen?«, flüsterte er und drehte sie so, dass er in ihre strahlend blauen Augen blicken konnte. «Kann ich nicht zu dir kommen? Ich glaube, ich bin bereit. Meine Zeit ist gekommen, nicht wahr?«

»Nein, Alex«, widersprach sie mit fester Stimme. «Noch nicht. Verstehst du denn nicht? Die Spektralschwerter sind nicht nur dazu bestimmt, John zu projizieren – sie brauchen dich. Du bist derjenige, der deine Kinder und Enkelkinder durch diese schreckliche Zeit in Schottland führen wird. Dein Clan braucht dich und auch dein Land. Es ist noch nicht so weit, aber mach dir keine Sorgen. Wenn deine Zeit kommt, werde ich hier sein und auf dich warten. Nur noch ein paar Jahre.«

»Maddie, ich werde müde ...«

Sie legte ihre Finger an seine Lippen, um ihn zum Schweigen zu bringen. »Es ist nicht so, wie du denkst. Es ist nicht Busby, der es auf dich abgesehen hat. Sondern Hamish.«

»Hamish? Aber warum?«

«Hamish hat mich begehrt, und ich habe ihn abgewiesen. Jetzt will er Rache. Er wird versuchen, sie durch Dyna zu bekommen. Geh!«

Maddie küsste ihn und schritt in die Ferne davon, doch ehe sie verschwand, winkte sie ihm kurz zu.

»Du musst Dyna retten«, mahnte sie, und ihre Worte dröhnten ihm durch den Kopf.

Von Maddies letztem Satz getrieben, schlug er die Augen auf, während er noch genießerisch ihrer Anwesenheit nachhing, doch er zwang sich aber, seine Umgebung mit forschendem Blick auszumachen.

Er sah zu, wie Hamish und Busby in die Hütte traten, wobei Hamish hinter dem Sheriff herging.

Hamish trug einen großen Felsbrocken. Er hob ihn hoch und ließ ihn auf Busbys Schädel krachen.

Der Mann war auf der Stelle tot.

KAPITEL DREIUNDZWANZIG

D YNA WAR VERZWEIFELT. Sie hatten sich
als Gruppe besprochen und vereinbart, sich
aufzuteilen, wobei Loki auf der Suche nach Alex
mit seinen Männer in Richtung seines Landes
suchen würde, während Dyna und ihre Cousins nach Grant Land ausschwärmen wollten. Das
waren an dieser Stelle so tief in den Highlands
die beiden Hauptrichtungen.

Busby und Großvater mussten auf dem einen
Weg sein oder dem anderen.

Es sei denn, sie waren mit ihm auf einem wenig
benutzten Nebenpfad unterwegs, aber diese
Möglichkeit wollte niemand in Betracht ziehen.

»Wir machen auf Grant Land halt, Dyna«,
kündigt Els an. «Ich weiß, dass du das nicht
willst, aber vielleicht hat dein Vater oder meiner
nach unserem Aufbruch etwas entdeckt. Wir
könnten eine gute Mahlzeit gebrauchen, ehe wir
zur nächsten Schlacht aufbrechen.«

»Es besteht auch die Möglichkeit, dass Busby
ihn in Richtung Grant Land zurückbringt, weil
er darauf hofft, den Einsatz unserer Wachen zu
erpressen. Das wurde schon einmal versucht. Wir

wissen nicht, was er vorhat. Wir werden eine Nacht dort verbringen und dann weiterziehen.« Alasdair warf ihr einen beredten Blick zu. Wusste denn jeder, was sie beabsichtigte? Alasdair durchschaute sie besser als jeder andere, das musste sie zugeben.

Dyna schnalzte mit der Zunge, um nicht etwas auszusprechen, was sie bereuen würde. »Sie werden nicht dort sein – dessen bin ich mir sicher – aber ja, wir sollten dort haltmachen und die Kleider wechseln. Nachsehen, ob unsere Väter zurück sind. Es müssen mehr Patrouillen ausgesandt werden. Lokis Trupp und der unsere sind unzureichend. Ihr alle wisst, wie schwierig es ist, jemanden im Hochland aufzuspüren.«

Die anderen wären wahrscheinlich nicht bereit, so rasch weiterzuziehen, wie sie es wollte. Aber Derric würde mit ihr gehen.

Oder?

Wünschte sie sich seine Begleitung?

Verdammt, aber das wollte sie mit der allergrößten Gewissheit. Je mehr sie mit ihm zusammen war, desto mehr wollte sie ihn bei sich haben. Das ergab überhaupt keinen Sinn, doch es war nicht zu leugnen. Die Erkenntnis lastete schwer auf ihren Schultern.

Der Ritt verlief ohne Zwischenfälle und als die Sonne gerade untergehen wollte, kamen sie beim Land der Grants an. Zusammen mit Derric ritt sie hinten, weil ihre Pferde einfach erschöpfter als die anderen waren.

»Du hast dein Pferd überanstrengt, Dyna«, bemerkte Els, der auf den Atem ihres Pferdes lauschte.

»Ich weiß. Das ist auch der Grund, warum ich haltmache. Derric und ich brauchen beide frische Rösser. Als wir die Berge heruntergekommen sind, haben wir den beiden zu viel abverlangt. Ich hätte langsamer reiten sollen, aber …«

»Kritisiere dich nicht, Diamant. Vielleicht hätten wir sie dann nie erwischt«, warf Derric ein. »Du hast bei der Schlacht einen großen Beitrag geleistet, auch vor dem Erscheinen deiner Cousins. Selbst vor den Spektralschwertern.«

Sie warf ihm einen kurzen dankbaren Blick zu, dann zügelte sie ihr Pferd und verlangsamte weiter. Sie rief ihren Cousins zu: »Wir sind auf Grant Land. Ich reite mein Pferd zum Bach und dann folgen wir.«

Alasdair rief zurück: »Corbett, du bleibst bei ihr.«

Derric lächelte, wahrscheinlich deshalb, weil der Mann, der ihm wegen Dyna gedroht hatte, ihn nun aufforderte, ihr nicht von der Seite zu weichen. Es war ihr auch nicht entgangen, dass Alasdair selten um etwas bat. Er erteilte Befehle wie Großvater, weil er wusste, dass sie befolgt werden würden.

Ihrer Vermutung nach hatte seine Stellung als Laird von MacLintock Castle mit Emmalin diese Eigenheit gefördert.

Sie deutete zum Bach und bog vom Hauptweg in den Wald ab. Nachdem sie abgestiegen war, führte sie ihr Pferd an das dahin plätschernde Nass heran, beugte sich vor und legte ihm die Arme als Geste der Anerkennung um den Hals.

»Das hast du gut gemacht, Mid-Four.« Sie hatten sich angewöhnt, Midnights Nachkommen mit Ziffern zu benennen, weil alle Enkelkinder auch ein Pferd namens Midnight haben wollten.

»Mid-Four?«, fragte Derric.

»Ja, als wir jünger waren, haben wir uns darum gestritten, wer von uns ein Pferd Midnight nennen darf. Papa sorgte dafür, dass ich einen seiner Hengste bekam, also wollte ich ihn nach seinem mächtigen Vater benennen. Aber das wollte Alasdair auch. Und Els und Alick mischten sich bald in unseren Streit ein. Großvater trat mitten zwischen uns, stieß einen Pfiff aus und machte unserem Streit in Windeseile ein Ende. Dann zeigte er auf Alasdair: ›Midnight One; Two für dich, Els; Three für Alick. Dyna, du bist die Jüngste, also wird dein Ross Midnight Four heißen.‹ Alick und Els entschieden sich jedoch für andere Namen. Und er schenkte mir auch eine von Midnights Töchtern. Ich liebe Misty. Sie ist lieb, aber sie wird schnell müde.«

Derric stieg ab und tätschelte sein Pferd, als er es an den Bach heranführte. Sobald er neben Dynas Pferd ankam, bemerkte er: »Das hast du gut gemacht, Mid-Four«, und beugte sich vor, um dem Tier ins Ohr zu flüstern. »Du hattest recht. Das war Alex Grant.«

Dyna schnaubte. »Bist du nicht ein großer Schwärmer, wenn es um Pferde geht? Wie konnte ich das nur übersehen? Was weiß ich sonst noch nicht über dich, Corbett?«

Er trat so dicht zu ihr, dass sie schon glaubte, er wolle sie küssen, aber stattdessen lehnte er sich an ihr Ohr. »Du wirst eines Tages erfahren, wie ich dich dazu bringen kann, meinen Namen vor Verlangen zu schreien.«

Das entlockte ihr ein weiteres Schnauben und ein Kichern. »Du kannst es kaum erwarten, dich zu beweisen, nicht wahr?«

Er lächelte, küsste sie auf die Wange und marschierte zum Bach hinüber, um sich das Gesicht zu waschen. »Du hast ein gutes Pferd, Diamant, wenn es den Geruch eines Mannes so leicht aufnehmen kann.«

Sie lehnte an einem Baum und nickte bedächtig, wobei sie ihr geliebtes Pferd ansah, das den Kopf hob, um zu schnauben, als wolle es sich selbst in das Gespräch einbringen. »Aber wenn ich so darüber nachdenke, hat Mid-Four wahrscheinlich Grandsires Geruch am Aussichtspunkt wahrgenommen. Ich wette, dort haben Loki und er sich zum Reden getroffen. Das ist auch Lokis Lieblingsplatz. Als er noch klein war, mussten sie ihn von dort wegschleppen.«

Derric machte sich noch ein bisschen länger mit den beiden Pferden zu schaffen, ehe er ihr seine volle Aufmerksamkeit schenkte. »Verflixt, aber die Macht, die deine Cousins ausüben, ist wirklich bemerkenswert.«

»Ich wünschte, ich könnte sie von einem anderen Blickpunkt sehen. Es hält nie lange an«, murmelte sie. »Ich kann immer noch nicht glauben, dass ich Großvater im Stich gelassen habe.«

»Wie hast du ihn im Stich gelassen?« Er stand vor ihr und strich mit der Rückseite seiner Finger über ihre Wange, wobei sie ihn fest ansah.

»Ich war diejenige, die wusste, dass er in Schwierigkeiten war. Erinnerst du dich nicht, dass wir diejenigen waren, die Bruces Lager als Erste verließen? Ich hätte in der Lage sein sollen, Busby zu stellen. Ihn daran hindern sollen, Großvater zu fangen.« Krank vor Sorge massierte sie ihre Stirn. Warum hatte sie nicht vorausgesehen, dass Busby mit ihm fortreiten würde? »Er ist immer noch mit diesem Sheriff dort draußen.«

»Erinnerst du dich nicht, dass Loki dich aufgehalten hat?«

Daran hatte sie nicht gedacht, doch Derric hatte recht. »Das ist wahr, aber ich habe ihn trotzdem im Stich gelassen. Ich —«

Mit aufgerissenen Augen hielt Dyna inne. Sie waren nicht allein. Als sie sich umdrehte, hörte sie ein weiteres Geräusch. Sie hielt die Finger an die Lippen, um Derric zu verstehen zu geben, dass er sich still verhalten sollte.

Niemand von ihrem Clan würde hier draußen sein. Sie befanden sich zu weit außerhalb der Tore. Dyna ergriff ihren Bogen und entfernte sich allmählich vom Bach.

»Diamant?«, flüsterte Derric, doch sie winkte ihn zurück.

Dann sah sie ihn.

Ein grauhaariger Mann rannte vor ihnen weg, um sich dann auf den Rücken seines Pferdes zu schwingen und in die entgegengesetzte Richtung davonzureiten. Dyna sauste zurück und war mit einem Satz auf ihrem Ross. »Tut mir leid, Mid-Four«, sagte sie, »aber wir müssen jemanden verfolgen.«

»Wen?«, gellte Derric, als er auf sein Pferd sprang und ihr folgte.

Über ihre Schulter schrie sie zu ihm zurück. »Ich habe den Verdacht, dass wir den Verfolger meiner Schwester aufgespürt haben.«

Sie trieb ihr Pferd an und zu ihrer Überraschung hatte sie den Vagabund rasch eingeholt. Wenige Augenblicke später tauchte Derric an der anderen Seite des Mannes auf.

Es war ein alter Mann mit langem, ergrautem Haar und einem grauen Bart, womit sie überhaupt nicht gerechnet hatte. Er besaß ein gutes Reittier, also vermutete sie, dass er kein Dieb war.

Wer um alles in der Welt war er also?

Der Mann ließ den Blick von Dyna zu Derric schweifen, und klugerweise parierte er sein Pferd, ehe er zwischen den beiden zum Stehen kam.

»Wer bist du und was tust du hier?«, rief Dyna.

Der Mann musste zu heftig um Atem ringen, um zu einer Antwort imstande zu sein. Für Dynas Geschmack machte er den Mund nicht schnell genug auf, also griff sie nach den Zügeln seines Pferdes und verkündete: »Gut. Wir werden sehen, was die Lairds der Grants von dir halten. Und du hoffst besser, dass du nicht der Mann bist, der uns beobachtet hat.«

Der Mannes ließ die Schultern zusammensacken, doch er brachte immer noch kein Wort hervor.

»Wie heiß du?«

Er antwortete nicht, sondern starrte nur geradeaus.

»Antworte mir, Narr«, befahl Dyna.

»Ich werde niemandem antworten, bevor ich nicht deinen Laird und die Herrin gesehen habe.«

»Was willst du vom Laird?« Ginge es nach ihr, würde sie den Mann ohrfeigen, bis er alles ausspuckte, was er wusste.

Der Mann richtete den Blick stur geradeaus, worauf Derric drohte: »Du antwortest ihr besser, oder du wirst gleich meine Schwertspitze zu spüren bekommen, alter Mann.«

Ohne sie anzuschauen, murmelte er: »Ich bin auf Grant Land. Einer der Lairds ist Connor Grant, seine Frau heißt Sela und sie haben eine Tochter namens Claray. Ich bin gekommen, um Sela zu besuchen. Sie kennen mich.«

Dyna schnappte nach Luft. Claray hatte sich den Mann also doch nicht eingebildet. Sie hatte immer gehofft, ihre Schwester würde eines Tages die Spinnen vergessen können. Dass sie einen Mann zum Heiraten finden würde, damit sie selbst Kinder haben könnte. Doch die Erinnerungen wüteten in ihrem Kopf und quälten sie zu unerwarteten Zeiten.

»Du hast meine Familie ausspioniert!«, stellte sie fest. »Dafür, dass du meiner Schwester wehgetan hast, werde dich mit deinen Hoden an einen Baum nageln.«

Er entgegnete weder einen Widerspruch noch eine andere Antwort, und Dyna verspürte einen plötzlichen Anflug von Euphorie. Claray war nicht so krank, wie sie befürchtet hatte, und sie hatte den Peiniger ihrer Schwester tatsächlich erwischt. Als sie bei den Toren angelangt waren, rief sie den Wachen zu: »Macht auf. Ich habe den Clarays Verfolger.«

Ihr Gefangener sagte nichts und ließ sich von ihr in die Festung führen. Sie ritten an den Ställen vorbei, über den berühmten Grant Burghof, durch das Tor zum Innenhof und kamen direkt vor der Treppe des Hauptturms zum Stehen. Ihr Vater trat mit Alasdair und Els hinter sich, vor sie hin. »Was zum Teufel, Tochter? Wer ist dieser Mann?«

»Das ist der Mann, den Claray gesehen hat, als er sie beobachtete. Ich habe ihn an der Grenze unseres Landes erwischt, und er behauptet, Mama und dich zu kennen.«

Connor Grant starrte den Mann an. »Dein Name?«

»Ich möchte zuerst die Herrin sehen. Dann werde ich meinen Namen nennen.«

«Papa, hör nicht auf ihn. Hol Claray her, um zu sehen, ob sie ihn erkennt.«

Der Mann starrte Connor an. »Ich habe Euch einmal getroffen. Ihr wart auf dem Weg zur Abtei von Lochluin, als ich Euch einholte. Ich war zurückgekommen, um Euch in Kenntnis zu setzen, dass Hord auf dem Rückweg war und es auf Sela abgesehen hatte.«

In den Augen ihres Vaters flackerte etwas auf, aber er gab keinen Hinweis darauf, dass er dem Mann glaubte. »Holt ihn runter«, meinte er an Alasdair gewandt. »Du und Els werdet ihn in der großen Halle bewachen, und ich werde nach Sela und Claray schicken.«

»Ich danke Euch«, entgegnete der ältere Mann.

»Mehr verlange ich nicht.«

»Ich werde dich die ganze Zeit im Auge behalten«, mahnte Dyna und folgte ihren Cousins, als sie den Mann in den Hauptturm führten. »Ich werde dir nichts durchgehen lassen.« Sie hätte mit ihrem Vater darüber streiten können, dass eine zusätzliche Eskorte unnötig war – und sie mit der Situation fertigwerden konnte, da sie den Mann gefunden und hergebracht hatte –, doch ein Teil von ihr wusste, dass er die richtige Entscheidung getroffen hatte.

Sie war zu aufbrausend. In diese Sache war sie persönlich viel zu stark verstrickt.

Als sie den anderen nach drinnen folgten, trat Derric hinter sie und legte eine Hand in ihren Rücken. »Diamant, warum überlässt du deinem Vater nicht das Kommando?«, sagte er sanft. »Er ist doch der Laird, nicht wahr?«

Sie starrte ihn an, doch sie hielt den Mund dabei.

Ihr Vater, der zurückgeblieben war, damit die Burschen den Fremden zuerst hineinführen konnten, sagte: »Du hast dir einen klugen Mann ausgesucht, Tochter. Du glaubst, das Richtige zu tun, das weiß ich, aber du begreifst die Situation nicht. Erlaube deiner Mutter, ihre Meinung zu äußern.«

Sie betraten den Hauptturm, und ihr Vater schickte alle Dienstmägde hinaus, wobei er eine von ihnen bat, Dynas Mutter und Claray zu holen.

Connor Grant befragte den Mann erneut, während die Dienstmagd ging, um die beiden

Frauen zu holen.

»Warum bist du hier?«

Der Mann nickte dem Laird zu und ergriff das Wort: «Verzeiht mir, mein Laird, aber ich bin ein alter Mann. Bevor ich dieses Land verlasse, musste ich mich vergewissern, dass es ihnen gut ging und sie in Sicherheit sind. Ich wollte keine schlechten Erinnerungen wachrufen oder Aufruhr verursachen. Ich hatte am nächsten Tag abreisen wollen. Ihr habt Euch gut um Sela und Claray gekümmert. Nur das habe ich wissen wollen. Wenn ich nur mit Sela sprechen könnte, das wäre meine einzige Bitte. Ich verspreche, mich danach zu verabschieden.«

Dyna hörte zu, aber sie konnte sich keinen Reim auf seine Worte machen. Dieser Mann hatte angedeutet, aus Mutters Vergangenheit zu stammen, und ihres Wissens waren jedoch alle Männer tot, die ihrer Mutter wehgetan oder sie manipuliert hatten. Wer war also dieser Mann?

Ihre Mutter erschien mit Claray auf der Galerie und ihre Schwester stieß einen lauten Schrei aus, wobei sie sich die Hände vor den Mund schlug. Als sie sich ein klein wenig gefangen hatte, zeigte sie auf den grauhaarigen Mann.

»Das ist er! Mama, das ist der Mann, den ich vor den Toren gesehen habe. Er hat mich beobachtet. Mama …«

Sela Grant straffte die Schultern, als sie auf den Eindringling herabblickte. »Bleib hier«, sagte sie zu Claray, wobei sie ihr ermunternd die Schulter drückte. Dann ging sie die Stufen hinab, so majestätisch wie jede Königin in ihrer Burg, und ihr blaues Gewand zog sich hinter ihr her. Sie ließ den Eindringling keine Sekunde aus den Augen.

Als sie am Fuße der Treppe angekommen war, blieb sie stehen und behielt den Blick weiter auf den Eindringling gerichtet.

»Sela, ich hatte einfach kommen müssen, um zu sehen, wie es Euch geht«, meinte der alte Mann. Tränen liefen ihm über die Wangen. »Mich vergewissern, dass die liebe Claray wohlauf ist. Ich werde bald sterben, aber ich musste es wissen.«

Sela schritt zu ihm hin und blieb vor ihm stehen. »Vern?«, fragte sie und ihre Stimme verriet, dass sie ihn tatsächlich kannte.

Er nickte. »Ihr seid ebenso schön wie je, Mylady.«

Stumm vor Schock sah Dyna zu, wie ihre Mutter nach dem Arm ihres Vaters griff. »Das ist Vern. Er ist der Mann, der Claray beschützt hat, als Hord sie gefangen hielt.« Sie streckte die Hand aus, um sie dem alten Mann an die Wange zu legen. »Er hat auf sie aufgepasst, und mich immer wissen lassen, wie es ihr ging.«

Connor nickte. »Ich dachte, ich hätte ihn erkannt, aber ich hatte es von dir hören müssen.« Er drehte sich zu einer Dienstmagd um und sagte: »Bring einen Teller Essen und Ale für unseren Gast.«

Den Blick starr auf Vern gerichtet, schlich Claray die Stufen hinab, ohne den festen Griff um das Geländer zu lockern. Tränen liefen über ihre Wangen hinab, als sie zu ihm hinging. Einen Schritt hinter Sela blieb sie stehen und berührte ihre Mutter am Ellbogen. »Mama?«

Dyna konnte nicht mehr hinsehen. »Mama, dieser Mann hat Claray *beobachtet*. Vielleicht wollte er sie entführen. Sie von dir stehlen. Er ist schuld, ihr viele schlaflose Nächte beschert zu haben.« Entsetzt, dass ihre Eltern diesen Herumtreiber in ihrem Heim willkommen hießen, erreichte ihre Stimme einen schrillen Klang, den sie nicht einmal wiedererkannte. »Die Albträume sind zurückgekehrt, sie hat gedacht, die Spinnen seien wieder da.«

Der Ausdruck in den Augen ihrer Mutter, ihr eisiger Blick – so hatte Dynas Vater ihn immer genannt –, ließ sie mitten im Satz innehalten. Nie blickte ihre Mutter sie so an. Sie trat zurück, bis ihre Beine an eine Sitzbank vor einem der Tische stießen.

»Dyna, dieser Mann hat mich vor dem Tod gerettet und er hat deine Schwester vor Hord bewahrt. Wenn nicht wegen Vern, wären wir nicht hier, *du* wärst nicht hier.«

Verns Blick schnellte von Dyna zu Sela und dann legte er sich auf Claray. »Ich wollte mich nur vergewissern, dass ihr beide wohlauf seid. Es tut mir leid, Claray, wenn ich dir Angst gemacht habe. Dass du mich gesehen hast, habe ich nicht bemerkt. Ich hatte nicht geglaubt, dass du dich an mich erinnern würdest. Du warst so jung, als Hord dich gefangen gehalten hatte.« Er ging zu einem Stuhl und ließ sich schwer atmend darauf nieder. »Man hat mir gesagt, dass mir nur noch sechs Monate zum Leben bleiben und ich jetzt meine letzten Reisen unternehmen sollte. Ich musste Euch sehen, Sela. Ich hätte an das Tor kommen sollen, aber ich hatte gemeint, was ich gesagt habe. Ich hatte niemanden aufregen wollen.«

Dyna sank auf die Bank neben ihr und war so verwirrt, dass sie nicht wusste, was sie denken sollte. Hatte sie schon wieder alles verkehrt verstanden? Dyna war nicht gewöhnt, von ihren Impulsen in die Irre geleitet zu werden, aber etwas anderes schienen sie in letzter Zeit nicht zu tun.

Claray streckte die Hand nach dem alten Mann aus. »Ich erinnere mich an deine Stimme.« Sie blickte ihre Mutter an und meinte: »Es ist keine klare Erinnerung, aber es ist etwas an seiner Stimme, das beruhigend ist.«

»Weil sie dich von deiner Mama getrennt hatten, und ich dich oft in den Schlaf gewiegt habe. Ich werde Euch jetzt verlassen. Ich habe gesehen, was ich hatte sehen wollen. Claray, du bist eine wunderschöne junge Frau und ich hoffe, du wirst in der Lage sein, über all das hinwegzukommen, was dir zugestoßen ist. Ich habe getan, was ich konnte, um euch beiden zu helfen.«

Ihr Vater zog einen Stuhl heran und äußerte sich: »Nein, Vern. Du wirst heute Nacht bei uns bleiben. Willkommen im Grant Clan. Ich bin dir so dankbar für alles, was du für meine Familie getan hast, und dafür, mir von Hord erzählt zu haben. Der Schurke wird Sela oder Claray nie wieder quälen. Dafür habe ich Sorge getragen.«

Plötzlich war alles zu viel. Dyna hatte einen Fehler gemacht. Ihr Großvater wurde immer noch vermisst und offenbar war der einzige

Mensch, vor dem sie Claray gerettet hatte, jemand, der sie sehr gern hatte. Die Gefühle brachen über sie herein und wallten auf, bis ihr die Tränen über die Wangen liefen. Sie schluchzte und schluchzte, denn trotz all ihrer Bemühungen hatte sie nichts erreicht. Sie hatte niemanden gerettet.

Derric kam herbei, und hob sie in seine Arme, und sie vergrub ihr Gesicht an seiner Schulter. Er trug sie zur Tür des Hauptturms, doch dann hielt er auf der Schwelle inne und meinte: »Dyna, dein Vater ist hier und er würde gern mit dir sprechen.«

Sie hob den Kopf von Derrics Schulter und sah ihren Vater an. »Es tut mir leid, Papa.«

»Weswegen? Du hast nichts falsch gemacht. Ich denke, du bist erschöpft. Derric, bring sie nach oben in ihre Kammer, damit sie schlafen kann.«

»Nein«, widersprach Dyna und packte Derric am Arm. »Ich würde lieber unter einem Baum vor den Toren schlafen. Bitte, Papa. Ich kann jetzt nicht hier drin sein.«

»Wie du möchtest. Pass auf sie auf, Corbett. Ich habe drei Patrouillen ausgeschickt und am Morgen werden wir einige weitere auf die Suche nach meinem Vater aussenden. Ruh dich aus, Dyna. Wir brauchen dich.«

Sobald sie in der Nähe der Stallungen waren, flehte Dyna: »Derric, bring mich von hier fort.«

Er hob sie auf ein ausgeruhtes Reitpferd, nahm die Zügel eines weiteren Pferdes, das bereits gesattelt war, und saß hinter ihr auf. Alasdair winkte ihnen zu.

Sie ritten durch die Tore hinaus, von Grant

Land fort.

Dyna bat: »Finde mir einen Platz zum Schlafen und anschließend werde ich Großvater suchen.«

»Ich hatte das Gefühl, dass das dein Plan war, Diamant.«

»Ich habe meine Schwester enttäuscht, aber bei Großvater werde ich nicht versagen. Ich kann nicht bis morgen warten.«

KAPITEL VIERUNDZWANZIG

~~~

DERRIC FAND EINEN Platz unter einem Baum, an dem er einige Felle ausbreitete, ehe er Dyna darauf niedersetzte. Bevor er die Pferde fertig versorgt hatte, war sie schon eingeschlafen.

Seufzend betrachtete er das Mädchen, das er liebte, ein Gefühl, das so tief und allumfassend war, dass er es kaum glauben konnte. Im Augenblick war sie zu erschöpft und voller Herzschmerz, um zu erkennen, was sie mit dem Auffinden von Clarays Verfolger bewirkt hatte. Die Situation mochte vielleicht nicht ihren Erwartungen entsprechen, aber sie hatte ihrer Schwester ermöglicht, eine erdrückende Furcht zu begraben, und sie hatte Vern genötigt, sich zu offenbaren, was er unzweifelhaft hatte umgehen wollen.

Wenn er raten sollte, war Dyna wohl mehr über den Blick aufgebracht, den ihre Mutter ihr in der Halle zugeworfen hatte. Das würden sie schon wieder ins Lot bringen – noch nie hatte er eine innigere und liebevollere Familie erlebt als die Grants. Die größere Frage bestand für ihn darin, warum Connor ihm die Erlaubnis erteilt hatte, Dyna hinaus vor die Tore zu bringen.

Aber er glaubte, auch darauf die Antwort zu kennen. Da Connor seine Tochter Dyna gut genug kannte, hatte er wahrscheinlich genau gewusst, dass sie mitten in der Nacht aufstehen und ihrem Großvater nachspüren würde. Indem er Derric aufgefordert hatte, sie zu begleiten, hatte er dafür gesorgt, dass zumindest eine Person bei ihr sein würde, um sie zu unterstützen.

Connor Grant war ein kluger Mann.

Und er hoffte, die Gelegenheit zu bekommen, diesen Mann um die Hand seiner Tochter zu bitten. Vorausgesetzt, dass Dyna einverstanden war. Sie war eine starrköpfige junge Frau.

Mit einem Lächeln im Gesicht schlief er ein.

Es war nicht viel Zeit vergangen, als er von einer sexuellen Erregung erwachte, die stärker war als alles, was er je erlebt hatte. Er schaute an sich hinab und stellte überrascht fest, dass sich eine Hand in seine Hose geschlängelt hatte und ihn streichelte.

Dyna sah ihn mit einem verschmitzten Lächeln an, als er zu ihr aufsah. »Diamant, wenn du so weitermachst, werden wir es zu Ende bringen. Es wird auch nicht einseitig sein. Du wirst zum Höhepunkt kommen.«

Sie löste die Hand von seinem harten Schaft und legte ihre Tunika ab, die sie zur Seite warf. Das Mondlicht tauchte ihre Brüste in einen sanften Schein, worauf er seine Sehnsucht, sie zu berühren, nicht mehr zügeln konnte, aber sie wich zurück.

»Du bist eine Schäkerin, nicht wahr?«

Lächelnd schob sie ihre Strumpfhose mit einem Wackeln ihrer Schenkel hinunter, ehe sie sich zur Seite drehte, um ihm einen verlockenden Blick auf ihren Hintern zu gewähren und dann aus dem Kleidungsstück zu schlüpfen, worauf sie nun herrlich nackt war.

Im Nu hatte er seine Hose abgestreift und riss sich nun die Tunika über den Kopf. Dann zog er sie an sich und schlang dabei die Arme um sie, sodass sie Haut an Haut lagen. »Du willst das also zu Ende bringen, Mädchen?«

»Aye, das möchte ich. Ich liebe dich, Derric Corbett, und ich möchte immer bei dir sein. Verheiratest du dich mit mir?«, fragte sie und strich mit den Handflächen über seine kräftigen Bizeps.

»Ich dachte, der Mann sollte der Frau einen Heiratsantrag machen. Oder lehnst du dich wieder einmal gegen die Konventionen auf?«

Sie grinste. »Du hast nicht geantwortet. Nimm erst meinen Antrag an oder lehne ihn ab.«

»Nichts würde mir größere Freude machen. Willst du mich heiraten, Dyna Grant?«

»Ja. Es ist vollbracht. Bring es jetzt zu Ende.«

Er eroberte ihre Lippen mit einem brennend heißen Kuss und sie öffnete sich für ihn, damit er sie ganz schmecken konnte. Stöhnend zog er sich zurück. »Verflixt. Du bist mehr als genug, um einen Mann um den Verstand zu bringen. Weißt du, wie oft ich mir dies schon ausgemalt habe? Daran gedacht habe, wie ich dir wehgetan und dir Leid zugefügt habe?«

»Es ist, wie ich sagte. Du hast mir kein Leid

zugefügt.«

»Aber ...«

Sie drückte einen Finger an seine Lippen. »Ich will dich. Jetzt.«

Er zog ein Plaid auf dem Boden glatt, und sie ließ sich darauf nieder, wobei sie ihn mit sich zog. Derric war auf ihr, aber er hatte sich noch nicht zwischen ihre Schenkel gelegt. Entschlossen, sie zuerst zu befriedigen, flüsterte er: »Ich verspreche dir, dass du mich dieses Mal nicht wegstoßen willst. Es sollte nicht wehtun.«

»Derric, ich muss es zu Ende bringen. Ich muss wissen, wie es ist.«

Er küsste sie erneut, deckte sie mit seinem Mund zu, um dann eine Spur aus Küssen über ihren Hals zu ihrer Brust zu ziehen und an der einen Brust zu saugen, während er die andere liebkoste, die sie ihm entgegenreckte.

Ihre Hände streiften über seinen Körper, sein Gesäß, seine Hüften, seine Oberarme, was er als überaus erregend empfand. Ihre Sehnsucht war ebenso groß wie die seine, was ihn auf eine Idee brachte – er ließ sich auf den Rücken rollen und zog sie auf sich. Sie schaute ihn einen Moment lang fragend an. »Diamant, du wirst die Kontrolle haben.«

»Aber ich weiß nicht, was ich tun soll.«

»Du wirst es herausfinden. Küss mich«, verlangte er und ließ dabei seine Hand zu dem Spalt zwischen ihren Beinen wandern, um erfreut festzustellen, dass sie bereits schlüpfrig vor Verlangen war. Er führte einen Finger in ihre feuchte Hitze und schluckte ihr Keuchen. Er konnte sich ein Stöhnen nicht verbeißen, als ihre Leidenschaft dank seiner Liebkosungen einen fiebrigen Höhepunkt erreichte. Er legte die Hände um ihren Hintern und streichelte sie dort, während er sie auf sich zog.

»Nimm meinen Schaft in deine Hand, Diamant. Du bist bereit für mich. Führe mich in dich hinein.«

Sie positionierte seine Spitze und probierte es vorsichtig. Er ahnte ihre Angst davor, dass es wieder so wehtun könnte wie beim letzten Mal, also gestattete er ihr, langsam vorzugehen, wobei sie ihn mit jedem Stoß ein Stückchen mehr in sich aufnahm, und die Hand noch immer um ihn geschlossen hatte.

Als er zur Hälfte in ihr war, spreizte sie die Beine weiter und stemmte sich gerade so weit, dass sie ihn ganz in sich aufnahm und ihn so tief vergrub, dass er sie an den Hüften fasste.

»Dyna, du treibst mich zu schnell an die Grenze. Mach langsam«, flüsterte er. Für eine Weile kam sie seiner Aufforderung nach und bewegte sich vorsichtig über ihm, wobei sie sogar verschiedene Winkel ausprobierte, doch dann wurde sie schneller und bewegte sich in einem rhythmischen Takt, der ihn um den Verstand brachte und sie beide atemlos machte.

»Derric, bitte. Was mache ich? Ich weiß nicht, wie …«

Er berührte eine Stelle über dem Punkt, an dem sie verbunden waren und rieb sie, bis sie schrie und sich ihm mit zurückgeworfenem Kopf und solch einer Leidenschaft entgegenwiegte, dass ihm kein Zweifel am endgültigen Erreichen ihres Höhepunkts blieb. Er fasste sie an den Hüften, um sie genau dorthin zu bringen, wo er sie haben wollte, und dann erreichte er seinen Höhepunkt mit einem Stöhnen, als er in ihr explodierte.

Sie sackte auf ihn und ihr Atem ging stoßweise, als sie lachte.

»Ich hatte keine Ahnung.«

Er lachte ebenso und seine Hände lagen noch immer um die festen Backen ihres Hinterns, während er in ihr verharrte. »Also bist du dieses Mal zum Ende gekommen, Diamant?«

Ihr heißer Atem traf wie ein Schwall auf seinen Hals. »Aye, und das bist du auch, Corbett.«

»Bist du sicher?«

»Absolut. Ich habe nur eine Beschwerde.«

»Was? Habe ich dich nicht befriedigt?«, fragte er, als er ihren Hintern liebkoste.

»Oh, du hast mich völlig befriedigt. Warum zum Teufel hast du mich nicht früher dazu gebracht, zum Ende zu kommen?«

KAPITEL FÜNFUNDZWANZIG

ALS DYNA ERWACHTE, lächelte sie noch immer von ihrem Liebesspiel. Sie wusste, dass Derric wütend auf sie sein würde, aber sie wollte ihn nicht wecken. Leise zog sie sich an, verrichtete ihre Notdurft und führte dann ihr Pferd aus der unmittelbaren Umgebung, ehe sie aufsaß und in die Highlands aufbrach, um ihren Großvater zu finden.

Ihr Pferd wieherte, als wolle es sie daran erinnern, dass sie jemanden vergessen hatte. »Du magst ihn lieber als mich. Ist das nicht die Wahrheit?« Sie konnte es dem Tier nicht verübeln, wegen der vielen süßen Worte, die Derric den Pferden zuflüsterte – ihnen allen. Sie brachte das Ross zum Stehen und dachte wieder an ihren Traum und daran, dass nicht sie es gewesen war, die ihren Großvater gerettet hatte.

Es war Derric gewesen. Sie änderte ihre Meinung und wendete ihr Pferd, um zu ihm zurückzukehren, und war verblüfft, dass er in ihre Richtung ritt, sobald sie um die Kurve kam. Ruckartig hielt sie an und war nicht überrascht, von Derric scharf angesprochen zu werden.

»Dachtest du etwa, du könntest dich von mir davonschleichen? Diesmal habe ich auf dich gewartet, Diamant.«

Sie parierte ihr Pferd, damit er herankommen konnte. »Ich dachte daran, dich zu wecken, aber du hast friedlich geschlafen. Ich hatte bloß eine kurze Strecke zurücklegen wollen, ehe ich die Absicht hatte, zu dir zurückzukehren. Aber ich habe es mir anders überlegt. Siehst du nicht, dass ich nur wegen dir umgekehrt bin?«

»Lügen bekommt dir nicht gut, Mädchen«, murmelte er.

Dyna brach in schallendes Gelächter aus und ließ ihr Pferd über die Wiese fliegen, während sie Derric hinter sich ließ. In Wahrheit war sie froh, dass er bei ihr war. Dies war nicht die rechte Zeit, um allein umherzuziehen. Sie parierte ihr Pferd wieder und fragte: »Glaubst du, dass du mit mir mithalten kannst, alter Mann?«

Derric johlte: »Dafür wirst du später bezahlen.«

Sie lachte, und eine kurze Weile sausten sie auf ihren Pferden dahin, wobei Dyna das Gefühl des Windes auf ihrem Gesicht genoss. Sobald sie jedoch Grant Land verlassen hatten, kam ihr erneut der Ernst ihrer Aufgabe zu Bewusstsein.

»Diamant, warte«, rief Derric in ihrem Rücken.

Sie wurde langsamer, damit er sie einholen konnte.

»Hast du einen Plan oder ziehen wir ziellos umher?«

»Manchmal reite ich nach meiner Eingebung. Sie wird mich heute führen.« Während der ganzen Zeit, die sie sprachen, suchte sie die Gegend mit

Blicken ab, auf der Suche nach irgendetwas, das ihre besondere Gabe wecken könnte. Irgendetwas, das für ihren Großvater von Bedeutung sein könnte.

»Das akzeptiere ich für eine Weile, aber wenn wir nichts finden, werden wir einen neuen Plan brauchen.«

Gegen diese Logik vermochte sie nichts einzuwenden, und darüber hinaus war sie sich sicher, dass sie etwas finden *würden*. Sie vermutete sogar, sie würden dieses Häuschen finden, das sie Tage zuvor in ihrem Traum gesehen hatte. Dies war der Tag, den sie vorhergesagt hatte.

Es waren mehrere Patrouillen unterwegs, doch keiner der Männer kannte die Highlands so gut wie sie, und sie besaßen auch nicht ihre Gabe als Seherin. Manchmal erschien ihr das Wissen so deutlich, als würde ihr jemand ins Ohr flüstern. So war es auch jetzt, und sie wusste genau, welche Richtung sie einschlagen musste, als würde sich an jeder Weggabelung, an der sie ankam, eine Hand erheben und den rechten Weg weisen.

Sie waren bereits eine geraume Zeit unterwegs, als sie sich vom regulären Weg fortgezogen fühlte, auf ein vertrautes Häuschen zu. Es war dasjenige, das sie in ihrer Vision gesehen hatte. Sie zeigte auf das Gebäude und führte Derric so leise wie möglich dorthin.

Der aus dem Schornstein aufsteigende Rauch verriet, dass jemand da war. Sie ließen ihre Pferde an einem Busch angebunden und schlichen sich näher heran, ohne gänzlich überrascht zu sein, als sie auf ihrem Weg über ein Hindernis stolperten.

Der Arm eines toten Mannes. Busby.

Demnach war ihr Großvater also mit seinem anderen Häscher allein.

Dyna sagte: »Ich gehe hinein. Du hältst hier draußen Wache. Wir wissen noch nicht, wo der andere Mann ist.« Irgendetwas mahnte sie, Derric den Vortritt zu lassen, weil das zu ihrem Traum passen würde, aber sie konnte nicht warten. Das musste die Stätte sein, an der er gefangen gehalten wurde.

Derric nickte und zog sein Schwert, ehe er vorsichtig um die Hütte herumschlich.

So heimlich wie möglich stahl sie sich zum nächsten Fenster und lauschte auf Hinweise, wer sich dort aufhalten könnte. Sie harrte außerhalb des Sichtfelds direkt neben dem Fenster, und obwohl sie nichts hörte, gelang es ihr, den hölzernen Fensterladen leicht zu bewegen. Das war genug.

Großvater lag mit dem Rücken auf einer Pritsche, und er sah wie tot aus.

Sie schlug sich die Hand vor den Mund, um ihr Keuchen zu unterdrücken. Da sie weiter niemanden sah, strebte sie leise zur Tür, öffnete sie geräuschlos und ihren Dolch in der Hand, sah sie sich nach irgendjemandem um, doch die Stätte wirkte verwaist. Verlassen. Alex Grants lange Beine hingen über das Ende des kurzen, behelfsmäßigen Bettes.

»Großvater«, schrie sie, als sie zu ihm stürmte und auf die Knie sank, um zu beten, dass es nicht so war. »Großvater, wach auf.« Sie stupste ihn an, schüttelte seine Hand, schubste ihn an der Schulter, aber er rührte sich nicht.

Am Boden zerstört, erinnerte sie sich an einen Ratschlag von Alasdair. »Halte deine Hand vor die Nase oder den Mund, um zu sehen, ob der Mensch noch atmet. Wenn er verletzt ist, geht der Atem langsam, aber du kannst ihn trotzdem spüren. Der arme Alasdair wusste das aus eigener Erfahrung, denn er hatte beide Elternteile verloren, einen nach dem anderen.

Sie hielt ihre Handfläche unter Großvaters Nase, die Finger an seine Oberlippe gepresst, und glaubte, einen kleinen Atemzug zu spüren. Ihre Hand reichte bis zu seiner Stirn. Er war noch warm, was gut war, aber dann bemerkte sie etwas, das sie vom Fenster aus nicht gesehen hatte.

Seine Hände waren gefesselt und er war geschlagen worden. Sein Auge war blau angelaufen und blutüberkrustet. Er hatte einen Bluterguss auf der Wange und eine aufgeplatzte Lippe, die überdies geschwollen war. Sie band ihn los, aber er reagierte nicht auf ihre Berührung.

Dyna tat das Einzige, was ihr in den Sinn kam. Sie legte den Kopf auf seinen Brustkorb und schluchzte. »Großvater«, flüsterte sie. »Bitte komm zurück zu mir. Ich bin noch nicht bereit, dich zu verlieren.«

Er bewegte sich immer noch nicht. Sie legte ein Ohr an seine Brust, in der Hoffnung, seinen Herzschlag zu hören, aber über ihre Schluchzer hinaus war es schwierig, etwas wahrzunehmen. Wie sehr sie es auch versuchte, konnte sie ihre Tränen nicht aufhalten.

Sie hörte ihren Häscher nicht, bis er sie von

hinten in eine bärenhafte Umklammerung riss.

»Ich wusste, dass du hereinkommen würdest. Er ist noch nicht tot, aber das wird er bald sein.«

Sie schlitzte dem Mann den Arm mit dem Dolch auf, und dunkles Blut sickerte aus der Wunde, doch er stieß ihren Dolch beiseite und verfluchte sie.

»Miststück!« Er zerrte sie zu einem Stuhl hinüber und versuchte, sie festzubinden, während sie ihn trat und nach ihm biss und alles unternahm, um ihn abzuwehren. »Grundgütiger, du bist eine ganz Wilde, nicht wahr? Warte, bis ich dich in meinem Bett habe.«

Sie kämpfte mit aller Macht und schrie erst Derrics Namen und dann den ihres Großvaters. Deshalb hatte ihr Traum ihr prophezeit, dass Derric ihn retten würde. Sie selbst wäre nutzlos durch die Fesseln. »Derric, beeil dich! Der Mistkerl ist hier drin!«

Ihr Bezwinger schlug sie dreimal, um sie zum Schweigen zu bringen, und dann schleuderte er sie auf den Boden. Er versuchte, sich auf sie zu werfen, aber sie rammte ihm das Knie in den Schritt und hievte ihn von sich herunter.

»Schlag mich, dresch auf mich ein, so viel du willst«, zischte sie, »aber du wirst mich nie aufhalten. Ich werde dich umbringen, aber nicht ehe ich dir meinen Dolch zwischen die Beine gerammt habe, du Schwein.«

Sie tastete nach ihren Dolch auf dem Boden, aber der Mann hatte sich wieder auf die Füße gerappelt und er stieß ihn außerhalb ihrer Reichweite. Dann packte er ihren Zopf und riss ihr den

Kopf zurück, damit er sie anschauen konnte. »Ich wollte es ihm heimzahlen, aber du siehst überhaupt nicht wie sie aus. Deine Augen haben das falsche Blau und dein Haar ist zu hell. Ich habe die Falsche erwischt. Da ist eine, die aussieht wie Maddie.«

»Du bist ein schmieriges Stück Dreck«, presste sie hervor. »Warum um alles in der Welt würde irgendeine Frau dich wollen? Du riechst und siehst aus wie ein übermästetes Schwein. Du bringst mich zum Würgen.«

Darauf drehte er durch. Er packt ihr Haar und hielt seinen Dolch an ihren Hals und dann brüllte er so laut, dass Derric ihn garantiert hören musste, wenn er sie nicht bereits gehört hatte. »Wo ist sie? Wo ist die, die wie Maddie aussieht? Sag es mir oder ich schneide deinem Großvater vor deinen Augen den Hals durch.«

Dyna spuckte ihm ins Gesicht.

Fluchend packte er einen Stuhl und schleuderte ihn auf sie. »Ich denke, ich werde meinen Spaß mit dir haben, ehe ich dir den Garaus mache.«

❧

Derric wachte mit rasenden Kopfschmerzen auf, die von der Beule an seinem Hinterkopf und verkrusteten Blut an seinem Hals bestätigt wurden. Er setzte sich auf, um sich zu orientieren und bemerkte einen großen Stein nicht weit von ihm, der mit Blut besprenkelt war. »Ich kann nicht glauben, dass mich das nicht umgebracht hat.« Sein nächster Gedanke war, dass der Schlag ihn verblödet hatte, da er Selbstgespräche führte.

Wieder rieb er sich über den Kopf, wobei er zusammenzuckte, und als er sich umsah, war er überrascht, niemanden zu sehen.

Wo zum Teufel war Dyna?

Sobald er sie schreien hörte, rappelte er sich hoch und stürmte auf das Häuschen zu. »Verdammt, Diamant. Es wird einem nicht einen Augenblick langweilig mit dir.«

Er trat an das Fenster des Häuschens. Als er hindurchspähte, sah er Dyna an einen Stuhl gefesselt. Sie wurde von einem Mann gefangen gehalten, der mit einem Dolch vor ihr herumfuchtelte und etwas über Maddie schrie.

Gleichwohl er wie ein Irrsinniger ins Haus brechen und den Mistkerl angreifen wollte, wusste er es besser. Das Überraschungsmoment war seine beste Waffe. Er würde warten, bis der Mann mit dem Rücken zur Tür stand, und dann würde er hereinstürzen und ihm das Schwert mit Ziel auf die Nieren in den Rücken rammen. Das wäre nicht der anständigste Ansatz, doch andererseits hielt dieser Mann seine Frau gefangen. Er würde kein Risiko eingehen.

Er rückte noch näher zur Tür und öffnete sie nur einen Spalt, denn er wollte einen besseren Blick auf die Szene, in die er hineinplatzen würde. Der Entführer war ein großer Mann mit einem kleinen, hervorstehenden Bauch. Er schätzte ihn etwa fünfzig Jahre alt, und dieser Umstand überraschte ihn.

Alex Grant lag bewegungslos auf einer Pritsche im hinteren Bereich des Häuschens. Derric schloss die Augen und betete, dass der Patriarch

der Grants nicht tot war. Dyna würde nie aufhören, sich Vorwürfe zu machen, wenn sie ihn
auf diese Weise verlieren würde. Vielleicht war er
ein Narr, zu warten. Sie mussten Alex zu einem
Heiler bringen.

Er war im Begriff hereinzustürzen, als er Alex´
Stimme hörte. »Hamish, du bist ein dämlicher
Idiot. Maddie hat dich nie geliebt.«

»Du lügst. Du hast alles ruiniert.« Derric hörte
das Schlurfen von Füßen und dann ein weiteres
Geräusch, bei dem es seiner Vermutung nach um
einen über den Boden scharrenden Stuhl handelte, gleichwohl er sich nicht vorstellen konnte,
warum. Wo zerrte er sie hin, wenn sie am Stuhl
angebunden war?

Wieder fing Alex zu brüllen an, um die Aufmerksamkeit des Mannes von Dyna abzulenken.
»Maddie hat dich für einen jämmerlichen Ein-
faltspinsel gehalten, Hamish. Aye, Mitleid war das
einzige Gefühl, das sie dir entgegenbrachte. Wenn
du nicht gegangen wärst, hätte ich dich umgebracht, weil du dich an sie herangemacht hast, du
Mistkerl.«

Hamish explodierte, was Derric genau die
Gelegenheit verschaffte, auf die er gewartet hatte.
Er stieß die Tür auf und griff Hamish von hinten
an, wobei er mit seinem Dolch auf den breiten
Rücken des Mannes zielte. Und vielleicht hätte
es funktioniert, wenn der Schurke sich nicht
herumgedreht und Derric in den Arm geschnit-
ten hätte, worauf dieser sofort seinen Dolch fallen
ließ. Der Mann trat ihm so fest in die Hoden, dass
er dachte, sich erbrechen zu müssen.

Er konnte nichts anderes tun, als sich zu Boden fallen zu lassen. Seine Sicht verschwamm und angestrengt hielt er die Augen auf.

Nein, nein, nein.

Es schien, als ob alles schiefgelaufen war, was hätte schiefgehen können. Wenn er nicht bald etwas unternähme, würde die Zukunft, die er sich mit Dyna ausmalte – das Leben voller Liebe und Gelächter und die kleinen Kinder mit blondem Haar –, nie wahr werden. Mit Dynas Händen an der Stuhllehne gefesselt und Derric außer Gefecht gesetzt auf dem Boden, hatte ihr Bezwinger die Situation fest unter Kontrolle. Es war egal, dass Derric in einem Kampf von Mann zu Mann stärker sein würde, oder dass Dyna zehn Pfeile aus einem Baumwipfel abschießen konnte.

Derric würgte und hielt in dem Versuch, die Blutung aufzuhalten seinen Arm fest, um dann die Aufmerksamkeit des Mannes mit einem Husten von Dyna abzulenken. »Du glaubst, du kannst sie festhalten? Sie ist zäher, als du je sein wirst, du hässlicher alter Mistkerl.« Verdammt, seine Hoden taten weh. Er gab alles, um sich auf die Knie zu rappeln, aber es war ein Kampf.

Der Mann namens Hamish wirbelte herum und versuchte ihn zu treten, aber Dyna stellte dem Mann mit ihren herrlichen langen Beinen ein Bein und brachte ihn im Nu zu Fall. Hamish traf heftig mit dem Kopf auf dem Steinboden auf.

Es war so fest, dass es ihm die Besinnung nahm, was ausgezeichnet wäre, wenn es da nicht ein Problem gegeben hätte.

Der Mann war direkt auf Derric gefallen und

hatte ihn wieder zurück zu Boden gerissen, auf dem er ihn mit seinem Gewicht festhielt. Er landete mit einem Schnaufen und der Sturz raubte ihm für einen Augenblick den Atem. »Gut gemacht, Frau«, lobte er sie zwischen zwei Atemzügen, als er erfolglos versuchte, den ohnmächtigen Mann zu bewegen. »Aber hättest du ihn nicht in die andere Richtung schicken können?«

»Verzeihung, Ehemann, aber vielleicht hast du bemerkt, dass meine Hände gefesselt sind.« Sie hüpfte auf ihrem Stuhl und versuchte, näher an Derric heranzukommen.

»Stoße ihn von mir herunter. Dieser große Fettwanst ist totes Gewicht. Er wird mich mit Sicherheit ersticken.«

»Ich werde es versuchen«, murmelte sie und hüpfte mit ihrem Stuhl.

»Beeil dich, weil meine Hoden immer noch wehtun. Ich weiß nicht, ob ich mich genügend hochstemmen kann, um ihn von mir herunter zu bekommen.«

»Ach, du lieber Himmel, Derric. Es sind doch nur haarige Beutel. Kannst du dich nicht zusammenreißen? Warum musst du dich aufführen, als ob sie aus Gold bestünden?« Sie ging zu Derric hinüber und schaffte es, mit beiden Füßen gegen Hamish gestemmt zu drücken.

Derric biss die Zähne zusammen und entgegnete: »Sie sind gerade härter als Steine, Diamant, aber sie könnten zu nichts zerquetscht werden, wenn du mir nicht hilfst. Wenn das passiert, gibt es keine Kinder für uns.« Er biss die Zähne zusammen und ignorierte den Schmerz in seinen Hoden, ehe er mit all seiner Kraft gleichzeitig mit ihr stieß.

»Und mein Arm blutet noch immer, oder hast du das nicht bemerkt?«

»Hör auf, wie ein kleines Kind zu jammern«, entgegnete sie zwischen zusammengebissenen Zähnen.

»Wie ein Kleinkind jammern? Wie würdest du dich an meiner Stelle fühlen?«

»Ich wäre immer noch in der Lage, fester zu stemmen. Was ist mit deinen Muskeln passiert?«, fragte sie, als sie den Kiefer zusammenbiss. »Ich muss irgendwie meine Füße unter ihn bekommen. Kannst du ihn mit deinen paar Muskeln bewegen?«

»Meine Muskeln sind unter dem Speck und Fett eines alten Mannes begraben, der sich alle Mühe gibt, den letzten Atem aus mir herauszupressen.«

Die beiden zerrten gleichzeitig und plötzlich brach ein Sturm draußen vor dem Häuschen los. Ein Blitz tauchte das Häuschen in Licht, bevor ein schwererer Regenguss einsetzte. Genau im gleichen Moment gelang es den beiden, den schweren Leib gemeinsam zu heben und Hamish von Derric herunterstoßen, wobei er ein ganzes Stück durch die Luft getragen wurde, ehe er landete. Derric rollte zur anderen Seite und schnappte nach Luft. »Ich dachte schon, der Mistkerl würde mich ersticken.«

»Bind mich los, Ehemann.«

Derric konnte kaum geradeaus schauen, aber

er schaffte es, den Dolch auf dem Boden zu finden und sie zu befreien. Sie schlang die Arme um seinen Nacken und meinte: »Danke, dass du mich gerettet hast.« Dankbar, sie wieder in den Armen zu halten, liebkoste Derric ihren Hals. »Ich denke, du hast mich gerettet, Diamant.«

Hinter ihnen meldete sich eine Stimme: »Ihr beiden seid also dazu bestimmt, Schottland zu retten? Ich werde Maddie diesbezüglich fragen müssen.«

»Großvater! Du bist wohlauf.« Dyna eilte an seine Seite und umarmte ihn fest.

Doch der alte Mann stieß sie von sich und meinte: »Dyna, würdest du mir bitte erklären, wie du über das Aussehen seiner Hoden Bescheid gewusst hast?«

Rasch trat Derric vor sie und fragte: »Alex, darf ich Euch um Eure Zustimmung bitten, Eure Enkeltochter zu heiraten? Wir haben uns verlobt, und wir haben beide zugestimmt, daran festzuhalten, aber ich hätte gern Eure Befürwortung zu dieser Verbindung. Gleichwohl ich auch gern Eure Zustimmung hätte, ihr die Leviten dafür zu lesen, ohne weitere Wachen losgezogen zu sein.«

»Das hängt davon ab. Hast du deine Prüfung bestanden?«

»Welche Prüfung?«, fragte Dyna und ließ den Kopf von einem Gesicht zum anderen herumschnellen.

»Unwichtig«, entgegnete ihr Großvater. »Ich habe die Frage an Corbett gerichtet.«

»Aye, ich habe es mehr als einmal gesehen. Mit ihrer Schwester und insbesondere mit Euch. Ihr habt mir die Augen geöffnet.«

Alex sah ihn mit ernstem Blick an, doch dann folgte ein Nicken. »Dann hast du meine Zustimmung, Corbett. Aber ihr werden die Leviten von mehr als einer Person gelesen werden. Darauf kannst du zählen.«

»Na schön. Lest mir die Leviten. Zumindest haben wir dich gefunden«, meinte Dyna mit Blick auf ihren geliebten Großvater, ehe sie ihn auf die Wange küsste. »Ich dachte, du bist tot.«

»Nein, mir geht es gut, Mädchen. Er hat mir einen Schlaftrunk eingeflößt. »Es war schwer, wach zu bleiben. Du wirst mir vielleicht auf ein Pferd helfen müssen. Er hat mich ordentlich zugerichtet.«

»Wir werden tun, was immer nötig ist, Großvater.«

»Ist der Mistkerl noch am Leben?« Mit einem Nicken deutete er auf Hamish auf dem Boden.

Sie ging einen Schritt zurück und bückte sich, wobei sie die Hände an seinen Hals hielt, um zu sehen, ob sein Herz noch schlug. »Der Sturz hat ihn das Leben gekostet, denke ich. Ich kann nichts fühlen.«

»Soll ich ihn begraben?«, fragte Derric, der erkannte, wie sich der Hautton des Mannes in ein lebloses Grau verwandelte.

»Lass den Mistkerl hier. Ich werde ein paar Wachen herschicken, sobald ich welche finde«, entgegnete Alex.

Sie hielt einen Augenblick inne und fragte: »Was hast du damit gemeint, du müsstest Maddie fragen? Wann hast du sie gesehen? Hattest du noch einen anderen Traum?«

Derric rieb sich über die Stoppeln an seinem Kinn. »Und was war das für ein Kommentar darüber, Schottland zu retten?«

Alex seufzte und stemmte sich in eine sitzende Position, wenngleich er eindeutig zu kämpfen hatte. Also eilen sie beide an seine Seite, um ihm behilflich zu sein. »Vor einer Weile hatte ich einen Traum. Maddie sagte, du seist der letzte wichtige Teil für die Spektralschwerter. Hast du nicht gehört, wie der Himmel explodiert ist, als ihr beiden eure Kräfte vereint habt, um Hamish von Derric herunter zu hieven? Oder wie hoch ihr seinen Körper in die Luft geschleudert habt? Du hattest bei diesem Unternehmen einige Hilfe.«

»Was?«, fragte Dyna überrascht, als ihr Großvater sie beiseite schob, um sie herumging und auf die Tür zusteuerte.

»Der Himmel ist explodiert?«, murmelte Derric und blickte seine Frau an. Er hatte ganz eindeutig etwas verpasst, obwohl er zugeben musste, dass er sehr stark auf den Zustand seiner Hoden fixiert war. Nicht, dass es irgendjemanden interessierte.

»Als ihr eure Kräfte vereint habt, hat der Himmel euch belohnt«, meinte Alex über seine Schulter, als er durch die Tür trat. Dann blieb er stehen und sah zu den beiden zurück. »Und der Sturm hat so schnell aufgehört, wie er angefangen hat.«

Derric hatte keine Ahnung, wovon der Mann redete.

»Das solltest du nicht vergessen.« Er neigte den Kopf und ging hinaus, als hinter ihm am Himmel ein Regenbogen erschien.

Derric und Dyna sahen einander mit offenen Mündern an.

Dyna flüsterte: »Was, wenn er recht hat?«

KAPITEL SECHSUNDZWANZIG

ZU EINER PARADE aus Wachen, die sie zu Pferd erwartete, kehrten sie nach Grant Land zurück. Nicht, dass Dyna überrascht war. Auf dem Rückweg waren sie auf eine Patrouille gestoßen und hatten einige Männer vorausgeschickt, um die Familie zu benachrichtigen, während Alex einige andere zum Häuschen zurückschickte, um Hamish zu begraben.

Alasdair und Emmalin, Els und Joya, und Alick und Branwen waren dort, wie auch Chrissa, die bei ihrem Anblick vor Freude quiekte. Der Weg war von Mitgliedern des Clans gesäumt, einschließlich der beiden Anführer und Tante Kyla, ihre Mutter und Geschwister, die ihnen zuwinkten, als sie vorbeiritten, obwohl auf vielen Wangen Tränen zu erkennen waren. Sie alle warten zu sehen, mit einem Lächeln auf dem Gesicht, erfüllte sie mit so viel Rührung, dass sie sich nicht überwinden konnte, weiterzureiten.

Sie beugte sich zu ihrem Großvater hinüber, der sich genügend erholt hatte, um sein eigenes Pferd zu reiten, und sagte mit leiser Stimme: »Ich liebe dich Großvater. Und ich liebe auch Derric.

Danke, dass du ihn in unsere Familie aufgenommen hast.«

Der große Krieger ritt an ihr vorbei, doch sie hielt sich immer noch zurück, um dem Rest seiner Familie zu gestatten, seine Rückkehr zu feiern. Dann ritt Derric heran, um seine Schwester zu begrüßen. Leise sagte er etwas zu ihr und Dyna konnte nicht anders, als sich zu fragen, ob es etwas mit ihrer Heirat zu tun hatte. Das hoffte sie. Aber sie bewegte sich immer noch nicht.

Dynas Vater begrüßte Großvater, doch dann ritt er direkt auf sie zu. »Deine Mutter wird mich fragen. Warum bleibst du zurück?«

Sie brach in Tränen aus und war über so viel Emotion gleich unter der Oberfläche überrascht. »Ich liebe dich, Papa. Und ich liebe Derric. Wir haben uns verlobt und ich möchte keine große Hochzeit. Ich will einfach unsere Vermählung genießen.«

Ihr Vater lächelte und beugte sich zu ihr, um sie auf die Wange zu küssen. »Ich freue mich für dich, Tochter. Wenn Derric immer noch den Mut besitzt, um deine Hand anzuhalten, nach allem, was wir unternommen hatten, um ihn zu vertreiben, dann ist er würdig, dein Ehemann zu sein. Danke, für deine Kühnheit, die dich Großvater hat finden lassen. Niemand unter uns ist bereit, ihn jetzt schon zu verlieren.«

Großvater rief zurück: »Zusammen sind sie sehr unterhaltsam. Du wirst sehen.«

Dyna errötete tief und war nicht bereit, zugeben zu wollen, dass ihr Großvater ihre Unterhaltung über die Hoden ihres Ehemannes mitangehört hatte.

»Willst du mir erzählen, was er damit meint?«

Sie schüttelte den Kopf. »Vielleicht ist es besser, wenn er es dir erzählt, Papa. Im Augenblick möchte ich meinen neuen Ehemann genießen. Danke, dass du ihn akzeptiert hast. Ich liebe ihn, Papa, und er liebt mich.«

»Er muss sehr speziell sein, um mit dir mitzuhalten. Deine Mutter und ich haben immer gesagt, dass ein spezieller Mann vonnöten sein wird. Wir beide heißen ihn im Grant Clan willkommen.«

»Das ist er. Du wirst es sehen.« Die Hurrarufe und guten Wünsche drangen bis zu ihr und sie konnte nur lächeln, als sie ihrem Vater winkte, um sich an dem Jubel zu beteiligen.

»Ich freue mich darauf, mehr Zeit mit ihm zu verbringen.« Ihr Vater nickte ihr zu und ritt hinter seinem Vater her.

Sie stieg ab und streichelte ihr Pferd, während sie sich gestattete, ihren Tränen freien Lauf zu lassen, was sie selten tat. Die anderen hatten sich allmählich auf den Rückweg zur Burg gemacht, doch Derric bemerkte sie und parierte sein Pferd. Er stieg ab und eilte zu ihr herüber. »Diamant, ich glaube nicht, dass ich dich je so viel habe weinen sehen.«

Durch ihre Tränen lächelte sie ihn an. »Weil ich normalerweise nicht weine. Ich weiß, dass ich es bei Claray und Großvater getan habe, aber das war zum ersten Mal seit langer Zeit. Ich weine jetzt nicht.«

Er rückte näher und als er vor ihr stand, wischte er mit der Hand über ihre feuchte Wange. »Ich denke, du musst deine Wange berühren. Dies sind eindeutig Tränen.« Er sah sie mit einem schiefen Grinsen an.

Dyna konnte ihre Emotionen nicht länger zurückhalten. Sie stürzte sich auf ihren Ehemann und rief aus: »Ich liebe dich, Derric Corbett. Ich bin so froh, dass du mein Ehemann bist.«

Er küsste sie zärtlich. Ich liebe dich auch, Dyna Grant. Wirst du für immer bei mir bleiben? Ich habe diese Furcht, dass du mir davonlaufen wirst, weil du solch eine mächtige Kriegerin bist.«

»Ich werde dich nicht verlassen. Macht es dir etwas aus, wenn wir eine Zeit lang hier auf Grant Land leben?«

»Das würde mir gefallen. Ich muss mit deinem Vater reden. Ich werde ihn fragen, ob er gern eine Hochzeit vor aller Augen abhalten will.«

Sie schüttelte bereits mit dem Kopf. »Nein, wir haben gleich dort drüben geheiratet.« Sie zeigte von der Lichtung weg. »Und ich würde es für nichts auf der Welt tauschen. Für immer werde ich mich daran erinnern. Er wird es akzeptieren.«

Er sah sie mit hochgezogener Augenbraue an. »Und deine Mutter und Geschwister?«

»Meine Mutter wird es akzeptieren. Sie hat schon gefürchtet, ich würde nie jemanden finden, der sich mit meiner exzentrischen Natur abfindet, aber das habe ich. Wir werden hierbleiben, bis Schottland uns braucht und dann werden wir kämpfen, wie wir es schon die ganze Zeit tun.«

Er liebkoste ihren Hals und entgegnete: »Das

gefällt mir. Du musst wissen, dass ich nie versuchen werde, dich zu ändern, Diamant. Ich liebe dich genauso, wie du bist.«

»Was meinst du damit?« Sie war nicht sicher, ob das ein Kompliment war.

»Ich liebe dich, gleichwohl du besser als die meisten Männer kämpfst, und manchmal bist du ein bisschen frei heraus und du trägst Männerkleidung. Und ich liebe es, dass du ein weiches Herz hast.«

Sie konnte nicht anders, als zu schnauben. »Ich habe kein weiches Herz.«

»Ein kluger alter Mann hat mich gewarnt, mich von dir fernzuhalten, es sei denn, ich könnte diese Prüfung bestehen.«

»Großvater? Worin genau bestand diese Prüfung?«

»Ich musste dein zartes Herz kennenlernen oder ich hätte nicht um deine Hand bitten dürfen, um dich zu heiraten.«

»Großvater hat das gesagt?«

»Aye. Es hat eine Weile gedauert, das gebe ich zu.«

»Aber ich habe kein weiches Herz …«

Derric legte einen Finger an seine Lippen. »Du hast gerade wegen des Empfangs zu Ehren der Rückkehr deines Großvaters geweint, nicht wahr?«

»Nein, deshalb habe ich nicht geweint«, entgegnete sie und drückte seine Unterarme.

»Warum dann?«

»Weil ich dich so sehr liebe und ich fürchte das Gleiche wie meine Mutter. Ich hätte nicht geglaubt, je einen Mann zu finden, der akzeptiert, dass ich die ganze Zeit eine Strumpfhose trage.«

»Nun, ich würde dich lieber anders sehen …«

Spielerisch schlug sie ihm mit einem grimmigen Ausdruck auf dem Gesicht auf den Arm. »Ich mag meine Strumpfhose.«

»Ich würde dich lieber ohne sehen«, flüsterte er ihr zu.

EPILOG

Sieben Jahre später. In den schottischen Highlands

AVELINA SETZTE SICH auf, nachdem sie von einer so starken Vorahnung aufgeweckt worden war, dass sie gleich darauf aus dem Bett stieg und ihren Ehemann, Drew, schlafen ließ. Ein sanftgoldenes Licht schien durch die Fenster herein, und sie legte sich einen Umhang um, ehe sie in den Innenhof hinuntertappte, wobei sie sorgfältig darauf achtete, niemanden im Hauptturm aufzuwecken.

Sobald sie ins Freie trat, war der gesamte Bereich in goldenes Licht getaucht. Eine wunderschöne Frau mit einem Gewand in Lavendel und Gelb schien vom Himmel herabzuschweben, von Schmetterlingen umgeben. Der Schreck hielt nur einen Moment an, ehe ein Lächeln über Avelinas Gesicht huschte. Es war lange Zeit her, seit sie das letzte Mal solch eine Erscheinung gehabt hatte.

Ihr Bruder Logan, der am Vortag zu Besuch gekommen war, trat ins Freie und blieb hinter ihr stehen. »Was ist das um alles in der Welt?«

»Meinst du nicht, *wer* das ist? Dies ist Erena, die

Feenkönigin.«

»Seid gegrüßt meine Lieben. Und ich finde es perfekt, dass dein Bruder hier ist. Er wird uns bei diesem Vorhaben behilflich sein müssen. Er ist mit einem sehr langen Leben gesegnet, sodass er hier sein kann, um dir zu helfen.« Erena reckte die Arme in den Himmel und der Schwarm von Schmetterlingen flatterte gleichzeitig mit den Flügeln.

»Welches Vorhaben, Erena?«, fragte Avelina.

»Das Böse ist wieder in Schottland. Wir hatten gehofft, es würde sich selbst ausmerzen, aber das hat es nicht, also mussten wir eingreifen.«

»Wie kann ich helfen?«

»Du musst das Saphirschwert finden. Kannst du dich darauf besinnen, wo du es versteckt hast?«

»Aye.«

»Du musst es zu Alex Grant in die Highlands bringen. Du weißt von ihm, richtig?«

»Aye, seine Schwester hat meinen lieben Bruder Quade geheiratet. Gott hab seiner selig.«

»Logan wird dich nach Grant Land begleiten. Du wirst das Saphirschwert an Alex Grant übergeben. Er wird wissen, wem er es aushändigen muss, mach dir keine Sorgen.«

»Aber ein Teil der Legende besagt, dass derjenige, der es hält, innerhalb von zwei Monaten nach der Überreichung heiraten muss. Müssen wir ihm davon berichten? Ist das immer noch eine Anforderung?«

Erena schüttelte den Kopf. »Nein, diese ist zu jung und abgesehen davon hat er seine Lebenspartnerin bereits gefunden. Aber er wird die

Waffe beschützen, hab keine Angst. Alex Grant wird dir alles erzählen. Gott sei mit euch. Ich werde über eure Reise wachen, und wenn es Schwierigkeiten gibt, kannst du mich rufen.«

Mit diesen Worten bewegte sie die Arme und verschwand.

Avelina drehte sich zu ihrem Bruder. »Bist du rüstig genug, mich zu begleiten?«

»Gewiss. Glaubst du, ich würde dir gestatten, Alex Grant ohne mich zu treffen? Um das Schwert abzuliefern? Logan schnaubte. »Es ist nur recht von der Feenkönigin, mich als deinen Begleiter bestimmt zu haben.«

Alex Grant saß auf einem Schemel und blickte über sein Land hinweg wobei der die liebliche Brise und den Duft nach Kiefern genoss. Noch immer waren die Zinnen sein Lieblingsplatz, gleichwohl er nicht mehr ohne Hilfe hier herauf-kommen konnte. Die jungen Leute halfen ihm beim Erklimmen der vielen Stufen.

Von seinem langen Tag ermattet, schloss er die Augen. »Maddie, ist denn meine Zeit noch immer nicht gekommen?«

Maddie trat hinter ihn und antwortete: »Es wird nicht mehr lange dauern, aber du hast noch eine Aufgabe vor dir. Du musst Logan Ramsay helfen, das Saphirschwert an seinen nächsten Besitzer weiterzugeben. Lina und er werden bald hier sein.«

»Aber an wen?«

»Du wirst es wissen«, gab sie zurück und küsste

in innig, ehe sie verschwand.

Alex schlug die Augen auf und sah auf sein Land hinaus. Er suchte nach Maddie und die Vision von ihr war so klar gewesen, dass er schwören könnte, ihren Duft zu riechen.

Über seinem Kopf begannen die Wolken zu wirbeln und Lichtblitze trafen auf verschiedene Stellen in der Landschaft. Ein unbändiger Sturm stand bevor, und so begab er sich so schnell er konnte zur Tür. Gerade als er sie erreichte, ging sie auf. Derric und Dyna standen auf der anderen Seite und Alick hinter ihnen.

»Großvater, wir sind gekommen, um dich wieder nach unten zu bringen«, meinte Alick. »Der Sturm wird hässlich sein.«

Mit vereinten Kräften hoben Alick und Derric ihn hoch und waren im Begriff, ihn die Treppe hinunterzutragen, als Alex Einspruch einlegte: »Wartet!«

Sie setzten ihn ab und als er auf seinen Füßen stand, hielt er sich an ihren Schultern fest, um gegen den Wind standzuhalten.

»Warum möchtest du warten, Großvater?«, fragte Alick.

»Dieser Sturm. Er sieht genauso aus wie der, den ich vor vielen Jahren gesehen habe. Die Legende des Saphirschwerts. Sie hat recht. Die Zeit ist gekommen. Es sind noch keine fünfzig Jahre vergangen, aber es ist nicht zu leugnen, dass das Böse hier ist.«

Derric schüttelt den Kopf und warf Dyna einen besorgten Blick zu. »Weiß er, wovon er spricht?«

»Ich habe von der Legende gehört. Vor vielen

Jahren hat ein böser Geist das Schwert gefunden und es gestohlen, und er hat versucht, viele unschuldige Seelen einschließlich Avelina Ramsay damit zu töten. Die Feenkönigin namens Erena erschien Avelina, um ihr aufzutragen, es zu finden und zurückzustehlen. Die Fee möchte es nicht in den Fängen des Bösen wissen.«

»Aber was ist der Zweck des Saphirschwerts?«

»Ich weiß nicht, ob ich das beantworten kann, aber Großvater wird dir sagen, dass die Kräfte der Grants und der Ramsays Avelina hatten beschützen müssen, um das Schwert zu retten, vermutlich, weil es besondere Kräfte hat. Großvater hat immer davon gesprochen, dass es wie ein mächtiger Sturm ist, ganz anders als alle anderen. Aber das war vor langer Zeit. Hütet sie das Schwert noch immer, Großvater?«

»Aye, sie hat es immer noch oder weiß, wo es versteckt ist. Sie hat Drew Menzie geheiratet. Es ist noch nicht fünfzig Jahre her, aber wenn das Böse stark genug ist, könnte es sich vollziehen.«

»Aber wem wird sie es geben?«

»Ich denke, ich weiß es.« Der alte Mann lächelte und hielt das Gesicht in den Wind. »Es ist Zeit.«

~ Ende ~

www.keiramontclair.net

L IEBER LESER, LIEBE Leserin,

danke, dass Sie diese Reise mit den Enkelkindern von Alexander Grant fortsetzen, meinem fiktiven Krieger, der in der Schlacht von Largs gekämpft hat und auch Robert the Bruce unterstützte. Seine Rolle und die Erzählungen aller Grants sind Produkte meiner Fantasie, jedoch habe ich mich bei König Roberts Rolle in der Erzählung bemüht, mich eng an die Geschichte zu halten, gleichwohl seine Worte meine eigenen sind.

Viel Spaß beim Lesen!

Keira Montclair

http://www.keiramontclair.net
http://facebook.com/KeiraMontclair/
http://www.pinterest.com/KeiraMontclair/

BÜCHER VON KEIRA MONTCLAIR

HIGHLANDSCHWERTER
DER VERRAT DER SCHOTTIN
DIE SCHOTTISCHE SPIONIN
DIE JAGD DES SCHOTTEN
DIE PRÜFUNG DES SCHOTTEN
Buch 5 & 6: Erscheinen in Kürze

DIE CLAN GRANT-SERIE
#1-BEFREIT VON EINEM HIGHLAND-
ER-Alex und Maddie
#2-HEILUNG EINES HIGHLAND-
ER-HERZENS-Brenna und Quade
#3-LIEBESBRIEFE AUS LARGS-Brodie und
Celestina
#4-AUFSTIEG IN DIE HIGHLANDS-Rob-
bie and Caralyn
#5-DAS KNISTERN DER HIGHLANDS
-Logan and Gwyneth
#6 -MEINE VERZWEIFELTE HIGHLAN-
DERIN-Micheil und Diana
#8-HIGHLAND HARMONIE- Avelina and
Drew

DER HIGHLAND CLAN
LOKI aus den Highlands - Buch Eins

TORRIAN aus den Highlands - Buch Zwei
LILY aus den Highlands – Buch Drei
JAKE aus den Highlands– Buch Vier
ASHLYN aus den Highlands– Buch Fünf
MOLLY aus den Highlands– Buch Sechs
JAMIE UND GRACIE aus den High-
lands-Buch Sieben
SORCHA aus den Highlands - Buch Acht
KYLA aus den Highlands - Buch Neun
BETHIA aus den Highlands - Buch Zehn
LOKIS WINTERREISE - Buch Elf

WEITERE BÜCHER

DIE VERBANNUNG DES HIGHLANDERS

ÜBER DIE AUTORIN

Keira Montclair ist das Pseudonym einer Schriftstellerin, die mit ihrem Mann in South Carolina lebt. Sie liebt es, rasante, emotionale Liebesromane zu schreiben, am liebsten mit Kindern als Nebenfiguren in ihren Geschichten.

Früher hat sie als Krankenschwester in der Pädiatrie und in der Intensivpflege gearbeitet. Eine weitere Leidenschaft von ihr ist das Unterrichten. Sie lehrte sowohl Mathematik an der Highschool als auch praktische Krankenpflege.

Jetzt widmet sie ihre Zeit am liebsten dem Schreiben, aber alle Zeit der Welt würde nicht reichen, um alle Ideen zu Papier zu bringen, die sich noch in ihrem Kopf tummeln! Ihre Clan-Grant-Highlander-Serie, die aus acht eigenständigen Romanen besteht, ist bei den Lesern sehr beliebt. Ihre dritte Buchreihe, Der Highland Clan, die zwanzig Jahre nach der Clan Grant-Reihe spielt, konzentriert sich auf die Nachfahren der Grant/Ramsay. Wer es lieber etwas zeitgenössischer mag, dem seien ihre Bücher ans Herz gelegt, die an den Finger Lakes in West New York spielen. Ihre neueste Serie, Highlandschwerter, basiert auf der Serie Der Highland Clan, ist aber eine eigenständige Geschichte.